# VIVIAN CONTRA A AMÉRICA

KATIE COYLE

# VIVIAN CONTRA A AMÉRICA

Tradução de Flora Pinheiro

AGIR NOW

Publicado originalmente em língua inglesa como Vivian versus America.

Hot Key Books Limited, London.



Contatos:
Rua Nova Jerusalém, 345 - Bonsucesso - 21042-235
Rio de Janeiro - RJ - Brasil
Tel.: (21) 3882-8200 - Fax: (21)3882-8212/8313

CIP-BRASIL. CATALOGAÇÃO NA FONTE

SINDICATO NACIONAL DOS EDITORES DE LIVROS, RJ

---

C917v

Coyle, Katie
Vivian contra a América / Katie Coyle ; [tradução Flora Pinheiro]. - 1. ed. - Rio de Janeiro : Agir Now, 2016.
304 p. ; 23 cm

Tradução de: Vivian versus América
Sequência de: Vivian contra o apocalipse
ISBN 978.85.6980.918-0

1. Ficção americana. I. Pinheiro, Flora. II. Título.

CDD: 813
CDU: 821.111(73)-3

# PRÓLOGO

*O Livro de Frick 9:1-15*

Eu, o profeta Beaton Frick, falo aos depravados que aqui estão, às multidões vis que serão esquecidas por Deus quando Ele elevar aos Céus os americanos escolhidos. Estou me dirigindo às mulheres perdidas, aos sodomitas, aos médicos criminosos, aos socialistas malevolentes e a ti, que não te esforçaste ao máximo para condená-los.

Aceita teu Salvador conforme o desejo de teus Fundadores e serás salvo do mau caminho. Nunca te esqueças: a balsa para o Reino dos Céus atravessa um vasto oceano, mas faz mais de uma viagem.

Entretanto, se falhares com Ele uma segunda vez, a ti será negado o esplendor eterno de Seu reino, e assim tu mesmo te condenas a testemunhar o Apocalipse. Estarás preso a esta Terra quando ela cair nas ruínas do esquecimento, e mal notarás esse último fôlego sofrido, pois terás teu corpo pisoteado por bestas dos mais diversos tipos. Cães do Inferno abocanharão tua carne com dentes afiados; abutres arrancarão teus olhos se fores tolo o bastante para abri-los; gafanhotos preencherão cada um de teus orifícios, e tu ouvirás o zumbido faminto deles dentro de ti e te arrependerás de cada momento impensado de prazer terreno.

Nesses últimos momentos dolorosos, tentarás acreditar em um salvador. Mas não te deixes enganar pelo desespero, não acredites em tal inverdade.

Para ti, não há salvação.

# CAPÍTULO 1

— Estava aqui — diz Harp.

Estamos paradas algumas quadras ladeira acima do prédio da minha meia-irmã, Winnie, em São Francisco, observando uma vaga junto ao meio-fio. Uma vaga onde não há nenhum carro estacionado. É início da tarde, e o sol tem um tom inquietante de vermelho, como o interior de uma toranja. Harp desce da calçada, levando com cuidado as mãos mais ou menos até onde deveria estar o capô do carro. Como se ele simplesmente tivesse se tornado invisível. Como se ainda fosse um objeto tangível à nossa frente.

— Viv. — Minha melhor amiga se vira para mim. — Juro que... foi aqui que eu deixei o carro.

Há um ano, antes de Harp e eu virarmos amigas, quando éramos apenas garotas que moravam no mesmo bairro, uma tímida e exageradamente bem-comportada (eu), a outra cheia de planos mirabolantes e combinações criativas de palavrões (ela), eu poderia ter suspeitado de que aquilo não passava de uma pegadinha cruel e desnecessária. Mas acabamos de viver a noite mais longa de nossa vida. Não tomamos banho, estamos cansadas e muito assustadas. E, de qualquer jeito, Harp está com um olhar tão ensandecido e penetrante, que sequer consigo encará-la.

— Talvez esteja na próxima quadra. — Dou uma olhada ladeira acima, à procura do sedan preto no qual viajávamos até então. Se eu acreditasse em algum Deus, rezaria para Harp estar errada. — Esses prédios parecem todos iguais.

Minha amiga balança a cabeça e aponta para a casa atrás de mim. Há uma placa feita à mão na janela do primeiro andar: FRICK, O BABACA.

— Eu me lembro de ter visto essa placa quando saí do carro — explica ela. — Fiquei rindo por uns cinco minutos. Por que nunca pensamos nisso? É simples, mas muito marcante.

Tento permanecer calma. Mas o carro é tudo o que temos. Com ele, somos revolucionárias. Se estivesse aqui, voltaríamos pela Golden Gate Bridge e entraríamos na floresta de Point Reyes, onde fica a base secreta da Igreja Americana do pastor Beaton Frick. Lá, encontraríamos duas coisas: 1) Peter Ivey, o garoto com os olhos mais azuis que já vi, que deixamos para trás quando fugimos, e 2) provas de que o Arrebatamento nunca aconteceu de verdade. O mundo não está acabando, pelo menos não em setembro, como dizia a profecia. Os desaparecimentos, o medo e o pânico, as famílias destruídas... Tudo foi orquestrado pela Corporação da Igreja Americana. Porque eles podiam fazer uma coisa dessas. Porque lucrariam com isso. Depois que tivéssemos as provas, poderíamos denunciá-los. Mas e depois? Não haveria mais Igreja. Minha vida não voltaria ao normal — já mudou demais para isso —, mas imagino que as vidas dos outros voltariam, sim. Com o carro, somos as adolescentes mais perigosas da América.

Mas o sedan não está aqui. Sem ele, perdemos tudo: nossas malas, as roupas, a maior parte do nosso dinheiro, meu diário, o Xanax de Harp. As únicas fotos que eu tinha dos meus pais. E eu queria muito essas coisas agora. Quero a foto do meu pai. Levei quase cinco mil quilômetros para chegar até aqui, e no caminho perdi tudo o que tinha e quase todas as pessoas que amo. O efeito da adrenalina que estava me mantendo de pé desde a noite passada passa e, com isso, a dor na minha mão — a mão que posso ter quebrado depois de ter dado um soco em Frick

— piora bastante. Sinto uma pontada de dor de cabeça entre as sobrancelhas.

— Você não estacionou aqui — afirmo para Harp. — Você parou em outro lugar. Viu a placa enquanto estava andando.

Ela parece confusa.

— Você... está tentando me hipnotizar?

— Você não estacionou aqui! — Eu tinha a intenção de soar confiante, mas minha voz sai esganiçada. — Vamos dar uma volta no quarteirão. Você só achou que tinha parado aqui. Mas não parou.

Ela assente, insegura, e nós duas começamos a voltar na direção do apartamento de Winnie. Harp mordisca o interior da bochecha. Tento me acalmar sendo racional: quais são as chances de nosso carro ter sido roubado? Quais são as chances de, desde ontem, neste mesmo horário, eu ter descoberto a verdade sobre o Arrebatamento, confirmado que meus pais estavam mortos, deixado para trás na floresta o mais próximo que já tive de um namorado, descoberto que, na verdade, minha mãe *não* está morta, mas sim em São Francisco, na casa da minha meia-irmã que eu só recentemente fiquei sabendo que existia, decidido abandonar minha mãe viva para destruir a Igreja Americana com a minha melhor amiga, que está tão irritada e confusa quanto eu com essa história toda, e *ainda por cima* ter o carro roubado? Parece até uma daquelas vinganças do Velho Testamento.

— Viv?

Harp está vários passos à minha frente, mas para e olha para mim, boquiaberta. Não entendo por que a princípio, até que me escuto. Estou parada, rindo histericamente, sem fôlego, as lágrimas escorrendo pelo meu rosto. Sinto o gosto salgado delas. Harp me olha de um jeito que não é engraçado, mas, por algum motivo, isso só me faz rir ainda mais. Receosa, ela dá um passo na minha direção.

— Mas que merda, cara — sussurra ela. — Então é isso? Você pirou finalmente?

Balanço a cabeça. Não consigo respirar. Quero dizer: *meu pai. Peter.* Mas não consigo me acalmar e sei que falar o nome deles só vai piorar as coisas. Sua expressão se suaviza, e não consigo olhar para minha amiga, porque sei que ela entende. E se Harp entende, significa que essa dor é real, não estou imaginando. E se é real, nunca mais vou deixar de me sentir assim. Vai doer para sempre. Jogo a cabeça para trás. Começo a ficar tonta, como se tivesse saído do meu corpo. Tenho um breve e delirante momento de clareza: é assim que vou morrer. Não de forma honrosa, lutando pelo que acredito, e sim de um ataque de pânico em uma cidade desconhecida enquanto Harp observa, sem saber o que fazer.

— Sinto muito mesmo. — Ouço-a dizer de algum lugar distante.

De repente... sinto uma dor muito forte. Fica tudo branco. Abro os olhos. Estou ajoelhada na calçada e Harp segura minha mão machucada. Ela quase não encosta, mas sei que acabou de apertá-la. Há um brilho determinado em seus olhos, como se estivesse pronta para apertar minha mão outra vez.

— Não, não, não — falo, ofegante. Puxo a mão. — Estou bem, estou bem.

Harp se abaixa e me abraça. Mesmo no meu estado pós-histeria, fico surpresa e estranhamente tocada por sua demonstração pública de afeto.

— Sei como é, Viv. — A voz dela soa rouca no meu ouvido, e a abraço mais forte. Faz só alguns meses que o irmão dela, Raj, foi assassinado por Crentes, e não sabemos onde os pais dela podem estar, caso tenham escapado do mesmo fim do meu pai. — Se vamos sobreviver a isso, temos que sentir. Mesmo que a gente ache que a dor vai nos destroçar. Vamos nos apoiar uma na outra. Você não vai deixar que isso acabe comigo, e eu vou segurar sua mão e fazer o mesmo por você quando for preciso. Está bem?

Assinto. Lágrimas ainda escorrem dos meus olhos, porém, está mais fácil respirar.

— Harp.

— Que foi?

— Da próxima vez, por favor, não segure minha mão machucada, ok?

Harp se afasta para que eu consiga ver seu sorriso.

— Não posso garantir nada, Apple. Quando eu tiver que segurar sua mão durante um momento de desespero, vou agarrar a que estiver mais perto.

O parque diante do apartamento de Winnie tem pequenas colinas cobertas de grama e ocupa três quarteirões. Harp e eu subimos até o ponto mais alto, onde há um banco posicionado de frente para o gramado. Além dos prédios, a uma distância parcialmente encoberta pela neblina, vemos o horizonte da cidade. Fazemos uma pausa para recuperar o fôlego. O carro sumiu. De alguma maneira, fomos enganadas enquanto dirigíamos por São Francisco esta manhã. Tudo era tão vibrante, tão diferente das extensas áreas dominadas pela Igreja por onde passamos no último mês, que achamos que estávamos seguras. Mas, é claro, até mesmo uma cidade aparentemente livre da Igreja Americana é perigosa, com suas calçadas esburacadas, momentos em que somos dominadas pelo sofrimento e — escondidas de todos — as pessoas ruins de sempre.

— O que aconteceu com o céu? — pergunta Harp.

Inclino a cabeça para trás. Parece que o sol está se pondo, mas não é possível que já seja tão tarde. Mas não temos como saber a hora. Estávamos usando o relógio do carro e o celular de Peter, que ficou no bolso dele quando o deixamos.

— Se o Apocalipse não está acontecendo de verdade, como podemos explicar os furacões, os terremotos e as nevascas em pleno verão? — pergunto, com a voz trêmula. — Como podemos explicar que vivemos em um mundo onde um falso Arrebatamento poderia ter acontecido, para início de conversa? Um lugar onde seres humanos conseguem fazer uma coisa dessas com si mesmos. Você não acha que tudo parece um pouco... predestinado?

— Ah, com certeza tudo já foi predestinado. — Harp quase parece alegre. — Não tenho a menor dúvida. Não importa se vai demorar três meses ou trezentos anos, o fim com certeza vai chegar.

— Então para que se esforçar?

Harp puxa meu braço para que eu olhe para ela, então sorri com paciência para mim.

— Nós nos esforçamos porque estamos vivas, Vivian Apple. E porque somos corajosas e boas. Se conseguirmos melhorar as coisas, nem que seja só um pouquinho, é o que devemos fazer, enquanto ainda podemos.

Sei que ela tem razão, assim como sei que não tenho ideia de por onde começar. Começa a anoitecer e, com o céu avermelhado ainda à nossa frente, como um mau agouro, sentimos um vento gelado de inverno. Com roupas leves de verão, Harp e eu começamos a andar para nos aquecer.

— Pelo lado bom — comenta Harp, observando as ruas ao nosso redor —, essa cidade parece um destino popular entre os sem-teto!

Como estamos vendo São Francisco de perto, percebo que a cidade não é a utopia Descrente que eu imaginava. O bairro de Winnie parece bem movimentado e moderno, e as ruas por onde Harp e eu andamos estão repletas de antiquários, restaurantes com nomes engraçadinhos, delicatessens e padarias. Jovens passam apressados, usando roupas casuais que na verdade parecem bem caras: calças jeans rasgadas de marca, óculos de armação grossa e casacos de tweed. Fumam cigarros eletrônicos e parecem um pouco bêbados. Mas as calçadas estão lotadas de pessoas pobres enroladas em sacos de dormir, tentando se proteger do frio da noite. Estão imundas e não se barbeiam há algum tempo. Adultos, crianças, cães. São tantos... Parece que a proporção é de dois sem-teto para cada hipster de

São Francisco. Não é como se eu nunca tivesse visto moradores de rua, afinal, havia muitos em Pittsburgh, é claro, e em Nova York também. Mas tem algo muito triste nessas pessoas. Talvez seja só o contraste entre os famintos e os hipsters alegres que vemos entrando e saindo dos restaurantes mexicanos.

Uma lufada forte de vento frio faz Harp estremecer, e ela indica com a cabeça uma cafeteria por onde estamos prestes a passar.

— Vamos entrar ali.

O lugar tem o pé-direito alto e as paredes brancas cheias de pinturas a óleo horrorosas, que retratam mulheres nuas cobertas com trechos do Livro de Frick: ELA ARDERÁ NAS CHAMAS DIVINAS. Acho que era para ser irônico, mas as telas me fazem lembrar as estátuas agourentas diante do complexo de Frick — a cena em que Adam Taggart, pai de Peter, queimava mulheres vivas —, e não consigo achar muita graça. Todos os clientes estão debruçados sobre seus laptops. De acordo com o quadro-negro pendurado no teto, a opção mais barata é café preto simples, que custa oito dólares.

— A gente não tem dinheiro pra isso!

Reparo que a mulher de óculos no balcão lança um olhar cético para minha calça jeans rasgada, meu cabelo bagunçado e a mão quebrada que mantenho próxima ao corpo.

— Eu sei — responde Harp cheia de culpa, puxando uma nota de dez dólares do bolso. — Mas eu estava congelando lá fora, e não é como se tivéssemos para onde ir.

Ela faz o pedido e nós nos acomodamos em uma mesa perto de um homem mais velho que está lendo as notícias no computador. Passamos o café de uma para outra, dando pequenos goles. Nunca gostei do gosto de café, e esse parece ainda mais amargo.

— A primeira coisa que precisamos fazer é encontrar Peter — digo. — Espero que ele tenha conseguido salvar o pai e... — hesito antes de dizer "Frick", por causa do homem na mesa ao lado — o chefe do pai dele. Depois de resgatarmos os três, vai ser fácil trazer a verdade à tona.

Harp encara o café e não diz as restrições que sei que ela tem quanto ao plano.

— No mínimo — continuo —, a gente precisa descobrir o que a corporação planejou para o próximo Arrebatamento e o que pretendem fazer no Dia do Apocalipse. Está bem claro que estão dispostos a matar para que o mito pareça verdade, e nós não sabemos até que ponto iriam.

— Precisamos descobrir quem são os Três Anjos — comenta Harp. — Se soubéssemos, podíamos entender melhor o que eles querem.

Assinto, me lembrando das pessoas que surgiram vestidas de anjo na tela do complexo de Frick, ordenando que o pastor as obedecesse. Dois homens: um careca e gordinho, outro magro e de olhos verde-claros. Além de uma mulher loira de expressão severa. A gente imagina que sejam funcionários da corporação, mas não sabemos os nomes nem os cargos deles.

Harp pigarreia.

— Sei que não é a solução ideal... — começa ela.

Eu balanço a cabeça.

— Não vou para a casa de Winnie.

— Viv, eu entendo, de verdade. Você fez toda uma cena dramática para sair da casa da sua mãe e não quer voltar cabisbaixa três horas depois. Estamos sem opções. Se vamos fazer isso, precisaremos de um carro. E de um lugar para dormir.

— Não, Harp. Fiz uma escolha. — Ela suspira, exasperada, e desvia os olhos, mas continuo: — Não vou mais ser a mesma de antes, e não tenho certeza de que não vou voltar a ser quem eu era caso esteja perto da minha mãe. Quero seguir em frente, está bem? Deve ter outro lugar. Um abrigo, talvez. Um local onde possamos descansar sem nos envolver no drama do contínuo desmoronamento da minha família.

Harp não responde. Volta a atenção para a tela do computador do homem ao nosso lado e observa com atenção. Estou prestes a fazer uma piada sobre seu déficit de atenção não diagnosticado quando percebo sua expressão assustada.

— Harp.

Ela olha para mim.

— Estão com uma oferta ótima — comenta, em alto e bom som. — Comprando um Caramel Macchiato, você ganha de brinde mil seguidores no Twitter. Que pechincha!

Um grupo de garotas à nossa esquerda fica em silêncio, e de repente todas se levantam. À nossa direita, o homem larga o laptop e corre até o balcão. Os ocupantes das mesas próximas fazem o mesmo. As outras pessoas, sentindo o clima, também ficam de pé e formam fila, para o desespero da mulher no balcão.

— Harp, o quê...

— Shhh!

Ela pega o laptop abandonado, virando-o para que eu possa ver a tela.

Há uma grande manchete no portal de notícias da Igreja Americana, escrita em fonte vermelho-sangue, cercada de animações de anjos raivosos jogando raios 3D na tela, para ressaltar a seriedade da situação:

**INIMIGAS DA SALVAÇÃO:**
**PERIGOSAS E À SOLTA**
A IGREJA OFERECE RECOMPENSA DE UM MILHÃO DE DÓLARES MAIS SALVAÇÃO GARANTIDA PARA QUALQUER UM QUE TENHA INFORMAÇÕES SOBRE O PARADEIRO DESSAS GAROTAS
QUEM FOR VISTO AJUDANDO OU ESCONDENDO AS CRIMINOSAS ENFRENTARÁ JULGAMENTO SEVERO DURANTE O APOCALIPSE
PROCURADAS **VIVAS**

Nunca vi a Igreja tratar nenhum alvo com tanta agressividade. No começo, todos os inimigos — políticos liberais, celebridades gays, acadêmicos feministas — eram apenas desacreditados na mídia e processados até caírem no esquecimento, por mais que tentassem revidar. Mas parece que estão querendo capturar alguém dessa vez, como se quisessem que o povo entregasse o inimigo de bandeja. A manchete faz a Igreja parecer a lei. Sinto um calafrio na nuca, porque estou me dando conta do que verei assim que Harp rolar a tela para baixo.

A foto em preto e branco está pixelada e foi ampliada a partir das imagens da câmera de segurança do complexo de Beaton Frick, mas é fácil nos reconhecer: uma garota baixa de descendência indiana com cabelo preto bagunçado e uma branquela alta com a franja tapando os olhos. Harp e eu. Nossos rostos. Inconfundíveis.

E estão por toda parte.

# CAPÍTULO 2

A CAFETERIA ESTÁ ILUMINADA DEMAIS, cheia demais. Sinto calor emanando das minhas bochechas, como se meu rosto estivesse brilhando como um farol. Meu cérebro manda uma mensagem urgente para as minhas pernas e, antes que eu consiga perceber direito o que estou fazendo, já estou de pé indo em direção à porta. Ouço Harp se levantar às pressas, mas não espero por ela. Ficamos mais visíveis a cada segundo de hesitação.

Do lado de fora, o vento está mais forte, espalhando poeira, e meus olhos ardem com o frio. Tento envolver a mim mesma com os braços, tento me encolher. Não sei aonde estou indo, apenas me afasto da tela daquele laptop, por instinto. Mas meu rosto deve estar em centenas de outras telas. Passo pelos prédios, olhando para as janelas abertas e notando aquele brilho azulado vindo de diversos computadores. Parece impossível que possam exibir qualquer coisa que não meu rosto, se espalhando como um vírus por links no Twitter e no Facebook até que todo mundo nos Estados Unidos o tenha memorizado.

Chego ao fim do quarteirão antes que Harp consiga me alcançar. Reparo que ela está trazendo um laptop debaixo do braço, sendo que ela não tinha um computador quando entramos na cafeteria.

— Eu sei, eu *sei* — murmura ela. — Tenho noção de que pequenos furtos não são o modo mais discreto de lidar com essa novidade, mas entrei em pânico, está bem?

Começo a andar mais depressa, seguindo para uma rua lateral colina acima, mais escura e ladeada por árvores. Não quero que o dono do laptop nos alcance. Minha mão lateja, mas, como nossos rostos foram divulgados, nada de hospital para mim. Nada de motéis nem de pedir informações em postos de gasolina. Nada de comida. Até esse momento eu não tinha percebido como as coisas estavam tranquilas quando éramos anônimas. Não tinha me dado conta de quantas coisas tínhamos conseguido fazer. Sendo realista, acho que ainda temos algum tempo... Talvez até o noticiário da noite. Depois disso, teremos mais chances de escapar se nos separarmos. Não há nada mais influente do que a Igreja, então não existe a menor possibilidade de nós duas sairmos juntas dessa cidade... Pelo menos não com vida.

— Olha, Apple. — Harp para de andar pois precisa recuperar o fôlego. — Estamos muito ferradas. Sei que agora você é a Vivian 2.0, sei que quer seguir em frente. Mas a gente precisa se esconder, e rápido, antes que encontre alguém que tenha visto a notícia. Você acha que sua irmã nos manteria em segurança?

Levo as mãos ao rosto. Em parte para pensar, em parte para me sentir menos exposta.

— Não sei. Mal falei com minha irmã, mas ela não me pareceu ser alguém que esconderia fugitivas. Parecia certinha demais. E citou a Bíblia para mim. Mas acho que não é Crente. E, de qualquer forma, minha mãe pode garantir que somos confiáveis. Ela vai querer me manter em segurança. Mas acho que seria apenas uma solução temporária.

— Uma solução temporária é melhor que nada — retruca Harp.

— Eu sei. Mas vamos precisar de um plano B, se não pudermos confiar em Winnie. — Por fim, afasto as mãos e olho para o rosto preocupado de Harp. — Podemos pegar dinheiro emprestado com minha mãe... Ela deve ter alguma coisa, né? Depois voltamos para a casa dos pais de Wambaugh.

Parece difícil acreditar que foi ontem de manhã que vimos minha antiga professora de história pela última vez, em Sacramento. Aconteceu tanta coisa desde então. Mas Wambaugh vai saber que não somos perigosas de verdade. Ela vai nos manter em segurança. Minha cabeça fica a mil pensando nas possibilidades... Poderíamos voltar para Keystone e pedir abrigo aos Novos Órfãos mais uma vez. Nossa amiga Edie está lá. Podíamos ir para o leste, procurando alguém que nos conheça bem o suficiente para confiar em nós duas. Mas esse número está cada vez menor. Raj morreu. Dylan Marx, seu antigo namorado, está desaparecido. Se não der para ficar no apartamento de Winnie, Sacramento é nossa melhor opção.

— Está bem. — Harp toca meu cotovelo. — Vamos lá.

Sigo na frente até o topo da colina. Reconheço o parque diante de nós, cinza-azulado à luz do crepúsculo. Voltamos para o quarteirão de Winnie. Esta manhã fui até o apartamento dela na esperança de encontrar uma irmã. Mas era minha mãe quem estava lá. Ainda não confio muito nelas, tenho ciúmes do laço que formaram durante os últimos meses, enquanto eu sofria a ausência da mãe que pensava ter perdido para sempre. Mas estou com medo demais para deixar que isso me impeça. Carros passam entre o parque e nós duas. Os motoristas começam a acender os faróis, e somos iluminadas pelo seu brilho. Mantemos as cabeças baixas e corremos até o prédio de Winnie. Tento abrir o portão — trancado — e então interfono para o apartamento 3.

Há silêncio por um longo momento, até que ouço um ruído de estática. A voz desconfiada da minha mãe me atinge como um soco.

— Alô.

— Mãe, é a Viv. Estou aqui fora com Harp, e a gente precisa de ajuda.

No mesmo instante ouço o portão destravando. Abro-o, e nós duas entramos no saguão. Refazemos meus passos desta manhã. Algumas horas atrás, deixei minha mãe aqui sem contar para onde estava indo, mas ela surge no topo da escada, nos esperando no batente da porta de Winnie. Está usando uma camisa abotoada até o pescoço, e seu longo cabelo loiro-acobreado cai pelos ombros. Ainda é um choque encontrá-la ali, viva, depois de meses tentando me acostumar com a ausência dela, mas solto o ar que estava prendendo, pois estamos seguras. Só quando estamos frente a frente noto a expressão de grande ansiedade no rosto da minha mãe.

— O que foi que você fez?

Ela parece paralisada de medo, e paro de andar no mesmo instante. Os pelos da minha nuca se arrepiam, como fizeram meses atrás, poucos meses antes do Arrebatamento, quando ela me flagrou voltando para casa escondida depois de passar a noite bebendo com Harp. Sinto que ela está prestes a me dar uma bronca.

— Seu rosto — continua minha mãe. — Seu rosto está no noticiário da Igreja Americana.

— Eu sei. Foi um grande mal-entendido — tranquilizo-a, esperando soar convincente. — Só precisamos ficar escondidas aqui por um ou dois dias. Juro que vamos resolver isso.

— Como assim, um mal-entendido? — Minha mãe parece à beira das lágrimas. — Estão oferecendo uma recompensa, Vivian! De um milhão de dólares! Isso é sério!

Hesito. Sei que deveria contar a verdade a ela. Mas uma pequena parte de mim tem medo de que minha mãe não seja forte o bastante para ouvir isso, que a notícia de que a Igreja Americana ajudou a matar meu pai vá acabar com ela. E uma parte ainda maior imagina que, se eu contar a verdade, ela não vai acreditar. Não vai querer acreditar em mim. Estou tentando pensar em um jeito de desviar da pergunta, mas a expressão dela se suaviza. Minha mãe dá um passo à frente e toca minha bochecha com a mão.

— Querida, você não precisa me contar agora. Entre e se sente. Quando Winnie voltar para casa, vou pensar em alguma coisa para dizer a ela, mas sei que vai querer ajudar a proteger você. Vamos resolver isso juntas.

Assinto e entro no apartamento, mas não demoro a perceber que minha mãe não veio comigo. Ficou parada na porta, bloqueando a passagem de Harp. Por cima do ombro dela, reparo os olhos da minha amiga se arregalarem.

— Mãe, deixa ela entrar.

— Não sei se é uma boa ideia, Vivian. — A voz dela sai baixa, mas firme.

Dou um passo à frente e toco no braço dela. Tento tirá-la do caminho, para que Harp consiga passar, mas minha mãe não se mexe. Minha melhor amiga dá um passo para trás e sua expressão assustada é substituída por um ressentimento frio.

— Não é culpa da Harp — digo. — O que fizemos foi ideia minha, está bem? Se vai me proteger, precisa protegê-la também.

Reparo que isso é muito difícil para minha mãe. Ela nunca foi muito fã de Harp — esta manhã a chamou de "um pouco exagerada"—, e sei que existe uma parte dentro dela que ainda é Crente. "Honre a Igreja acima de todas as coisas terrenas", diz o Livro de Frick, "e além disso apenas seu próprio sangue. Homem nenhum tem a obrigação de enfrentar os lobos à porta do seu vizinho". Nada garante que minha mãe deixaria Harp entrar, mesmo se ela fosse uma cidadã exemplar, uma escoteira cheia de honrarias.

— Não posso! — diz minha mãe, quase sussurrando. — Vivian, e se descobrirem que eu a aceitei aqui? Ainda tenho chance de ir na Segunda Balsa. De rever Ned! Não posso correr esse risco!

— Tudo bem! — intervém Harp, antes que eu possa argumentar. Ela agarra o laptop com mais força. — Vou dar um jeito. Espero que consiga ir para o céu, Sra. Apple.

Observo-a se virar e descer a escada. Eu a chamo, mas ainda assim ouço o portão bater quando ela sai. Tiro minha mãe do caminho, tentando ir atrás da minha amiga, mas ela segura meu braço.

— Querida, por favor! Fique comigo. Eu vou ajudá-la a resolver isso. Vamos ligar para o número de emergência da Igreja Americana. Tenho certeza de que podemos convencê-los de que você não representa nenhuma ameaça.

Fico imóvel, sem acreditar.

— Harp é minha melhor amiga.

— Eu sei, querida. — Minha mãe franze a testa. Parece, mais do que tudo, que está com pena de mim. — Mas os problemas que ela traz não valem o esforço.

— Como pode dizer uma coisa dessas? Você nem a conhece!

— Eu era igualzinha a ela! — Minha mãe praticamente grita, e sua voz sai trêmula. — E testemunhei em primeira mão o tipo de destruição que ela é capaz de causar. Que já causou, aliás! Não quero que ela arraste você junto, Vivian. Eu te amo e sei que você é melhor do que isso! Sei que não quer abandonar sua melhor amiga, mas...

— Não quero mesmo. — Meu coração bate acelerado, dolorosamente. — Esse é o tipo de coisa que *você* faz, lembra?

A princípio, ela não entende. Mas então sua expressão preocupada fica severa, e ela dá um passo para trás, como se eu tivesse lhe dado um tapa. Fico esperando que ela bata a porta na minha cara, mas minha mãe parece espantada demais para se mexer. Antes que eu possa dizer mais alguma coisa, antes mesmo que consiga pensar em pedir desculpas, dou meia-volta e desço correndo a escada.

Abro o portão do prédio e sou atingida pelo vento frio. O sol já se pôs, e a noite de São Francisco parece tão fria quanto o inverno de Pittsburgh. Fico tão surpresa que, a princípio, não reparo que Harp está bem na minha frente, cercada por três jovens. Mas então noto os olhos arregalados dela. Um dos garotos a segura de leve pelo ombro. Eu me pergunto se não é uma tentativa de fazê-la sofrer a Madalena, um costume popular entre Crentes bonitos. Eles seduzem mulheres e garotas solteiras e as fazem se converter pela culpa. Mas esses homens não parecem Crentes e, de qualquer forma, Harp nunca cairia nesse papo.

O portão bate atrás de mim, e os três erguem os olhos. De repente percebo que o rapaz que está segurando Harp tem um celular nas mãos. Ele olha para a tela e sorri.

— É você?

Ele estende o celular para mim, e me aproximo com cautela. Fingindo estar realmente curiosa, olho para meu próprio rosto, aumentado e pixelado, na tela do telefone. Meu coração está tão acelerado que tenho certeza de que eles ouvem as batidas. Como nos acharam tão rápido?

— Não? — respondo, a voz insegura demais.

Outro rapaz ri e agarra minha mão machucada. Quando grito de dor, Harp usa toda a sua força para acertar a beirada do laptop na boca do cara que estava segurando ela. Ele se afasta, gemendo de dor, e minha amiga dispara ladeira abaixo. Eu me desvencilho do aperto do outro garoto, sentindo a dor subir pelo meu braço, sentindo-a atrás dos olhos, nos dentes. Corro atrás de Harp ainda vislumbrando o sorriso horrível do cara com o celular.

Ouço os sapatos deles ecoando no asfalto atrás de mim, sinto um puxão assustador no cabelo quando um deles tenta me agarrar. Tenho uma vaga noção de que há um carro preto no meio da rua cantando pneu enquanto faz a curva para seguir na minha direção. Já no acostamento, Harp diminui o ritmo para ver onde estou.

— Continue correndo! — grito.

Mas o carro preto para diante dela, bloqueando seu caminho. Acelero para alcançá-la no mesmo instante em que a pessoa no banco do carona abre a porta de trás. Harp começa a dar a volta, mas a agarro, porque reconheço a mulher dentro do veículo à nossa espera.

— Entrem! — grita Winnie.

Entramos depressa, e Harp bate a porta com força. O carro sai cantando pneu. Um dos homens que nos perseguia estava mais perto do que eu imaginava, porque ouço baterem na janela e, quando me viro, me deparo com ele parado no meio da rua, o punho erguido.

Winnie nos observa recuperar o fôlego. Ela está de jaqueta de couro e batom vermelho-sangue, que tenho certeza de que não estava usando hoje de manhã quando saiu de casa. Olho para a motorista, mas só consigo notar seus óculos de armação azul pelo retrovisor e seu nariz cheio de sardas.

— E olha que cheguei mesmo a cogitar que minha irmãzinha perdida tinha vindo até São Francisco só para me fazer uma visita — diz ela, por fim, sem disfarçar o tom divertido na voz. Virando-se para Harp com a mão estendida, acrescenta: — Sou Winnie.

— Harp. — Assustada, minha melhor amiga aperta a mão dela.

— Para onde está nos levando? — pergunto, quando finalmente consigo respirar.

— Para um lugar onde ficarão seguras — responde Winnie. — Escutem, talvez mais tarde a gente possa continuar as apresentações educadas, porque agora estou morrendo de curiosidade. Quero saber *exatamente* como vocês duas conseguiram entrar para a lista negra da Igreja Americana.

Mais um choque gelado de medo: Winnie também viu as notícias. Será que alguém nesta cidade ainda não viu? Quando olho para minha meia-irmã, noto sua expressão sarcástica. Esta manhã, em meu estado entorpecido de luto e inveja, eu tinha achado que ela era uma menininha delicada e preciosa, como uma professora de jardim de infância hipster. Mas agora sua personalidade parece completamente diferente: mais atrevida, divertida e também um pouco inconsequente. Estou confusa. Ela estava fingindo de manhã ou será que está fingindo agora?

— Não... Não sei bem do que você está falando.

Winnie sorri.

— Vivian, entendo que você esteja numa situação complicada. E que provavelmente não se sente inclinada a confiar na sua irmã ainda desconhecida. Mas estou aqui para ajudar, sério. Eu *posso* ajudar. Só seria legal entender *por que* estou fazendo isso.

— Não pedi sua ajuda.

No banco da frente, a motorista ri.

— Sua irmãzinha é *abusada*, Win. Mas acho que só assim mesmo pra conseguir irritar tanto a Igreja.

— É, Birdie, vamos usar "abusada". — A voz de Winnie está marcada pelo sarcasmo. — Soa bem melhor que "pentelha".

Tenho uma resposta na ponta da língua, mas fico quieta. *Estou* sendo pentelha, e sei disso. Sinto uma necessidade urgente de punir Winnie pelos erros de nossa mãe. Mas não é justo, e não posso me deixar agir como essa irmã mais nova pentelha que acabei de descobrir que existe dentro de mim. Só faz alguns minutos que estamos no carro, mas, quando olho pela janela, percebo que estamos bem longe do bairro chique de Winnie. Há um parque maior e mais cheio de vida selvagem do que a discreta faixa de grama na frente do prédio dela. Do outro lado da rua, há casas abandonadas e precisando de reparos, e as calçadas diante delas se tornaram uma pequena civilização: barracas de náilon sujas formando pequenos círculos, com silhuetas ao redor de fogueiras minguadas. São Francisco está desolada. Harp e eu não estamos seguras andando por aí enquanto oferecem uma recompensa de um milhão de dólares por nossas cabeças.

— Como sabe que o lugar para onde está nos levando é seguro? — pergunto, tentando não fazer com que soe como um desafio.

— Boa pergunta — responde Winnie, assentindo. — Vou responder com sinceridade. Birdie e eu fazemos parte de uma organização que tem o intuito de destruir a Igreja. Algo como uma milícia voluntária.

Sinto Harp me olhando com surpresa, mas estou chocada demais para encará-la. Durante meses, o único movimento de resistência sobre o qual ouvimos falar foram os malfadados Novos Órfãos. Descobrir que há outro, e que Winnie faz parte dele, planta uma semente de esperança em mim. Mas a palavra "milícia" traz alguns questionamentos. Ela está dizendo que realmente pretende lutar?

— Temos uma rica benfeitora que levanta fundos para nossa causa — continua minha meia-irmã. — Ela trabalha muito para manter a operação em segredo. Estou sempre monitorando as notícias da Igreja, pois eles dão muitas informações preciosas sem perceber. Por sorte, vi sua foto assim que foi postada. Reconheci você no mesmo instante, considerando sua aparição memorável na minha porta hoje. Fui pra casa assim que vi a imagem.

— E nós agradecemos por isso — intervém Harp. — Não é verdade, Viv?

Assinto, um pouco espantada. Winnie balança a mão, dispensando nossa gratidão.

— O prazer é nosso, de verdade. Fico feliz em ajudar a esconder qualquer um que a Igreja esteja tentando encontrar. Mas mesmo assim... vocês se importam de nos contar o que aconteceu? Poderíamos proteger melhor as duas se soubéssemos com o que estamos lidando.

Minha cabeça está a mil. Quero confiar em Winnie, estou me esforçando bastante para isso, mas algo me impede. Neste exato momento, a informação que temos é nossa única moeda de troca, e estou com medo de gastar tudo de uma vez. Ainda mais porque ainda não entendo muito bem para quem Winnie trabalha... ou que tipo de trabalho ela faz. Respiro fundo.

— Ontem à noite, Harp e eu invadimos um complexo secreto da Igreja que fica nos arredores da cidade. Acho que deve ser um local bem secreto, porque eles mandaram algumas pessoas atrás de nós. Quase não conseguimos sair vivas.

— Onde fica o complexo? — pergunta Birdie, ansiosa.

— Não sei direito. A norte daqui, na floresta... Talvez a uma hora de distância?

— Isso é... interessante. — Mesmo no escuro, consigo ver a expressão desconfiada de Winnie. Ela já me conhece bem o suficiente para saber que não estou revelando tudo. — Consegue se lembrar de alguma coisa mais específica? Talvez do que encontrou lá dentro?

Faço uma pausa como se estivesse tentando lembrar, então balanço a cabeça.

— Não sei. Estou muito cansada. Eu teria que pensar um pouco sobre isso.

— Estou perguntando porque imagino que seja o mesmo lugar para onde Mara e seu pai foram chamados... Onde iam receber a bênção de Frick antes do Arrebatamento.

Olho para Winnie, surpresa. Tinha me esquecido de que ela estava na sala hoje de manhã quando minha mãe contou toda a sua triste história.

— Eu não tinha escutado a história de Mara até hoje — explica minha meia-irmã. — Ela apareceu mais ou menos uma semana depois do Arrebatamento, sem dar nenhuma explicação. Ela me fez acreditar que pegou um avião para São Francisco depois de ser Deixada Para Trás. Mas eu tinha a impressão de que ela sabia mais do que estava revelando... Eu me pergunto se ela tem noção do quanto.

— Então o último lugar do Arrebatamento foi nesse complexo? Não surpreende que a Igreja queira você morta. — Birdie dá uma risada sombria. — Como o encontrou? Como sabia que estava aqui?

Abro a boca para responder, mas minha garganta fica seca. Não quero contar a elas sobre Peter. Por algum motivo parece que ele é a informação mais valiosa que tenho. *Tem um garoto que se chama Peter. Ele gosta de mim, mas não sabemos onde ele está.* Seguro o colar com o pingente de marreta e fico aliviada quando Harp responde por mim.

— Recebemos uma pista dos Novos Órfãos, na Dakota do Sul — explica ela, sem mentir exatamente.

— Os Novos Órfãos deram essa informação para vocês? — Birdie fica boquiaberta. — Merda.

— Já ouvi falar desse cara — comenta Winnie. — Golias, não é? Supostamente ele é um visionário. Criou um poderoso santuário contra a Igreja no centro de um dos Lugares Sagrados. Fico imaginando se poderíamos recrutá-lo...

— Acho que isso depende do seu fornecedor de cocaína — murmura Harp.

Não quero responder a mais perguntas sobre o complexo de Frick, pois não tenho certeza de por quanto tempo mais posso fingir ignorância.

— Então, o que mais podem nos contar sobre essa "milícia"? Ou é tudo secreto demais para nossos frágeis ouvidos civis?

Birdie ri de novo. Sob a iluminação de um dos postes da rua, vejo Winnie sorrir.

— Posso dar uma explicação básica — responde ela. — Nossa benfeitora, Amanda, nos recrutou no ano passado por causa do objetivo que temos em comum: derrubar a Igreja. Amanda financia a operação, mantendo segredo para a população geral, e planeja futuros ataques.

— Quando você diz "ataques"... — Não termino a frase, pois não sei como prosseguir.

— Se estou dizendo que matamos pessoas? — Winnie completa por mim. Noto um tom ácido em sua voz, uma irritação ou postura defensiva que não consigo decifrar muito bem. — Isso não deixa de ser uma possibilidade. Mas nossa atuação é bem ampla.

Ela faz uma pausa, e percebo que não tem a intenção de dar maiores explicações. Olho pela janela, observando as cidades de tendas espalhadas pelo quarteirão.

— E essa benfeitora é muito rica?

— Bastante. Mas não tanto quanto poderia ser. Amanda é um gênio, começou a fundar pequenas empresas de tecnologia aos 17 anos. Dois anos atrás, a Igreja tentou comprar o empreendimento mais bem-sucedido dela. Software de vigilância, que é uma ferramenta muito poderosa e perigosa se cair nas mãos erradas. Ofereceram bilhões, mas Amanda recusou a oferta. Ela o vendeu para outra empresa por um pouco menos, e então a Igreja comprou a outra companhia.

A estrada chega ao fim, e Birdie vira à direita. O oceano Pacífico surge do outro lado da minha janela, vasto e escuro, refletindo o brilho da lua cheia. Harp se aproxima de mim para olhar também.

— Mas isso não foi suficiente para eles; a Igreja ficou com raiva porque ela recusou a proposta deles. Imagino que tenha sido um tapa na cara ouvir a recusa de uma mulher jovem e bem-sucedida. — Ela hesita, e depois sua voz fica mais fria. — Cerca de uma semana depois da compra da outra empresa pela Igreja, ela e a companheira foram atacadas diante de casa. A companheira de Amanda morreu, e ela sofreu uma lesão na coluna... Por isso ela não anda mais. Não há provas de que foi a Igreja que orquestrou o ataque, nunca há, mas isso bastou para convencê-la a investir todo o seu dinheiro em algo mais poderoso do que um aplicativo.

Ao ouvir o relato de Winnie, sinto uma identificação. Passei o dia inteiro tentando não pensar no meu pai, com medo de que, se me permitisse chorar por ele, nunca mais pararia. Só que a história de Amanda trouxe tudo à tona: meu pai morreu. A Igreja o matou. Talvez antes eu fosse o tipo de pessoa que tentaria perdoá-los, mas deixei de ser assim. Tenho a distinta impressão de que a milícia de Amanda é uma força muito mais perigosa do que os Novos Órfãos, mais violenta e organizada também. E, nesse instante, sem fazer a menor ideia de onde Peter possa estar ou do que está acontecendo com ele, consigo entender o apelo de uma arma dessas. No escuro, cerro o punho da mão ilesa.

O carro começa a subir uma estrada íngreme pelo penhasco à nossa direita. Damos de cara com uma barreira laranja com uma placa que diz ESTRADA FECHADA, mas Birdie apenas a contorna e segue adiante. Do outro lado da estrada, um despenhadeiro dá para a praia e, além dela, é possível ver o mar escuro. À nossa frente há um grande prédio cinza. Metade da construção está no nível do chão, e a outra foi construída no penhasco por onde a estrada passa. No telhado, com uma letra fina, está escrito CASA DO PENHASCO. Birdie reduz a velocidade e estaciona.

Harp e eu seguimos Winnie, descendo alguns metros até a borda do penhasco atrás do prédio. O frio é ainda mais cortante à beira-mar, e minha meia-irmã parece sentir pena ao nos ver tremendo.

— Vou trazer alguns casacos para vocês assim que puder. Já faz meses que está desse jeito: um céu inexplicavelmente vermelho durante o dia e temperaturas congelantes à noite. Isso nos deixa muito otimistas quanto ao futuro da Terra, não é mesmo?

Paro de andar quando chegamos à beira do penhasco. Ao meu lado, Harp suspira. É difícil entender exatamente para o que estamos olhando. Abaixo de nós, uma longa encosta verdejante abre espaço para uma enorme lagoa de águas calmas, sobre as quais a lua lança um brilho estranho. A lagoa é separada das ondas do Pacífico por um muro baixo de pedra. Atrás dela, há estranhas estruturas de pedra e, logo acima, penhascos mais altos e fundos do que este sobre o qual estamos. Às nossas costas, antes de entrar no lugar chamado Casa do Penhasco, Birdie explica que aqui costumava ficar uma popular casa de banho à moda antiga que pegou fogo vários anos atrás. Olhamos para as ruínas da maior piscina. É estranho e lindo ao mesmo tempo. Vejo pequenas silhuetas andando pelo muro de pedra. Uma delas se vira na nossa direção, para e acena. Winnie acena de volta, então se vira para mim com um sorriso tímido. Ela se parece tanto com minha mãe nesse momento, que quase me faz chorar.

— Ei, maninha... quer conhecer meu namorado?

# CAPÍTULO 3

Winnie nos faz dar a volta no penhasco e descer uma ladeira íngreme e arenosa coberta de mato. O homem que acenou pouco tempo atrás vem em nossa direção, parando de vez em quando para cochichar com uma das pessoas que o acompanha.

— Ô, lá em casa... — murmura Harp quando conseguimos ver o rosto dele.

O rapaz é muito bonito: alto, charmoso, bronzeado, com olhos escuros e cabelo preto curtinho, além de ter sardas charmosas no nariz. Tem um brilho um pouco malicioso nos olhos, como se já tivesse ouvido tudo sobre nós e gostasse do que descobriu.

— Vivian, Harp — começa Winnie, quando ele se aproxima —, esse é Diego, segundo no comando depois de Amanda. Diego, essas são Vivian Apple, filha da Mara, e Harp.

Ele dá um passo à frente e me encara durante um instante desconfortável.

— É, dá pra ver a semelhança. Os olhos de vocês duas são quase idênticos. Você provavelmente acha que tem olhos castanhos, não é?

— Hã... acho?

— Sua irmã também. Na verdade têm um lindo tom de verde. Sim, tem um pouco de castanho, mas com certeza são verdes. Não sei por que as duas insistem em dizer que são castanhos... Será que é falsa modéstia? Burrice? E *você* está tentando esconder esses olhos atrás do cabelo.

Diego encara minha franja caindo nos olhos, e eu a afasto do rosto, corando.

— Ah, pelo amor de Deus, Di — murmura Winnie, mas noto um sorriso no canto dos seus lábios.

— Desculpe se você é daltônica, Win — responde ele, colocando um braço sobre os ombros dela. — Desculpe se nunca vai poder pilotar um avião, que sei que é seu maior sonho.

Winnie ri, e sinto uma pontada de dor, como se tivesse cutucado um dente cariado com a língua. Eles parecem tão felizes e à vontade um com o outro. São bonitos, perigosos e impressionantemente maduros. Eu me sinto muito mais sozinha só de estar perto dos dois. Quero Peter. Quero saber onde ele está, quero ele aqui. Quero acabar com essa terrível espiral de possibilidades que não sai da minha cabeça: Peter assustado, correndo pela floresta de Point Reyes; Peter todo machucado e ensanguentado, com os Três Anjos logo atrás; Peter morto.

Preciso me distrair. Indico Diego com a cabeça e pergunto para Winnie:

— Mamãe sabe disso?

Ela parece achar graça.

— Não, Mara não sabe que estou namorando um cara que planeja um ataque violento contra a Igreja Americana. Não sei por que, mas o assunto não surgiu. — Então ela se vira para Diego, com um falso olhar de piedade. — Desculpe, amor, mas a verdade é que tenho vergonha de você.

Diego sorri.

— Nunca me dei muito bem com pais.

— Na verdade — continua Winnie, voltando a olhar para mim —, Mara não sabe nada sobre meu envolvimento com este grupo. Toda a informação que ela tem é que sou uma assistente social boazinha que encontra lares para os pobres bebês Deixados Para Trás. E, de certa forma, é o que eu sou! Mas o que ela não sabe é que estou procurando lares seculares para esses bebês, onde ficarão longe das garras da Igreja. Duvido que Mara ficaria *feliz* se soubesse, então, da próxima vez que encontrar com ela, por favor, não conte isso.

Sinto um aperto no peito.

— É, acho que isso não vai ser um problema.

— Por que não?

Não quero falar sobre o assunto, mas Harp explica:

— Quando vimos que estávamos sendo procuradas, fomos para o seu apartamento. Mas a Sra. Apple me sacaneou, aí...

— A gente brigou. — Fico impressionada com o fato de a minha voz sair fria e controlada. — Ela disse algumas coisas horríveis, e falei outras coisas horríveis. Não acho que a verei outra vez.

Winnie fica séria.

— Eu não tinha entendido por que vocês estavam na rua, em vez de dentro de casa. Não tinha me dado conta, Viv. Que droga. Sinto muito mesmo.

Ela estende a mão para segurar a minha. Mas sua pele está fria por causa do vento, e é difícil me sentir reconfortada com esse gesto. Sei que ela está tentando melhorar as coisas, fazer com que eu me sinta um pouco melhor. Talvez queira mesmo ser minha irmã. E quero aceitar o gesto, deixá-la entrar. Seria uma coisa legal a fazer, seria o certo. Só preciso falar ou sorrir, e estaremos no caminho certo. Mas não consigo. Eu me lembro do olhar frio da minha mãe antes de eu sair correndo. Vou ficar ao lado de Winnie e serei o mais cordial possível. Só que nunca mais quero que alguém que diz que me ama olhe para mim daquele jeito.

Depois de um instante, Diego pigarreia.

— Então... um milhão de dólares, hein? Não vemos isso todo dia. O que vocês fizeram exatamente?

— Elas encontraram o complexo que Mara mencionou esta manhã — responde Winnie quando fico em silêncio. — Fica a norte daqui, mas elas não sabem a localização exata. Elas invadiram, e a Igreja as colocou para correr.

Diego ergue as sobrancelhas.

— E aí?

Winnie olha para mim. Consigo perceber que ela ainda suspeita que eu tenho mais informações do que estou revelando, mas parece que não quer que Diego saiba. Ele me olha, apreensivo, depois se vira para Harp, que fica arrepiada.

— E aí o *quê*? — retruca ela.

— A igreja tem dezenas de complexos secretos — explica Diego. — Então por que perseguiriam tão publicamente duas meninas que invadiram um deles?

— Vai saber! — Harp parece despreocupada. Reparo, agradecida, que ela mente muito melhor do que eu, mesmo que não entenda por que estou mentindo, para início de conversa. — Eles também veneram uma escritura que alega que Jesus viaja pelo espaço-tempo em um conversível azul-celeste, então eu, pelo menos, parei de tentar entender a lógica.

Mas Diego continua sério. Assim como Winnie, ele não está convencido.

— Vocês não percebem como a Igreja Americana demonstra fraqueza ao perseguir vocês duas desse jeito? Falível? Estão dispostos a informar para cada um dos Crentes que as pessoas mais fracas que existem, crianças, ou melhor, crianças *do sexo feminino*, são uma ameaça. Para encontrar vocês duas, estão dispostos a parecer destrutíveis. Não correriam esse risco se a única coisa que tivessem a esconder fosse um complexo.

Harp olha para mim e, embora continue inexpressiva, sei que só o fato de ter me encarado revelou nosso blefe. Continuo calada. Diego se aproxima de mim, agarrando meu antebraço direito. Quando tento puxar o braço, ele segura com mais força.

— O que aconteceu lá, Vivian?

Olho para baixo. A dor que o homem na rua me causou ainda não passou, mas, com as emoções do dia, isso virou só mais um detalhe no meu corpo perigoso, perseguido e ameaçado. Reparo que minha mão inchou bastante. Olho para Diego e noto um brilho diferente em seus olhos, um pouco mais sombrio do que antes... há algo perigoso ali. Uma mensagem silenciosa e relutante de que ele não é alguém que eu queira irritar.

— Você sabe alguma coisa. — Ele mantém o tom de voz baixo. — Pode ou não me contar, mas não gosto de mentiras, Vivian. Se vai mentir para mim, vou pedir para o meu pessoal cuidar da sua mão e depois vou mandar vocês embora. Eu me lembrarei de você com carinho, até ficarei preocupado, mas não vou aceitar que minta para mim.

Sinto um calafrio. Não gosto da rapidez com que Diego mudou do tom brincalhão para o ameaçador. Não gosto de como ele usou a força para me subjugar. E muito menos de seu tom de voz quando nos chamou de "crianças do sexo feminino".

— O que a gente sabe — digo a ele — é tudo o que temos. Se contarmos para você, preciso que entenda que vai ser uma troca. Não um presente.

Diego me solta e cruza os braços.

— É difícil entender os termos dessa troca sem saber qual é a informação. E se eu prometer algo grandioso e não receber nada em troca?

Harp ri.

— Não é "nada". Pode acreditar, não é "nada".

— Nos querem com vida — respondo alto, tentando me fazer ouvir por cima do barulho das ondas quebrando e do sangue pulsando em meus ouvidos. — Mas, se nos pegarem, não continuaremos vivas por muito tempo. Se você quiser descobrir o que a gente sabe, preciso que jure que vai manter Harp e a mim em segurança. Que vai fazer tudo a seu alcance para nos manter escondidas da Igreja Americana. Se não puder garantir isso, vamos embora e levaremos nossa informação junto. — Eu me remexo, desconfortável. Diego me encara com um sorriso enorme e incompreensível. — Que foi? Qual é a graça, porra?

— Você é tão parecida com a Winnie, que chega até a assustar. Vocês duas têm o gene de quem não leva desaforo para casa. — Ele me analisa por um tempo, até que estende a mão. Tenho que me forçar a parar antes de estender a mão esquerda para Diego. — Vivian Apple — diz Diego. — Juro por... por Deus, não. Pelo que eu deveria jurar?

— Pelo Universo — respondo, sem hesitar.

— Pelo Universo — repete ele, muito sério. — Vivian Apple, juro pelo Universo que vou mantê-la em segurança. Não vou fazer isso porque você é jovem e inocente... — rio ao ouvir essa frase, mas ele me ignora —, e sim porque você merece ficar em segurança. Vou fazer isso porque acho que nós dois queremos a mesma coisa: acabar com a Igreja Americana de uma vez por todas. Mas sabe qual é o principal motivo pelo qual vou mantê-la segura?

— Qual?

— É porque amo sua irmã mais do que tudo. — Diego desvia os olhos de mim para o rosto de Winnie. Ele continua segurando minha mão. — E sinto que ela quer que eu faça isso.

Ao meu lado, Harp bufa.

— Ai, caramba, a gente *já entendeu*. — Ouço-a dizer. Mas as palavras de Diego têm um efeito poderoso.

Eu nunca tinha sido a irmã de ninguém, e parece que ser a irmã de Winnie Conroy é bastante interessante, se servir para conseguir a proteção de que preciso. Se eu puder usá-la para encontrar Peter e para machucar as pessoas que me fizeram mal. Olho para ela e percebo que está me observando com atenção. Então me volto para Diego e aperto a mão dele.

— Frick está vivo — digo. — Adam Taggart também.

Ele estremece. Winnie ofega e depois olha para Harp, em busca de confirmação. Harp joga o cabelo bagunçado para o lado e sorri.

— Estão vivos mesmo, *porra*! — exclama ela. — Respirando, piscando... essas coisas todas.

— Mas isso... — Winnie balança a cabeça, tentando absorver a informação. — Vocês chegaram a *ver* os dois? Estavam lá de bobeira na floresta?

— Eles estão presos lá — explico. — A corporação os mantém sob vigilância. Os dois são doidos. Frick não sabia o que estava dizendo, mas contou que o Arrebatamento foi armado. A Igreja Americana convocou centenas de Crentes para o complexo e matou todos. Disseram a Frick que se tratava de um sacrifício. Enquanto estávamos lá, ele recebeu uma mensagem de três pessoas que não reconhecemos. Frick disse que eram anjos, e que foram eles que orquestraram tudo aquilo. A gente acha que ele previu o Arrebatamento e, quando as pessoas começaram a acreditar, a corporação passou a ganhar dinheiro com isso. Então tiveram que fazer o Arrebatamento acontecer para que continuassem acreditando. E foi o que fizeram.

Winnie parece estar sem palavras. Ela leva a mão à boca, e Diego franze a testa.

— Três mil pessoas estão desaparecidas — observa ele, como se estivesse tentando entender a situação. — Se algumas centenas foram parar no complexo, o que aconteceu com o resto?

— Isso nós não sabemos — respondo. — Nem temos a menor ideia de onde começar a procurar.

Eles ficam nos encarando por um tempo, que parece uma eternidade, e, por fim, olham um para o outro. Para minha surpresa, Winnie ri.

— Cara, a gente já *sabia*, não é mesmo? — Ela passa a mão pelo cabelo loiro-acobreado. Seu olhar não parece completamente lúcido. — Aquela gente toda não podia simplesmente ter *desaparecido*. E tudo aconteceu a uma hora de distância daqui? Esse tempo todo Frick estava tão perto? Não consigo acreditar!

Diego esfrega o queixo.

— Onde fica esse complexo?

— Em Point Reyes. Mas a gente encontrou por acaso. Não sei se conseguiríamos localizar outra vez.

— Não se preocupe com isso. Vamos dar um jeito. — Então ele dá outro sorriso. — Sem querer criticar, Vivian, mas acho que você vendeu essa informação por muito pouco. Em troca disso, eu teria protegido você, sua melhor amiga, seu cachorro e praticamente todo mundo que você já conheceu na vida. Essa informação, minha querida, é tudo.

Dou um sorriso fraco. Mas estou começando a sentir uma dor crescente na base das costas por ter sustentado uma postura ereta por tanto tempo. O esforço de me manter em alerta me desgastou. Diego aponta para a Casa do Penhasco com a cabeça e diz:

— Vamos pedir para alguém dar uma olhada na sua mão.

Ele conduz nós quatro pelo penhasco, e sinto um asco terrível, um tremor intenso bem no interior do meu corpo, quando penso em alguém tocando em mim por qualquer motivo que seja.

# CAPÍTULO 4

As luzes da Casa do Penhasco estão apagadas.

A princípio, penso que deve haver algum problema — talvez tenha faltado luz, ou algo ainda mais sinistro —, mas Diego nos faz seguir em frente, explicando que eles mantêm as luzes apagadas à noite para evitar que sejam notados por navios. Enquanto meus olhos se ajustam à penumbra, reparo nas janelas enormes na parede dos fundos, com vista para o horizonte escuro. A milícia de Amanda converteu o que parece ter sido um restaurante em um misto de central de comando e dormitório. À nossa direita fica uma sacada que tem vista para um espaço cheio de camas logo abaixo, e à esquerda há um local que funciona como escritório, cheio de mesas e laptops. Noto que alguns soldados patrulham os corredores, sombras escuras segurando lanternas apontadas para o chão. Não sei o que eu esperava encontrar no centro dessa operação bilionária, mas não era isso.

Diego conduz Harp e eu até uma mulher de cabelo grisalho e óculos de armação grossa. Seu nome é Frankie, e ela era médica antes de entrar para a milícia de Amanda. Diego explica brevemente a situação. E, no escuro, vejo-a empalidecer quando ele faz um breve resumo do falso Arrebatamento. Diego conta que em dez minutos farão uma reunião para discutir estratégias. Então ele sai com Winnie, cochichando com ela, e só consigo entender algumas partes.

— ... Hoje à noite? Temos informação suficiente?... Pesquisa... Pergunte a Suzy... Não deve ser tão difícil, se elas conseguiram.

Frankie me leva para trás do bar que restou da decoração do antigo restaurante. As prateleiras inferiores estão cheias de suprimentos médicos. Ela ergue meu braço e toca meus dedos até que arfo de dor.

— Bem, com certeza você fez um estrago, hein? — comenta ela, alegre. — Por sorte, parece que foi só uma distensão, e não uma fratura. O que aconteceu? Você caiu em cima da mão?

— Ela deu um soco na cara do Beaton Frick ontem à noite — conta Harp, orgulhosa.

Frankie me olha como se aprovasse minha atitude.

— Mandou bem. — Ela me faz relaxar os dedos, depois coloca bastante gaze entre eles e os prende juntos. — Bem, com certeza está doendo, mas você foi muito esperta em não ir ao hospital.

— Por quê?

— Não está sabendo sobre o sistema de saúde da Igreja? — Frankie resmunga diante do meu rosto inexpressivo. — Sorte sua. No mês passado, a corporação comprou a maior parte das empresas de plano de saúde. Está tudo mais caro do que nunca, e esse é só mais um jeito de manter os Crentes na linha. Nada de abortos, anticoncepcionais ou suicídios assistidos. É uma forma bem inteligente de convencer uma multidão de fiéis de que eles não são donos de seus corpos. De qualquer maneira, agora todos os hospitais vigiam a população para a Igreja. Imagino que tenham recebido uma foto sua mesmo antes de ter sido divulgada. Você não conseguiria entrar lá sem ser reconhecida.

Depois que Frankie termina de enfaixar minha mão, ela fecha o kit de primeiros socorros e contorna o bar, indo até o meio do cômodo para se juntar ao círculo que se formou em torno de Diego. Harp e eu tentamos ir atrás dela, mas, quando nos vê, Diego olha para Winnie, que vem correndo na nossa direção, segurando um tablet. Ela se aproxima de nós e coloca a mão em nossas costas, nos guiando escada abaixo até o cômodo com as camas. Minha meia-irmã indica duas camas vazias e diz:

— Diego precisa explicar a todos o que aconteceu, e também vamos nos atualizar sobre alguns projetos individuais. Vocês vão achar tudo muito chato. E, além do mais, devem estar exaustas. Por que não aproveitam para descansar?

Ela abre um sorriso enorme para nós e volta correndo pela escada antes que eu possa reclamar. Ouço a voz de Diego acima de nós, mas, a essa distância, não consigo decifrar nenhuma palavra do que ele diz. Harp se deita de bruços em uma das camas, pegando uma velha edição da revista da Igreja Americana que alguém largou por aí. Reconheço a capa, pois lemos essa mesma edição meses atrás, em Pittsburgh, rindo de listas como *100 MOTIVOS PELOS QUAIS BOAS MENINAS SE DIVERTEM MAIS!* e *COMO SABER SE SUA MELHOR AMIGA ESTÁ CONDENADA AOS TORMENTOS ETERNOS NO FOGO DO INFERNO*. Olhar para a menina ingênua e tímida que sorri na capa me deixa morrendo de raiva. Arranco a revista das mãos de Harp.

— Hum... — Minha amiga me observa, assustada, jogar a revista do outro lado do quarto. — Eu *ia* fazer o teste *Que mulher da Bíblia você é?*, mas tudo bem, Viv. Você precisa mesmo praticar seu arremesso.

— Quando penso em quantos exemplares compramos *ironicamente*, e em cada moeda nossa que foi para o bolso da corporação... Que usou esse dinheiro para... — Não consigo concluir. Fecho os olhos e tento controlar a respiração. — Ainda bem que encontramos essas pessoas. Quero muito que, quando voltarmos ao complexo, aqueles Três Anjos estejam nos esperando. Quero ver a cara deles quando se depararem com a gente. Quero assistir a Diego acabar com eles. Quero ajudar.

Abro os olhos e dou de cara com Harp me encarando com uma expressão indecifrável.

— Diego não pode acabar com eles — explica ela. — Pelo menos, não hoje. Temos que revelar a verdade. Temos que obrigá-los a contarem ao mundo o que fizeram.

— Quem se importa, desde que a gente se livre deles?

— *Eu* me importo, Viv. — Harp franze a testa. — E você também deveria. Olhe, entendo que você esteja com raiva. Todos nós estamos. Mas, para ser sincera, não gosto desse seu lado. Sério, você deveria ter escutado a si mesma falando: "Que foi? Qual é a graça, porra?" Parecia um filme de ação. E não um dos melhores. — Ela faz uma pausa. — O objetivo não é esconder esse segredo. Só porque fomos nós que descobrimos, isso não significa que ele seja nosso. O único jeito de acabar com a corporação é contar a verdade para o maior número de pessoas que conseguirmos.

— Mas não vão acreditar na gente.

— Diego e Winnie acabaram de acreditar. E as pessoas já acreditaram em coisas mais estranhas.

Sei que o que Harp está falando faz sentido, mas sinto sede de sangue, algo novo e estranhamente satisfatório.

— Desde quando você é *contra* agir? Achei que não fôssemos mais dóceis.

— Isso não tem nada a ver com ser dócil. Tem a ver com ser precavida. Não sabemos quase nada sobre essas pessoas. Gosto da Winnie, mas... você viu como ela evitou responder quando você perguntou sobre ataques. Isso foi muito esquisito, cara. Sei lá. Quero um motivo melhor para confiar em Diego além do fato de que ele ama sua irmã que você só conhece há um dia.

— A gente os conhece melhor do que conhecíamos Golias — retruco. — E não me lembro de você ter hesitado em confiar *nele*.

Harp aperta os lábios, irritada. Ela se deita de costas para observar o teto. Sinto remorso e estou prestes a pedir desculpas, mas ela fala antes que eu consiga me pronunciar. E seu tom de voz é estranho.

— Viv. Precisamos conversar sobre outra coisa.

— O quê?

— Só tinha nosso rosto no noticiário. Você viu. Peter não estava lá. Não postaram uma foto dele. Não disseram nada sobre ter um garoto com a gente, um cúmplice.

— E daí?

— E daí que... — Harp se senta. — Para que aquela foto nossa exista, eles têm que ter assistido às filmagens das câmeras de segurança. Então viram nós três. Não tem como não terem visto Peter. Meu medo é que, como só estão procurando por nós duas, Peter já tenha sido capturado.

Sinto um embrulho no estômago. Eu me sento ao lado de Harp. Eu estava tão envolvida em tudo o que aconteceu desde que escapamos — minha mãe, Winnie, o perigo que estamos correndo —, que nunca me ocorreu questionar a ausência da foto de Peter no noticiário. A única coisa que me impedia de desmoronar era a ínfima possibilidade de ele ter escapado, assim como nós.

— Não consigo imaginar por que mais a foto dele não estaria lá — sussurra Harp. — Se não estivessem com ele, divulgariam a foto. A única outra possibilidade...

Ela balança a cabeça. Fico esperando que Harp termine a frase, mas isso não acontece.

— O quê? Qual é a outra possibilidade?

— Não acho que... — Ela hesita de novo. — Quer dizer, não tem outra.

Mas tenho a impressão de que ela não quer falar a verdade e fico dividida entre uma raiva tão forte que mal consigo pensar racionalmente e um medo horrível que deixa meus dedos dormentes.

— A única outra razão para a foto de Peter não estar lá — continuo no lugar dela — é se a Igreja não estiver procurando por ele. Porque não precisa. Porque ontem à noite ele ficou para trás e se juntou a eles.

— Não é isso que estou dizendo! Não exatamente! Só estou falando que temos que nos preparar para o pior. Talvez Peter tenha escapado, talvez esteja com Frick e o pai e esteja indo para a emissora de TV mais próxima provar que o Arrebatamento foi armado e derrubar a Igreja sozinho. É isso que eu quero, Viv. Esse é o cenário ideal para mim. Mas a foto dele não estar sendo divulgada com a nossa me faz pensar que não é isso que aconteceu. Ele foi pego ou... não.

— E, se não foi, ele é um traidor — completo. — Se Peter não foi pego, passei o último mês caidinha por um psicopata.

— Viv...

— Harp, eu te amo. Não quero brigar. Mas você está sendo completamente paranoica. Sei que suspeita de Golias, mas estamos falando de Peter. — Balanço a cabeça. — Lembra o que aconteceu em Nevada? Lembra que ele deixou aquele Crente doido espancá-lo para que a gente conseguisse escapar? Se ele estiver trabalhando para a Igreja, não está fazendo um bom trabalho.

Depois de um tempo, Harp dá um sorriso fraco.

— Você deve ter razão. Foi mal, Viv... Acho que só estou um pouco assustada por causa das notícias da Igreja. Queria tanto que nossa foto não tivesse sido divulgada.

Eu também. Mas ao mesmo tempo percebo que não podíamos ter feito nada para nos manter fora do radar da Igreja. Foram nossas próprias ações desafiadoras que nos trouxeram até aqui. E, embora as consequências sejam enormes e terríveis, não consigo me arrepender do que fizemos. Estou prestes a dizer isso a ela quando percebo uma agitação na sacada logo acima. É Diego.

— Meninas — chama ele —, se importariam de se juntar a nós?

Harp e eu nos entreolhamos, fazendo um acordo silencioso para continuar aquela conversa mais tarde. Subimos juntas. Sei que ela não está totalmente convencida sobre Peter, mas está em dúvida porque me ama. Eu faria o mesmo por Harp. *Já fiz* o mesmo, aliás. Não deixei de desconfiar de uma única pessoa com quem ela ficou esse ano e ainda lhe contei sobre minhas suspeitas de que se tratava de um agente da Igreja Americana. Mas não consigo acreditar que Peter tenha mentido para a gente. Mesmo que isso signifique que a Igreja está com ele, me recuso a acreditar que Peter tenha mentido. Observo o colar que ele fez para mim, que passou um tempão esculpindo uma minúscula marreta de madeira porque achou que isso me deixaria feliz, me ajudaria a ser forte. Ninguém é capaz de mentir tão bem.

Ou é?

Diego está no meio da sala nos esperando com uma postura de soldado. A milícia forma um semicírculo ao redor dele. Os observo, enquanto nos aproximamos. Reconheço Birdie e Frankie, mas os outros rostos são novos. Winnie não está entre eles. Diego assente ao notar que estou procurando por ela.

— Sua irmã foi ver como Mara está — explica ele. — Não sabemos se a Igreja sabe que sua mãe escapou do Arrebatamento. Se descobrirem, podem estar atrás dela. Não se preocupe, Winnie vai voltar amanhã para a reunião matinal. E então vai poder lhe contar como está a situação.

— Ótimo.

Não sei se ele reparou no meu tom de voz ácido. Eu não tinha imaginado que minha mãe podia estar em perigo e fico feliz por Winnie estar cuidando dela, mas imaginar as noites agradáveis que as duas passaram juntas, em casa, me deixa com vontade de me jogar de uma das janelas da Casa do Penhasco.

Tem cerca de cinquenta pessoas na milícia de Amanda, e Diego leva um tempo para nos apresentar a todas. Mais da metade são homens, e, entre eles, apenas quatro se dão o trabalho de encarar Harp e eu nos olhos: Robbie, um garoto que não deve ter mais de treze anos e nos olha por baixo de uma franja loira e despenteada; Elliott, que tem bigode e é mais velho que nossos pais, dá uma piscadela irritante para Harp; Colby, o cara mais alto dali, que parece ter uma postura mais rígida até que a de Diego; e Julian, o primo de Diego, inquieto e comprido. As mulheres estão em menor número, porém são mais simpáticas: Suzy, alta e curvilínea, de maria-chiquinha; Karen, uma mulher alegre que tem mais ou menos a idade de Frankie, que faz questão de nos desejar boas-vindas; Kimberly, que tem cabelo preto cacheado e um rifle comprido e intimidador pendurado nas costas, que nos cumprimenta com um "E aí, meninas?".

Quando as apresentações chegam ao fim, Diego se vira para mim e para Harp.

— Vamos mandar uma equipe invadir o complexo de Point Reyes ainda esta noite. Não queremos perder tempo. Pode ser que a Igreja já tenha tomado algumas medidas de precaução para destruí-lo depois de vocês o terem visto. Queremos agradecer as duas por terem nos contado sobre isso. É um grande passo no caminho certo. Tenho certeza de que estão exaustas, então, por favor, durmam um pouco. Atualizo vocês o máximo que puder amanhã de manhã.

Alguns soldados seguem até a porta. Diego já tinha se virado quando grito:

— Espere! Não estou cansada. Quero ir com vocês!

Quando ele me encara de novo, noto um leve indício de irritação em seu rosto.

— Isso não era parte do nosso acordo, Vivian. Desculpe.

— Mas... — Estou confusa. Sinto que fui enganada. De jeito nenhum vou perder a oportunidade de voltar naquela floresta. Não vou permitir que qualquer outra pessoa além de mim encontre Peter. — Mas vocês não sabem o que estão procurando! Como pretendem encontrar esse complexo que uma hora atrás nem sabiam que existia?

Ouço alguém pigarreando ao meu lado e, quando me viro, Suzy acena.

— Acessei as declarações de imposto de renda das filiais da Igreja e descobri que alguns milhões foram destinados à construção. Isso foi há dois anos, durante o outono. Então combinei a informação com declarações públicas sobre Point

Reyes, inclusive uma *bem* específica que saiu mais ou menos nessa mesma época, alegando uma infestação de ratos contaminados com raiva. — Ela estremece. — Desde então, eles dão a mesma declaração todo mês: continuam lidando com o problema dos ratos, por isso divulgam as coordenadas a serem evitadas. Faz dois anos que toda essa área está fechada ao público. Se eu precisasse esconder um complexo, esse seria o lugar perfeito para isso. — Ela sorri. — Temos que admitir que eles são bem criativos.

— Tudo bem. Mas, olhe, nós *queremos* ir. Queremos ver o fim dessa história. Podemos cuidar de nós mesmas. Por favor, Diego, isso é importante para a gente!

Ele suspira.

— Vivian. Dá para perceber que você e Harp são corajosas, mas, me desculpe. Não vou levar duas adolescentes comigo só porque me deu na telha. Essa é uma missão perigosa, está bem? Não estamos indo passear no shopping.

Harp resmunga, indignada.

— Você vai levar aquele garotinho! — exclama, apontando para Robbie, que faz uma careta quando passa por nós carregando sua arma.

— Robbie é um soldado treinado — retruca Diego.

— Você não teria essa informação se não fosse por nós — digo, com firmeza. — Não sei o que essa Amanda tinha planejado antes que eu contasse a vocês sobre o Arrebatamento, mas minha informação com certeza mudou tudo. Somos parte disso agora e queremos ir com vocês.

Ele fica bastante tempo me encarando. Não sei o que fazer se ele recusar outra vez. Talvez eu roube um dos carros estacionados na frente da Casa do Penhasco e vá ao complexo sozinha. Mas não vou ficar aqui sentada enquanto Peter está lá enfrentando dificuldades. Não sei se Diego se convence pela intensidade que vê em meus olhos ou apenas para não perder mais tempo, mas por fim ele suspira e diz:

— Vocês vão fazer exatamente o que eu disser, nada além disso. Entendido?

Birdie e Frankie nos emprestam calças jeans escuras e jaquetas pretas para substituir as roupas leves que estamos usando já faz quase dois dias. Nós nos sentamos no banco de trás do carro de Diego, ao lado de Suzy. Julian ocupa o banco do carona. Outro carro com Colby, Robbie, Kimberly, Birdie e Elliott segue atrás de nós. Alguns instantes depois, a Golden Gate Bridge surge acima de nós enquanto seguimos para Point Reyes. O clima é tenso. A única voz é a do GPS no celular de Suzy. Estremeço ao lado de Harp, apesar de as janelas estarem fechadas para não deixar entrar o vento frio da noite. Estamos voltando para onde meu pai foi assassinado, onde vi Peter pela última vez. Estou apavorada, mas consigo sentir a dor se transformando aos poucos em uma energia raivosa.

Depois de cerca de uma hora seguindo as instruções da voz robótica, somos engolidos pela floresta escura. Diego liga os faróis, e Suzy consulta o mapa.

— Daqui a uns cinco quilômetros você vai chegar a uma estrada de terra sem nome. Então vire à esquerda, siga por mais seis quilômetros e depois pare. Estaremos perto. De lá, seguiremos a pé.

Apoio o rosto na janela do carro, tentando reconhecer algo, mas só vejo árvores passando depressa. Lembro-me de como me senti na noite passada ao percorrer a floresta correndo. Como se alguém estivesse me vigiando. Espero que consigam me ver agora, quem quer que seja. Os Três Anjos ou a enorme corporação sem rosto. Espero que me vejam chegando e tremam de medo.

Finalmente estacionamos e saímos para a noite fria. Demora um pouco, mas Julian acaba encontrando a clareira. Suzy nos guia. Ela segura o celular à sua frente e ergue a mão num intervalo de poucos minutos, até que muda de direção. Todos nós seguimos bem próximos uns dos outros. Fico impressionada com o fato de a milícia de Amanda ser bem silenciosa e se mover com elegância pela escuridão praticamente sólida. Tento imitá-los, mas minha esperança me distrai. *Que Peter esteja aqui, vivo e bem. Que Peter esteja aqui, vivo e bem.* Tento imaginá-lo se escondendo entre as árvores: dolorido, machucado, exausto, mas vivo. Tento visualizar o sorriso que ele vai dar ao me ver. Eu me agarro a esse pensamento, porque a alternativa deixa meus joelhos bambos.

Na noite passada, demoramos horas para encontrar a clareira do complexo de Frick. Mas agora andamos menos de 45 minutos por entre as árvores até revelarem um espaço aberto. Suzy consulta o celular e para de andar.

— Bem — diz ela, insegura. — Chegamos.

Não consigo enxergar por cima da cabeça de Colby, então abro caminho até a frente do grupo. Diego me entrega sua lanterna, mas não preciso dela. A lua está alta e brilhante, iluminando a clareira como um refletor. Sinto Harp surgir ao meu lado.

— Não. — Ela balança a cabeça. — Não é isso.

A enorme estrutura que vimos na noite passada, o complexo de Frick, as esculturas de pedra cinza na frente do prédio... tudo se foi. No lugar há uma enorme pilha de madeira partida, tijolo, isolamento térmico e pedra. Vejo vários rastros de pneu marcando o chão até ali.

— Como eles podem ter feito isso tão rápido? — Minha voz parece fraca no escuro. — O que aconteceu com tudo o que tinha dentro?

Diego dá um passo à frente e começa a dar ordens:

— Julian, Birdie, Elliott e Kimberly, vigiem o perímetro. Não se afastem da beira da clareira. Se virem algo nas árvores, atirem que encontraremos vocês na hora. O restante: vamos até aquela pilha. Procurem qualquer coisa que possa indicar que a Igreja e a corporação estiveram aqui. Vivian, Harp, comigo.

Estamos tão perto de onde descobrimos a verdade na noite passada, que a sensação é a de levar um choque. Sinto os nervos na base do meu pescoço reverberarem. Seguimos Diego até os destroços e respondemos as perguntas dele da melhor forma possível: Onde era a entrada? O complexo tinha quantos andares? Ele mantém os olhos fixos na pilha de escombros, por isso não repara que estremeço toda vez que vejo um formato novo e estranho na escuridão. Tudo parece um corpo: algumas pilhas de tijolos quebrados, pedaços de madeira e metal. Tudo parece o corpo de Peter. O doce Peter Ivey, que me fitou nos olhos e me mandou correr. E se ele não tiver conseguido sair antes de terem destruído o prédio? Harp segura minha mão e a aperta. Seus olhos escuros estão cheios de preocupação. Ela também está pensando nisso.

— Não sei o que esperávamos encontrar — murmura Diego. — Um papel dizendo "Forjamos o Arrebatamento. Toma essa, América"? Eles não deixariam nada importante para trás se soubessem que vocês iam voltar. E o fato de terem destruído tudo comprova que sabiam, sim. — Ele franze a testa. — Não consigo acreditar que vocês encontraram este lugar com tanta facilidade. Era do outro lado do país e ficava no meio da floresta, mas vocês vieram direto pra cá. Não parece que alguém *queria* que vocês encontrassem?

Depois de um tempo, os soldados começam a escavar partes identificáveis da maior pilha de destroços: pedras que reconheço serem da lareira, gavetas vazias e amassadas dos gabinetes de arquivos, restos do isolamento térmico e pedaços de fios, cacos de vidro, alguns travesseiros empoeirados e a pia de um banheiro. Diego faz Harp e eu inspecionarmos cada item, mas tudo é exatamente o que parece.

Sinto que Diego está se preparando para ir embora quando Harp dá um gritinho e se enfia nos escombros. Ela puxa uma coisa: uma grande pedra em forma de V.

— Isso fazia parte de uma das estátuas! — exclama ela. — O braço de Adam Taggart.

Harp vira a pedra de lado, e me lembro de como o pai de Peter estava imortalizado na estátua do jardim: braços abertos e um olhar orgulhoso. *Ela arderá nas chamas divinas.*

— Vocês encontraram mais alguma coisa assim? — pergunto ao grupo.

Todos balançam a cabeça, exceto Suzy, que nota uma pedra estranha que acho que faz parte de uma das asas dos Três Anjos. Ver isso é surreal, como se fosse uma fantasia remanescente de um sonho, um elo com a realidade. Mas a milícia continua cética. Diego chuta a asa de pedra de qualquer jeito, e percebo que ele está desapontado. Esses pequenos pedaços de pedra não provam nada. A única coisa que comprovam é que Harp e eu já estivemos aqui.

— Não é muito — digo. — Pelo menos nada que sirva para derrubar uma instituição.

Ninguém responde. Ouço passos se aproximando e me viro para ver Julian emergir da escuridão carregando algo longo e estreito nas mãos. Não consigo identificar o que é. Ele entrega o objeto a Diego.

— Não sei se significa alguma coisa, mas encontrei isso enfiado atrás de uma árvore na beira da clareira.

Diego se vira, segurando o objeto sob o luar, e as nuvens se abrem. Sinto algo vibrar dentro de mim quando o reconheço.

A marreta do porão da casa dos meus pais.

— Isso é meu — digo com a voz trêmula, estendendo a mão.

Diego a entrega para mim. Nós usamos a marreta para invadir o complexo. Até então eu não tinha me dado conta de que ela não estava mais comigo. Lembro-me de Peter encostado no carro enquanto eu atravessava uma rua de Pittsburgh com a marreta apoiada no ombro e de como ele ficou sexy ao erguer uma das sobrancelhas.

*Combina com você. Devia carregar uma dessas o tempo todo.*

— A largamos na varanda depois de quebrar a janela — comenta Harp, se lembrando. Ela se vira para Julian. — Você a encontrou apoiada em uma árvore?

Ele assente.

— Isso mesmo. Estava lá, largada, esperando ser encontrada.

Passo as mãos pela pesada cabeça de metal, deslizando os dedos pelo cabo fino. Talvez haja uma mensagem gravada no tronco: *Estou bem. Estou do seu lado.* Mas a marreta parece a mesma de antes. A presença do objeto é a única mensagem.

Atravessamos a floresta, deixando a clareira para trás, enquanto o amanhecer deixa o céu em um tom intenso de rosa-claro. Quando observamos a clareira de onde viemos, Harp fica um pouco para trás, abaixando-se para amarrar os cadarços. Espero ao lado dela.

— Você acha que Diego tem razão? — A voz dela é baixa. A milícia está apenas alguns metros à frente, e ela não quer que ouçam o que está dizendo.

— Sobre o quê?

— Sobre termos encontrado o complexo fácil demais. Que alguém queria a gente aqui.

Abaixo de mim, Harp apoia o peso em um joelho, olhando para cima, o rosto tenso e preocupado à luz da manhã. Estou exausta, drenada de todo o meu impulso raivoso. Só o que consigo fazer é balançar a cabeça. Começo a andar.

— Não, Harp.

— Foi Peter quem nos contou sobre o complexo, para início de conversa. — Ela se levanta e se junta a mim na trilha. — Era ele quem estava ao volante quando dirigimos por Point Reyes. Fez a gente se "perder" logo no começo da trilha. E se esse tempo todo ele soubesse para onde estávamos indo?

Eu me viro para encará-la.

— Por quê? Por que ele faria isso?

— Ele é filho de Taggart! — insiste Harp. — Dá para imaginar que teria motivos para isso, não?

Não entendo por que Harp está insistindo nessa impossibilidade, por que ela poderia querer que isso seja verdade, mas, para o bem dela, tento analisar racionalmente a situação. Penso em Peter como se ele não fosse o primeiro garoto que beijei, como se nunca tivesse me feito olhar para as estrelas quando eu estava com medo, como se nunca tivesse me ajudado a me sentir invencível. É verdade que chegamos ao complexo com certa facilidade. E também é verdade — sinto uma pontada de dor ao admitir isso — que ele não nos contou que Adam Taggart era seu pai até que não tivesse opção, e que talvez nunca nos contasse. Só que ele é muito mais do que o filho de Taggart. E, na noite passada, ele me disse para fugir. Isso não conta?

— Por favor, Harp.

— Vivian...

— Deixe isso pra lá, está bem? — Minha voz ecoa com nitidez pelas árvores. Um pássaro próximo pia em resposta. — Se acredita mesmo nisso, acredite em silêncio. Não quero mais ouvir.

Harp morde o interior da bochecha. Depois de um instante, ela assente. Seguimos a milícia até os carros à espera. Com certeza ela tem boas intenções, mas nem consigo olhar para Harp quando nos sentamos no banco de trás e começamos a viagem de volta a São Francisco. Ela está apenas preocupada comigo, sei disso, mas está me distraindo da minha missão mais importante: encontrar Peter. Salvar Peter. Ela está me fazendo duvidar de mim mesma.

Fecho os olhos para que ninguém fale comigo, e o ronronar do motor logo me faz ter um pesadelo com uma floresta escura e galhos de árvore finos atingindo meu rosto. Tem alguma coisa me perseguindo, mas não sei o que é. Sigo por um caminho tortuoso e cheio de curvas que sempre leva a um corpo caído no chão: meu pai, deitado de lado, encolhido, sem vida. Mas tenho que continuar correndo. Vou o mais longe que posso sem olhar para trás, até que sinto como se não conseguisse mais correr. Quando faço a última curva, o que me perseguia está lá à espera, como sempre esteve, e de imediato sei o que é.

Reconheço aquele tom de azul.

# CAPÍTULO 5

Se eu pensava que combinaríamos naturalmente com a milícia de Amanda, por causa de tudo o que passamos para chegar até aqui e por querermos tanto derrubar a Igreja, estava muito enganada. Com o passar dos dias, Harp e eu somos cada vez mais excluídas dos planos em andamento. Diego nos trata com educação, mas certa distância, como se fôssemos visitas que estão há tempo demais na casa dele. Está desapontado porque a ida ao complexo da Igreja não resultou em nada útil, além de distraído com o que quer que Amanda esteja planejando. Diego não revela nada sobre o plano, embora esteja óbvio que é algo grandioso. Ontem observamos Colby descarregar um pequeno caminhão cheio de armas e munição. E toda vez que tentamos entrar na Casa do Penhasco enquanto Diego lidera uma de suas reuniões estratégicas, ele fica quieto até Winnie escoltar a gente de volta para fora.

Odeio ser excluída. Estou quase arrependida de ter revelado tão rápido a verdade sobre o Arrebatamento a Diego. Parece que a informação lhe pertence agora, para fazer o que ele e Amanda bem entenderem. Eu me sinto impotente e inquieta. Peter está em algum lugar lá fora e, se eu tivesse a mínima ideia de onde pode estar, iria atrás dele. Mas não posso pedir para Harp me ajudar com minhas especulações. Aliás, nós não pronunciamos mais o nome dele, pois é uma fonte de atrito que estamos tentando superar.

Pelo menos nos sentimos seguras. Eles não são um grupo de hippies bobões como os Novos Órfãos: todos os dias os soldados treinam, se exercitam, pesquisam e aprimoram suas habilidades individuais. Suzy passa as tardes hackeando o site da Igreja em busca de provas de que o Arrebatamento não aconteceu. Ainda não encontrou nada de útil, mas conseguiu derrubar o site e distanciar a corporação do público. Robbie e Kimberly são excelentes atiradores, e, bem cedo certa manhã, levam Harp e eu para fora e se revezam atirando nos pássaros empoleirados nas árvores ao longo do penhasco.

— Pássaros são rápidos — comenta Kimberly, contente, erguendo o rifle que sempre carrega no ombro —, mas não são páreo para a Dragoslav.

— Dragoslav? — repete Harp, depois que o tiro interrompe a calmaria da manhã. Observamos um borrão cinza e branco despencar de uma árvore. — Você deu um nome... pro seu rifle?

Kimberly sorri, orgulhosa, e assente.

— Minha família veio da Sérvia.

Elliott sabe montar explosivos. Frankie atira facas. A pequena Birdie dá aulas diárias de combate corpo a corpo. Até a amável e maternal Karen sente o maior prazer em exibir suas pernas musculosas. Inclusive, cerca de dois dias atrás, ela ergueu bem acima da cabeça uma cadeira onde Harp estava sentada. Com eles, sinto como se fizesse parte de algo grandioso, eficiente.

Porém, é mais comum Harp e eu sermos deixadas de fora enquanto a milícia discute planos que não temos permissão para ouvir. Depois de uma semana em São Francisco, passamos nosso tempo livre nas ruínas da velha casa de banho, usando cordas para escalar as bordas de pedra do que antes era uma piscina, deixando Diego e os outros reunidos na Casa do Penhasco.

— Isso é tão *idiota* — reclamo. — Eu poderia atirar facas, se quisesse. E seria muito boa nisso.

— Você seria ótima, Viv. Seria uma atiradora de facas olímpica.

Harp equilibra o laptop em um braço, sem se preocupar com as ondas que quebram perigosamente perto de nós. Desde que nossos rostos apareceram no site de notícias da Igreja, ela o acessa todos os dias. A bateria do computador roubado já acabou faz tempo, mas Suzy nos emprestou um dos que pertence à milícia para acompanhar o progresso da caçada que a Igreja está promovendo a nós duas.

— Isso é *machismo*, é sim — insisto, ignorando seu comentário sarcástico. — Não podemos virar soldados só porque somos garotas? Não podemos saber qual é o grande plano?

— Até parece que não há mulheres na milícia, Viv — retruca Harp. — Mas entendo o que você quer dizer. Esse Diego é mesmo um escroto. Ainda não esqueci aquela história de *passear no shopping*. Ah, cara, *não fode*, eu nem *gosto* de ir ao shopping. O que será que Winnie vê nele, aliás?

— Sei lá. — Esse é mais um tópico que não tenho a menor vontade de discutir. Winnie tem andado tão ocupada ajudando Diego que mal nos falamos desde que ela nos resgatou.

Harp volta sua atenção para o laptop. Fico observando o mar, as ondas batendo nas pedras à nossa frente. A Califórnia é linda, e estou relativamente segura, mas sinto como se cada parte de mim estivesse presa por uma corda, formando um nó no meu peito. E é como se eu estivesse apenas olhando esse nó se desfazer. Meu pai está morto e minha mãe está inalcançável agora. Winnie e Peter são dois mistérios. Até mesmo o que era meu maior objetivo até então — lutar contra a Igreja Americana com todas as minhas forças — parece frustrantemente fora do meu alcance. Aqui, de pé, olhando para o oceano Pacífico, percebo que tudo que eu era ficou para trás. Estou no limite dos Estados Unidos e sou uma pessoa totalmente nova.

Ao meu lado, Harp arqueja diante da tela. Meu coração dispara: *Peter!* Me apresso para perto dela, quase caindo na água parada da antiga piscina. Quieta, ainda em choque, Harp estende o laptop para mim, e dou uma olhada, desesperada para descobrir o que ela viu.

É uma foto de dois homens apertando as mãos diante de um grande grupo, todos de pé em um lugar ensolarado que reconheço ser a base dos Novos Órfãos em Keystone. Golias, o líder bonitão deles, está um pouco virado para a câmera e dá um grande sorriso. Mas é o outro homem na foto que me deixa abalada. Ao ver as bochechas coradas, os ombros largos e a careca, não há dúvidas: é um dos Três Anjos. A legenda informa:

*Ted Blackmore, porta-voz da Igreja, e Spencer Ganz, representante dos Novos Órfãos, assinam o Tratado de Engajamento Espiritual da Juventude da Nação. Ganz e seus associados vão liderar uma campanha de três meses, com orçamento de 5 milhões de dólares, para levar a palavra de Frick à carente juventude americana secular. Serão feitas palestras, leituras voltadas para adolescentes e doações de produtos de marca. Louvado seja Frick nesse dia glorioso!*

— Ted Blackmore — sussurro.

— Eu *disse*! — Harp faz uma dancinha em cima do muro de pedra, com o laptop balançando junto. — Eu *disse* que Golias trabalhava para eles! Faz sentido revelarem isso: assim parece que a Igreja acabou com os Novos Órfãos, e Golias ainda sai por cima. Rá!

— Olhe só como eles parecem chateados. — Aponto para os rostos que reconheço no grupo atrás de Golias e Blackmore: Gallifrey, Daisy, Kanye e muitos outros. Na ponta encontro Edie grávida e estranhamente inchada. — Isso deve ter pegado todos de surpresa.

Ouço um barulho fraco acima de nós e ergo os olhos. Tem alguém na beira do penhasco chamando meu nome. É Winnie. Aceno para ela. Harp rola a página da notícia até chegar aos comentários, lendo os melhores que os Crentes escreveram: "Graças a Deus os Novos Órfãos se voltaram para o lado da luz!

Hoje os anjos estão sorrindo para nós!" Observo Winnie vir correndo pelas ruínas. Ela se aproxima de nós pelo muro de pedra. Quando chega, está sem fôlego.

— Vim dizer... para as duas... Sabem aquele cara, Golias, o líder dos Novos Órfãos? Acabaram de postar uma história...

Aponto para o laptop.

— Já vimos.

— Ah. — Winnie respira ruidosamente, ainda sem fôlego. — Era melhor eu ter vindo andando, então.

Ela se apoia na parede à nossa volta e, mesmo sem que Winnie diga nada, sinto uma estranha tensão no ar. Harp também deve ter sentindo, pois fecha o laptop de repente.

— A reunião deve ter acabado, né? — Winnie confirma com a cabeça. — Ótimo. Tô faminta. Sabe, seria legal se da próxima vez que nos expulsarem da casa para discutir estratégias, vocês nos dessem alguma coisa para comer. Nada de mais, só alguns sanduíches ou algo assim.

Harp me olha de uma forma estranha, algo entre o encorajamento e a pena, e passa por nós, seguindo para a Casa do Penhasco. Winnie se senta no muro de pedra e olha para o horizonte. Pela primeira vez, noto que ela está muito pálida e que há olheiras profundas sob seus olhos. Ela parece muito mais durona do que na semana passada.

— Você está bem?

— Eu estava prestes a lhe perguntar a mesma coisa. Como está se adaptando aqui?

Dou de ombros.

— Acho que até bem, aliás, considerando que minha mãe me odeia e estou aqui sentada, sendo inútil, enquanto o grande ataque contra a Igreja é planejado.

Winnie mantém a expressão cuidadosamente neutra.

— Mara não odeia você.

Fico esperando ela continuar, mas Winnie apenas observa o mar. Sinto uma pontada de irritação.

— Bem, acho que não me importaria se ela me odiasse. Foi uma mãe especialmente ruim, e não vou ficar me culpando por ter falado algumas verdades. Devia ter feito isso há *meses*.

Winnie cutuca uma unha, distraída. Será que está me ouvindo? Ou já escolheu um lado, o da minha mãe? Ao fim de cada dia, ela deixa a Casa do Penhasco e volta para seu apartamento, para minha mãe. Sente-se responsável por ela. Fico imaginando, com uma raiva crescente, sobre o que elas conversam: longos debates sobre todas as coisas que fiz de errado, todas as formas que desapontei minha mãe.

— Se você tem algum problema comigo, é só dizer — comento.

Winnie se assusta com isso.

— Não tenho nenhum problema com você, Viv.

— Então por que não está falando comigo? Já faz uma semana que estou aqui e ainda não conversamos.

— Sinto muito. — Winnie se levanta e me encara. — A verdade é que fico me perguntando se ter trazido vocês para cá foi uma boa ideia. E sobre essa missão que estamos planejando... o golpe contra a Igreja, como você diz. É algo maior e mais perigoso do que qualquer coisa que já fizemos. E agora você está aqui. E... bem... você dá trabalho. Diego me contou que você insistiu muito para ir a Point Reyes. Não me leve a mal: eu faria o mesmo se estivesse no seu lugar. Mas não quero que você participe dessa missão. Quero que fique bem longe dela.

— O que vocês estão planejando? — pergunto, sem esperar uma resposta.

— Um ataque à base da Igreja — revela Winnie. — Depois que descobrirmos sua localização exata. Amanda quer detonar uma bomba lá. Depois de explodir, quer que a gente atire nos sobreviventes que conseguirem fugir. É horrível, Viv. — Winnie balança a cabeça. — É perigoso. Alguns de nós não vão voltar com vida. Mas, para mim, esse não é o problema. Eu quis fazer parte disso. Sabia onde estava me metendo. O que tira meu sono à noite é pensar nos funcionários que estão lá dentro. Não nas pessoas responsáveis, mas nos funcionários de cargos mais baixos: recepcionistas, faxineiros, cozinheiros da lanchonete. Não consigo parar de imaginar as expressões deles no instante em que o prédio explodir com todo mundo dentro.

Fico impressionada com a sinceridade dela. Tento sentir o mesmo por essas pessoas. Sei que nem todo Crente é mau. A maioria deve ser como minha mãe: perdida e apavorada. Consigo entender, em parte, por que Winnie não quer que sejam um alvo. Mas então algumas imagens passam pela minha cabeça: Golias apertando a mão de Blackmore com um sorriso presunçoso; os Três Anjos de roupão, fingindo falar em nome de Deus; meu pai aceitando o vinho que Frick ofereceu, bebendo-o. Balanço a cabeça.

— Eles também sabiam onde estavam se metendo. Sabem o que é a Igreja.

Winnie inclina a cabeça.

— Então você acha que eles merecem?

— Não sei. — Repito uma coisa que vovô Grant, pai da minha mãe, me disse uma vez: — Fazemos escolhas, e há consequências.

— Eu queria conseguir enxergar as coisas com tanta clareza quanto você — comenta Winnie, depois de um longo silêncio. — É tudo preto no branco pra você, não é? O bem contra o mal, os Crentes contra os Descrentes, você contra o mundo.

— Não é como eu *vejo* as coisas. É assim que elas são. — Eu me levanto. — De qualquer forma, não precisa se preocupar comigo, está bem? Posso cuidar de mim mesma.

A boca de Winnie se contorce formando um sorriso sombrio.

— Não acha que é possível acreditar nisso e me preocupar ao mesmo tempo?

Não sei o que responder. Volto a pensar na minha mãe. Se Winnie realmente morrer durante o ataque, como ela parece acreditar ser possível, o que será que vai acontecer com minha mãe? Ela está confusa e ainda é um pouco Crente... Se a Igreja promover um segundo Arrebatamento, não tenho dúvidas de que ela vai aceitar. Quem vai protegê-la disso? Estou prestes fazer essa pergunta, mas ouço um barulho. Harp surge na beira do penhasco, no mesmo lugar onde Winnie nos chamou pouco tempo atrás. Ela balança os braços. Minha irmã se vira para onde estou olhando.

— Algum problema?

Eu me esforço para ouvir a voz de Harp acima do vento assobiando nos meus ouvidos. As palavras chegam a mim como um eco:

— Mais um anjo! Mais um anjo!

Volto correndo para a Casa do Penhasco, com Winnie logo atrás. Chegamos lá em cima sem fôlego. Diego e os outros estão aglomerados em torno de laptops. Estão observando a mesma imagem em movimento. Quando me aproximo, vejo o rosto de uma anja, uma mulher loira que a legenda identifica como MICHELLE MULVEY, VICE-PRESIDENTE EXECUTIVA DA IGREJA AMERICANA. A imagem é grande e a mostra atrás de um pódio em um estádio de beisebol lotado. DIA HISTÓRICO PARA A IGREJA AMERICANA! TRANSMISSÃO AO VIVO DOS ESTÁDIOS DOS CRUSADERS EM LOS ANGELES está escrito logo abaixo. Agarro a mão de Harp.

— Deus ama mais os Estados Unidos do que qualquer uma de Suas nações — anuncia Michelle Mulvey, e o volume alto do microfone cria um eco frio e claro de sua voz. — Sabemos disso pelo Livro de Frick, mas também ao nos voltarmos para nossos próprios corações. Frick nos ensina que o Criador ama nossa coragem e nosso espírito empreendedor. Assim como Ele também ama a forma que sempre lideramos o mundo nos campos industriais, de inovação e justiça moral. Hoje, a Igreja Americana sente orgulho em embarcar em uma nova e audaciosa iniciativa nesse caminho. Estamos orgulhosos em anunciar a inauguração de mais de setenta novas filiais da Igreja ao redor do mundo...

As reações da milícia de Amanda são violentas. Alguns fecham os laptops com força de repente e saem do cômodo. Julian resmunga para a tela.

— ... em países como Canadá, México, Itália, Islândia, Cazaquistão e muitos outros. Além disso — Mulvey olha para trás, encarando uma fileira de homens rígidos em uniformes azuis, usando capacetes pintados com estrelas, faixas e crucifixos —, nos sentimos honrados em apresentar a nova força policial da Igreja Americana: os Pacificadores, que reforçarão a justiça de Frick nas nossas cidades e no resto do mundo, em busca dos perigosos inimigos da salvação. Hoje sentimos orgulho em unir outras nações nesse momento em que todos precisam de ajuda. Pode ser que Deus não o tenha feito Americano, mas, se aceitar Sua Igreja com amor, talvez ele diminua a angústia de sua tortura espiritual quando finalmente o dia 24 de setembro chegar. Louvado seja Frick!

O estádio irrompe em aplausos entusiasmados, e Mulvey acena como se estivesse participando de um concurso de beleza. Diego fecha o laptop com um floreio irritado.

— A globalização da Igreja Americana — murmura ele. — A gente devia ter imaginado que isso estava prestes a acontecer.

— Antes não havia Igreja em outros países? — Só percebo que é uma pergunta idiota depois de falar em voz alta, e Harp me olha de um jeito esquisito. Diego revira os olhos.

— Apareceram alguns imitadores por aí... Sei que a "Igreja da Grã-Bretanha" surgiu ano passado, mas em nenhum outro lugar é como aqui — explica Julian com gentileza. — E é exatamente disso que a corporação está se aproveitando. As coisas estão terríveis no mundo inteiro: climas extremos, pobreza, terrorismo. Mas só aqui alguém criou uma narrativa conveniente para justificar tudo isso. Depois do Arrebatamento, o resto do mundo começou a se perguntar se era verdade.

— Nossa avó, lá no México, já pendurou um retrato de Frick em cima da lareira — acrescenta Diego. — Ela o chama de *San-*

*to Padre*. As vendas da Igreja vão aumentar pra caramba quando eles espalharem a mensagem para os outros países. — Então ele me pergunta, com uma curiosidade condescendente: — Sério que você nunca parou pra pensar no que estava acontecendo no resto do mundo?

Sinto minhas bochechas corarem. Por mais vergonhoso que seja, a verdade é que não. Minha visão de mundo sempre foi tão pequena durante toda a minha vida que só nesses últimos meses é que se tornou abrangente a ponto de incluir o restante do país. Eu sabia que os fenômenos apocalípticos que afetavam os Estados Unidos não ocorriam só aqui, mas acho que nunca parei para pensar como os outros países estavam lidando com tudo isso. A Igreja tinha permeado tão profundamente a minha própria vida que cheguei a presumir que ela havia cravado suas garras em todos os seis bilhões de habitantes do planeta. Mas agora percebo como isso é idiota, e me sinto egocêntrica. Acabo me lembrando de uma coisa que Winnie me disse na manhã que a conheci: o Apocalipse não está acontecendo só comigo.

Diego anda de um lado para outro na nossa frente, com a testa franzida e as mãos unidas atrás do corpo.

— Quando Amanda vir esse vídeo, vai nos mandar para Los Angeles. Se Mulvey estiver lá, podemos presumir que é onde fica a nova base da Igreja Americana. E é onde vamos atacar.

Uma tensão desconfortável surge entre os soldados, e tenho a sensação de que Winnie não é a única com dúvidas. Harp franze a testa.

— Ataque? — repete ela.

Diego hesita.

— Precisamos deliberar isso mais uma vez. Winnie, você pode, por favor, levar Viv...

— Já contei o plano pra ela — interrompe minha irmã, ignorando o olhar surpreso de Diego —, então as duas podem muito bem ficar e ouvir. Harp, estamos planejando atacar a atual base da Igreja, que, agora podemos supor com alguma margem de segurança, fica em Los Angeles. Será um ataque violento e coordenado. Amanda não quer sobreviventes.

O silêncio na Casa do Penhasco é palpável. Ao meu lado, Harp fica tensa. Ouço-a expirar demoradamente. Os soldados ao nosso redor têm olhares frios, e Frankie, com raiva, encara Diego.

— Vocês sabem o que vai acontecer se matarem Mulvey, Blackmore ou qualquer um dos figurões da Igreja? — pergunta Harp. — Vão transformá-los em mártires. Vão fazê-los virar Frick ou Taggart. Contribuirão para que eles cresçam e fiquem ainda mais poderosos.

— Mas também vamos tirá-los da jogada — retruca Diego. — E como o Apocalipse será daqui a três meses, além da presença da Segunda Balsa ainda mais cedo, parece uma boa ideia. Você entende o que significa outro Arrebatamento, né? Eles vão fazer isso sem parar até pensarem em outra coisa, algo grande o bastante para manter as pessoas crendo e comprando. Escute só. — A voz dele fica estridente. Harp o encara com intensidade, contrariada. — Agradeço a preocupação, mas vocês não fazem parte disso. Já consideramos as alternativas, e esse é o único plano viável.

— É um plano idiota — retruca Harp. — Tem um bem melhor bem debaixo do seu nariz, tão fácil e eficiente, além de causar bem menos mortes. Não é mesmo, Apple?

Eu me viro para ela.

— Hã?

Minha amiga dá um sorriso radiante diante da minha confusão, como se tivesse acabado de descobrir que é a pessoa mais inteligente da sala.

— Sério? É tão óbvio... Temos a melhor arma que existe contra a Igreja. É a única coisa que temos no mundo. A verdade.

# CAPÍTULO 6

— É só contar o que aconteceu.

Estou sentada numa mesa em frente às janelas e, por trás da tela do laptop de Harp, vejo o mar azul. Já amanheceu, e o céu está com um tom pálido de rosa que escurece à tarde, transformando-se em um vermelho-vivo preocupante, que nenhum meteorologista parece capaz de explicar. Estou exausta, porque Harp me fez ficar acordada até tarde discutindo os detalhes do plano dela e, quando dormi, tive um pesadelo atrás do outro.

— Viv — chama Harp, com toda a paciência, ao meu lado. — Não é tão difícil assim. Podemos revisar depois que você tiver terminado, para deixar o texto mais redondinho. Apenas escreva como se você estivesse me contando.

Suspiro e olho para a tela. Harp já digitou a manchete: *A VERDADE SOBRE A IGREJA AMERICANA*. Olho para ela.

— Tem certeza de que não podem nos rastrear a partir disso?

Ela assente.

— Suzy cuidou de tudo, e ela é um gênio. O wi-fi daqui é tão protegido que nem o FBI conseguiria nos encontrar.

Suzy está de costas para nós, em outra mesa, digitando um código intimidador. Ela se vira, franzindo a testa.

— O FBI *com certeza* conseguiria nos localizar, se quisesse. Mas a Igreja não vai saber como, e já estaremos em Los Angeles quando descobrirem o que vocês estão tramando. Só então teremos um problema.

— Isso é bastante encorajador, Suzy, muito obrigada — respondo, e ela dá um risinho.

— Anime-se, Apple! — Harp segura minha cabeça e a vira de volta para a tela. — O destino do mundo está em suas mãos agora. Mas sem pressão.

Diego relutou em aprovar o plano de Harp. Por fim, Winnie o convenceu de que não faria mal tentar, embora eu ache que ela insistiu principalmente para me manter longe da confusão.

Fico encarando a manchete. Usando a mão esquerda para digitar com todo o cuidado — a direita ainda está enrolada com firmeza no curativo —, começo a contar a história.

*Encontramos o lugar tarde da noite, em Point Reyes. Havia várias estátuas na frente, que confirmavam que aquele era um complexo da Igreja Americana.*

— Como assim? — murmura Harp no meu ouvido.

— Não consigo escrever com você lendo por cima do meu ombro!

— É, dá pra ver. — Ela estende o braço e apaga tudo. — Você não pode começar pelo fim da história. Um monte de coisa importante aconteceu antes de chegarmos ao complexo. Você precisa se apresentar, porque é isso que vai atrair a atenção das pessoas: saberem que você é uma das garotas procuradas.

— Está bem. — Assinto. — Faz sentido.

*Meu nome é Vivian Apple e tenho 17 anos. Nasci em Pittsburgh, na Pensilvânia.*

*Você deve estar se perguntando por que estou escrevendo isso. Bem,*

Ouço um resmungo de Harp e olho para ela.

— Que foi?

— "Você deve estar se perguntando por que estou escrevendo isso" — lê ela, com uma voz aguda, ajeitando óculos imaginários no rosto. Então, com um tom normal, comenta: — Qual é, Viv, isso não é um trabalho da escola.

— Mas você realmente me passou isso como um trabalho! — exclamo. — Por que você não escreve?

Harp faz uma careta.

— Sou péssima em gramática, Viv.

— Já li suas mensagens de texto, e sua gramática é ótima. — Eu me levanto e me afasto da mesa. — Você que é interessante aqui. Você que está com ambas as mãos funcionando. Por que não *tenta*?

Harp olha para o laptop. Depois de um instante, ela se acomoda na cadeira, insegura. Seus dedos pairam sobre o teclado por bastante tempo. Ela se volta para mim.

— Não sei fazer isso! Vai ficar idiota!

Mas nem preciso encorajá-la. Ela se vira para a tela e começa a digitar. Observo as palavras surgirem na tela.

*E aí, povo da América?*

*Vocês devem estar querendo saber qual é a dessas duas garotas que aparecem nas fotos do site da Igreja Americana. Devem estar pensando: "Bem, antes elas do que eu, hahaha!", enquanto vocês e suas famílias tremem de medo em casa, tentando fingir que acreditam na palavra de Frick só pra Igreja não bater à sua porta, arrancar o pão velho das mãos de seus filhos e queimar sua esposa na fogueira por causa do seu jeitinho de prostituta. QUE VIDÃO, HEIN?*

*Mas vejam só:*

*Sou uma das garotas procuradas pela Igreja Americana e vou contar como foi que eles armaram o Arrebatamento.*

Harp faz uma pausa e lê o que escreveu. Vejo um discreto brilho de satisfação em seus olhos quando ela se vira para mim.

— Está agressivo demais?

Rio e balanço a cabeça.

— Está perfeito, Harp. Sério.

Ela sorri e continua digitando. Fico observando-a prosseguir com a história, começando com a festa da Véspera do Arrebatamento, depois passando pelos dias tensos que se seguiram ao desaparecimento dos nossos pais, a morte de Raj, minha volta à Pittsburgh, Peter, cada parada que fizemos na nossa viagem pelo país. É um texto engraçado e de leitura fácil, e começo a sentir uma certeza subindo depressa pelas minhas veias: quem poderia ler essa história e duvidar da garota que a escreveu? Como alguém conseguiria ler e *não querer* acreditar naquilo? Talvez o blog não impeça o ataque da milícia — ainda nem tenho certeza se quero mesmo que isso aconteça —, mas, ao menos por enquanto, nos dá a impressão de ter voz mais ativa. Pela primeira vez desde que a Igreja postou minha foto, me sinto mais do que um rosto exposto no site. Eu me sinto um ser humano outra vez.

*Imaginem a gente, queridos leitores: três corajosos e — me atrevo a dizer — lindos (você viu as fotos, então sabe que parecemos as protagonistas de uma série adolescente com vampiros: somos muito gatas) jovens americanos diante de Beaton Frick, que tinha acabado de admitir ter envenenado parte (não temos o número exato ainda) das pessoas supostamente Arrebatadas. Não estamos nem um pouco felizes com isso. Na verdade, estamos passando pelos sete estágios do luto na velocidade da luz, e minha doce amiga Viv (que já foi uma nerd tímida, mas que está se tornando pouco a pouco uma heroína sensual e destemida, recém-coroada Rainha da Pegação) é a mais rápida de todos nós. Ela começa a sentir raiva muito antes de mim... E o que faz? VAI CORRENDO ATÉ FRICK E QUEBRA A MÃO DANDO UM SOCO NA CARA DAQUELE VELHO DOIDO.*

— Não quebrei a mão! — protesto. — Só torci!

— Licença poética, Viv. "Torce a mão" não soa tão bem.

Ela continua, descrevendo os Três Anjos ("Mulvey, Blackmore e um tiozão esquisito ainda desconhecido, todos com umas fantasias de anjo muito fajutas. Como se tivessem apenas se enrolado em lençóis e pronto. Chegava a dar vergonha.") e nossa fuga do complexo. Ela não compartilha suas dúvidas sobre Peter. Talvez só por minha causa ela o descreve como alguém nobre e sensato, um herói romântico. E Harp encerra o post com uma súplica hilária:

*Juro por tudo que me é mais sagrado no mundo — meu falecido irmão, Raj; festas; palavrões gratuitos; minha melhor amiga neste ou em qualquer Universo, Vivian Harriet Apple (na verdade não sei qual é o nome do meio de Viv) — que isso é* verdade. *Pensem só: no fundo do seu coração, vocês acham mesmo que essa história é mais louca do que a ideia de que seus entes queridos saíram voando para o paraíso em março? Acham que se matarem um determinado número de garotos gays inocentes vão receber autorização para ir também? Vocês me decepcionaram bastante nesses últimos anos, América, mas nem mesmo eu acredito que o povo seja tão idiota. Então pensem nessa história, queridos leitores. Se acreditarem nela, só peço que façam três coisas:*

*FIQUEM PUTOS DA VIDA. Todos nós devíamos estar tão putos com a Igreja Americana a ponto de quebrar a mão ao dar um soco metafórico em sua cara metafórica. Peguem esse medo que têm sentido nos últimos três anos — a desconfiança dos amigos e vizinhos, o nervoso da espera pelo dia 24 de setembro, o suposto último dia desse nosso lindo mundo todo errado — e o transforme em uma raiva fria e inquietante. Digam a si mesmos: "A Igreja Americana mexeu com o povo errado!"*

*Contem esta história para mais alguém. Mesmo que a pessoa não queira ouvi-la... especialmente se não quiser. A Igreja pode matar Viv e eu, mas não pode destruir a história.*

*Nos ajudem a encontrar os Crentes desaparecidos. Antes de seu ente querido ter sumido, ele ou ela disse alguma coisa estranha (ou mais estranha do que de costume)? Deu alguma referência a lugares aleatórios, fez planos de viagem? "Ouvi dizer que Minnesota é lindo nessa época do ano"? Alguma coisa inexplicável foi deixada pra trás? Há panfletos intitulados* Coisas a fazer em Denver antes de ser Arrebatado *escondidos dentro do Livro de Frick? Cobranças estranhas no cartão de crédito? Números desconhecidos nas contas de telefone? Uma Crente que escapou de Point Reyes nos informou em primeira mão que foi convocada para ir à Califórnia semanas antes do Arrebatamento, mas que deveria manter isso em segredo. Por acaso o Crente em sua vida deixou o segredo escapar?*

*Bem, é isso, meus idiotas queridos. Se tiverem alguma pergunta, deixem nos comentários abaixo. Não tenho nada a esconder, exceto minha localização.*

*Beijinhos da fugitiva Harpreet Janda*

Passamos três semanas à espera.

Harp imaginava que o artigo receberia uma resposta explosiva e instantânea, por isso passamos a primeira tarde inteira sentadas diante do laptop, atualizando a página, aguardando algum comentário. Ela compartilhou o texto no seu Twitter e Facebook. Encontrou fóruns e subfóruns laicos voltados para teorias sobre o Arrebatamento e postou o link nos comentários.

— Quanto mais a história se espalhar, mais as pessoas vão acreditar — diz ela. — E, assim que acreditarem, vão passar adiante.

Mas não há nenhuma resposta imediata. Suzy nos mostra o contador de visitas e estatísticas que instalou, e passamos a acompanhá-lo atentamente, reparando que o site realmente teve alguns acessos. Cinquenta e oito visualizações no primeiro dia, 73 no segundo. Mas, no terceiro dia, caiu para 17, o que foi muito desanimador. Além disso, ainda não há nenhum comentário, e o texto não foi linkado em nenhum outro site. Harp parece ser a única pessoa espalhando a história.

— Leva tempo para um artigo viralizar — repete ela, esperançosa. — As pessoas certas precisam ter acesso.

Enquanto isso, o exército de Amanda se reposiciona em levas para a nova base em Los Angeles. A Casa do Penhasco será definitivamente abandonada até o fim de julho. Uma noite, cerca de uma semana após Harp postar nossa história, acordo com o barulho de alguém digitando e o já familiar brilho azulado da tela do laptop. Harp está sentada na cama, com os joelhos no peito. O céu está escuro lá fora, pontilhado de estrelas, e as camas ao nosso redor estão vazias. Kimberly e Birdie foram para Los Angeles hoje, com mais vinte pessoas.

Harp percebe que me mexi e diminui o brilho da tela.

— Foi mal, Viv! Não queria acordar você.

— Algum comentário? — pergunto, esperançosa, me apoiando nos cotovelos.

— Nada ainda. Estou pesquisando outras teorias sobre o Arrebatamento. Há milhares, Viv. Blogs, hashtags, fóruns só para discutir o assunto. Olhe só o que esse cara diz. — Ela começa a ler em voz alta: — "Quando é que as pessoas vão aceitar o que todos nós sabemos desde muito antes do dia 24 de março? Beaton Frick e sua trupe são extraterrestres que abduziram os Arrebatados para propósitos nefastos. Eles já se foram, pessoal, estão bem longe sendo destrinchados feito gado em um laboratório em Vênus." Tem cento e cinquenta comentários no post desse cara, todos elogiando sua lógica inabalável. Postei um link para o blog nos comentários, mas por que pessoas como essas dariam ouvidos a uma história como a nossa?

— Não sei. Acho que tem gente que vai atrás da resposta mais estapafúrdia. Aconteceu uma coisa estranha... Por que não acreditar que faz parte de algo ainda mais doido?

Harp suspira e abre outro site.

— Esse aqui é de uma professora de psicologia da NYU. Ela diz: "A Igreja Americana tem mais características de culto do que de religião. Diversos fatores, como o líder carismático, os princípios dogmáticos, o sistema elaborado de punições e recompensas, são preocupantes para nós da comunidade de psicólogos. Embora seja irresponsável de minha parte arriscar um palpite sobre o destino dos três mil desaparecidos, infelizmente nos lembramos de tragédias como as de Jonestown e Heaven's Gate, assassinatos em massa e pactos suicidas orquestrados por líderes que suspeitavam de que o poder que exerciam sobre a comunidade estava diminuindo."

Eu me sento, animada.

— Harp, escreva pra ela! Mande nossa história! Ela pode ajudar!

Mas minha amiga balança a cabeça.

— Não posso. Ela morreu. Parece que foi suicídio, mas sua família tem dúvidas. — Harp ergue os olhos e noto a preocupação em seu rosto. — É perigoso dizer essas coisas em voz alta. É perigoso falar a verdade e acreditar nela. É mais seguro dizer que o Arrebatamento foi uma esquisitice alienígena, pois acreditar que *pessoas* foram responsáveis por isso pode fazer com que sejamos mortos. Então por que não acreditar na maluquice sobre extraterrestres? E mesmo que você não acreditasse, será que não preferiria crer nisso? É como os Crentes: é melhor convencer a si mesmo de que é uma boa pessoa, de que vai ser salvo, do que acreditar que você é tão falho quanto qualquer outra pessoa e que, no fim das contas, está sozinho.

— Não podemos controlar no que as outras pessoas acreditam. Agora só podemos falar e torcer para que alguém escute.

— Mas não há tempo! — exclama Harp com a voz firme. — Aqui tem outro artigo, de um cientista de Iowa que desapareceu semana passada. Ele diz: "Estamos lidando com uma mudança climática global alarmante, que não é obra divina, e sim do homem. Passaremos pelo dia 24 de setembro sem grandes problemas, mas depois disso nosso futuro é incerto. Temos talvez quarenta ou cinquenta anos até que uma grande escassez de comida comece a minguar a população global, e isso caso não ocorra algum cataclismo antes, como um asteroide, uma guerra nuclear ou a explosão de um supervulcão sob Yellowstone. Poderíamos desacelerar essa destruição, mas isso exigiria grandes mudanças na estrutura da nossa sociedade, o tipo de mudança que nunca conseguiremos alcançar enquanto continuarmos sendo distraídos por atos imaginários de Deus."

Minha amiga passa um tempo encarando a tela, então fecha o laptop. Fico esperando ela ir para cama, mas isso não acontece.

— A gente já sabia disso, Harp — digo, baixinho. — Já sabíamos que a Igreja não controla o clima. Você mesma disse que o fim com certeza está próximo. Seja em três meses ou trezentos anos.

— Achei que estivesse mais para trezentos anos — sussurra ela.

Não sei o que dizer. Quero que essa história seja nosso porto seguro, mas estou começando a entender como a verdade tem pouco valor neste mundo. Penso em mencionar o plano da milícia para Harp, pois, na pior das hipóteses, pelo menos poderemos destruir as pessoas que deixaram este mundo moribundo tão confuso. Mas sei que isso não vai confortá-la. No momento, quase não me conforta também.

Na manhã seguinte, ajudo Robbie a encaixotar os suprimentos na cozinha. Ele vai para Los Angeles esta tarde com mais alguns outros. Ainda não o conheço muito bem. Robbie tem o temperamento taciturno típico de um garoto de treze anos, além da desculpa do luto para se manter em silêncio. Birdie nos contou sua história: a mãe virou uma Crente devota e o pai fugiu, deixando-o para trás. Robbie saiu de casa pouco antes do Arrebatamento e não sabe onde os pais estão. Nunca o ouvi falar mais do que alguns monossílabos, mas hoje ele ergue os olhos da pilha de talheres e murmura:

— Li o blog da sua amiga.

— É? Bem, temos pelo menos um leitor.

Tivemos menos de dez visualizações no dia anterior. Pedimos para Suzy verificar o contador, pensando que estava com defeito, mas ela alegou que o número estava correto. ("Acho que vocês só têm um blog nada popular", dissera ela, constrangida.)

— Você acha mesmo que seu pai está morto?

Tenho um sobressalto, como se acordasse de um sonho em que eu estava caindo. Faz tempo que não penso no meu pai.

— Acho que não posso ter certeza absoluta. Sei que ele estava em Point Reyes e duvido muito que tenha escapado.

— Mas tem um monte de gente desaparecida, não é? — Robbie abandona seu tom de voz entediado. Agora parece curioso, desesperado por informação. — Talvez seu pai tenha ido para outro lugar. Quem sabe ainda esteja vivo.

— Não sabemos se essas pessoas desaparecidas estão vivas — relembro, gentilmente. — E mesmo que estejam... Acho que pensei que, quando encontrasse meus pais, estaria tudo resolvido. Eu os encontraria vivos... E imaginei que estariam *arrependidos*, que voltariam a ser como antes. Mas não é assim que funciona. Porque, mesmo que estivessem vivos e arrependidos... seriam apenas três pessoas com um final feliz. De seis bilhões. E acredito que eu não conseguiria mais ficar contente por estar bem enquanto tem tanta gente mal, entende?

— Entendo. — Robbie joga os utensílios em uma caixa, produzindo um ruído metálico. — E mesmo se *todos* estivessem vivos... fizeram a escolha deles. E não nos escolheram.

Ele ergue os olhos por baixo da franja despenteada com uma expressão desafiadora, mas percebo em seu olhar que ele ainda espera a resposta para uma pergunta.

— Escolha sua própria família, Robbie — digo a ele. — Escolha quem escolhe você.

Ficamos num silêncio agradável, que, por fim, é interrompido pelo som de passos se aproximando. Ergo os olhos e encontro Diego, que parece um pouco desconfortável.

— Vivian? Posso falar com você rapidinho?

Eu o sigo pelo corredor principal até um escritório amontoado nos fundos que eu nunca tinha visto. Diego nunca me pareceu tão tenso. Está parecendo um aluno problemático que é chamado na sala do diretor. Winnie está de pé à porta, e Harp está sentada em uma poltrona, as pernas jogadas de lado preguiçosamente. Atrás da escrivaninha diante dela há uma mulher em uma cadeira de rodas, que não parece ser muito mais velha que Winnie, com cabelo bem preto e uma franja grossa que encosta nas sobrancelhas. Ela está conferindo alguma coisa em seu tablet e parece morder literalmente a língua.

— Vivian — começa Diego —, gostaria de apresentá-la a Amanda Yee.

— Oi — digo.

A mulher não ergue os olhos. Eu me viro para Winnie, confusa, e ela indica a poltrona ao lado de Harp com um olhar suplicante. Eu me sento. Ficamos olhando para Amanda pelo que parecem cinco minutos inteiros antes de ela colocar as mãos no colo, por cima do tablet, e nos encarar com um olhar penetrante.

— Eu estava lendo o blog de vocês. *Muito* fascinante.

Harp e eu nos entreolhamos, e noto que minha melhor amiga está se perguntando a mesma coisa que eu: isso foi um elogio? Antes que a gente possa perguntar isso em voz alta, Amanda continua:

— Vou dizer minhas três partes favoritas em ordem crescente. A primeira: adorei o humor, muito sagaz e inteligente. A segunda: acho o máximo que vocês tenham passado tanto tempo ficando íntimas do filho de Taggart. Talvez parte de mim se pergunte por que estou oferecendo casa, comida e roupa lavada a essas meninas que tiveram Peter Taggart na palma da mão e não o entregaram para mim. Não estou incomodada por uma grande parte de mim se sentir desse jeito.

Sinto minhas bochechas corarem e abro a boca para protestar — quero dizer que o nome dele é Peter *Ivey* —, mas, mesmo vendo que eu tentei falar, Amanda prossegue:

— A terceira e principal: adorei que tenham postado essa missiva extremamente polêmica usando os servidores da Casa do Penhasco. Estou muito feliz de ter investido a maior parte da minha fortuna na criação do único instrumento do país que, em teoria, conseguiria derrubar a Igreja Americana e ver esse instrumento em risco graça a duas menores de idade fugitivas que resolveram publicar o tipo de coisa que faz a igreja *assassinar as pessoas*, e fizeram isso usando a internet *paga por mim*.

— Suzy... — começo a explicar.

— Suzy é boa — interrompe Amanda. — Ela pode manter vocês duas escondidas por enquanto. Mas não opera milagres. E é disso que vão precisar assim que a Igreja tiver acesso ao blog.

— É a verdade — insiste Harp. — Foi o que vimos.

— Você acha que estou duvidando? O que estou dizendo é que poderiam ter transformado essa verdade em uma arma muito mais eficiente. Seria muito mais poderosa se continuasse em segredo. Poderíamos ter subornado os Anjos. Mas você a soltou por aí, e agora é uma incerteza: será que a história vai chamar atenção? Será que as pessoas vão acreditar? E, se acreditarem, o que vão fazer? Ficar irritadas o bastante para revidar? Porque acho que, na melhor das hipóteses, vocês vão conseguir que cerca de cem pessoas digam que nunca mais vão comprar nas lojas da Igreja Americana, e outras duzentas que vão falar "Eu sabia!" e continuar comprando lá do mesmo jeito, porque tem de tudo e o preço é bem em conta.

Não gosto da bronca, mas sei que Amanda tem razão. Olho para minha amiga. O blog é o xodó de Harp, que vai ficar desolada ao perceber que arruinamos nossa chance. Mas, para minha surpresa, ela parece bem calma.

— Você sabe do que precisamos, não é? — pergunta ela.

— De uma máquina do tempo — responde Amanda com sarcasmo.

— De dinheiro.

Amanda bufa, mas não interrompe quando Harp continua:

— Vamos dizer que, por algum milagre não religioso, você consiga matar todo mundo na base da Igreja de Los Angeles. Serão quantas pessoas? Duzentas? Os Crentes que sobrarem é que vão contar a versão oficial. Vocês serão considerados terroristas, e os Pacificadores vão caçá-los um a um. Assim vocês vão ficar sem dinheiro e sem exército. E, o mais importante, é que sabemos quem vai ser considerado o mocinho e o vilão nessa história. Parece um investimento bem idiota — conclui Harp, falando como se sentisse pena.

Amanda tamborila os dedos na mesa, entediada, mas dá para perceber que está escutando com atenção.

— E qual é sua sugestão?

— Minha sugestão é que invista seu dinheiro em *mim* — responde Harp. — Na minha voz estimulante e inteligente. Já compartilhei meu post o máximo que pude, mas não sei como fazer as pessoas lerem. Aposto que você conseguiria comprar exposição nos canais certos. Poderia colocá-lo nos sites de notícias, nos tabloides. Provavelmente seria capaz de escrevê-lo na lua, pelo que sei.

Amanda balança a cabeça.

— Ainda assim seria sua palavra contra a deles. Você deve saber que a Igreja vai dar um jeito de retaliar. Eles também são espertos.

— Podem falar o que quiserem sobre mim. — Harp parece um pouco triste, e me lembro de minha mãe parada na frente da porta do apartamento de Winnie. — Desde que eu possa continuar escrevendo. A única coisa que eles têm, e eu não, é um público.

Há uma longa pausa. Amanda semicerra os olhos para Harp, e sinto minha amiga ficar imóvel ao meu lado, como se pudesse fazer aquela mulher mudar de ideia caso se mexesse um milímetro. Quando penso que aquele momento está prestes a acabar, que Amanda vai nos mandar procurar outro local onde nos esconder, ela diz:

— Está bem. Continue escrevendo sua história e vou garantir que seja lida. Mas entenda uma coisa: o ataque *vai* acontecer. — Amanda se inclina para a frente, agarrando a mesa. É uma mulher pequena, mas percebo que estou me afastando, assustada. — Ah, e sobre isso não há discussão. Seu novo trabalho é trazer a opinião pública para o nosso lado. Vai fazer com que, quando aquele prédio explodir, o país entenda que esse era o único jeito.

Harp fica boquiaberta.

— Não! O blog não é pra isso. Não é por esse motivo que estou contando nossa história!

— Agora é — retruca Amanda, sem se alterar. — Se quiser ficar sob a proteção da minha milícia, é exatamente essa história que você vai contar. A não ser, é claro, que tenha outro lugar para ir.

No dia seguinte, Harp recebe oitocentos comentários. Amanda pagou para que a história aparecesse nos grandes sites de notícias não religiosos. Lemos as respostas juntas.

— "Vc eh mto burra e aposto que eh gorda e feia. Jesus te odeia. Volte pro Iraque. Tomara que a gente jogue uma bomba na sua cabeça e Deus abençoe a América" — lê Harp, em voz alta. — Hum, esse foi bem completo.

Leio outro:

— "Hahaha essa história é mto fake. Sua amiga que se cuide, pq quem ataca o pró-feto Rick n vive pra contar a história... Ou seja, vou matar essa menina." O pró-feto Rick? Ah, *ah*! Ele está falando de mim! Ele quer *me* matar!

— Bem, ele vai ter que entrar na fila, porque quase todo mundo quer. Espere, tem um bom aqui: "Que o Senhor ajude essas libertinas, afogando-as nas próprias mentiras imundas e na lama dessa transgressão vil." Postado por VovóUtah98.

— Isso é horrível. — Eu me recosto na cadeira. Os primeiros cem comentários foram variações racistas de ameaças de morte. — Eu não esperava que a reação mais positiva fosse "Vi sua fto no site da Igreja. Aguardo sua msg, gostosa".

— Eu já sabia que a primeira leva de comentários seria de gente irritada. — Harp desce as centenas de comentários que restam. — O post incomodou. Não tinha nada desse tipo naquele fórum sobre abdução alienígena. Eles estão bravos porque parece verossímil.

— Isso é bom! Não é?

Mas Harp não parece convencida. Sei que ela está pensando em nosso encontro com Amanda, na justificativa que ela quer que Harp forneça. Agora que fez exatamente o que minha melhor amiga pediu e ajudou a espalhar a história em um nível que nunca alcançaríamos sozinhas, parece que Harp não tem escolha senão cumprir sua parte no acordo que firmou com tanta relutância. Mas ela ainda se opõe com firmeza ao ataque à base da Igreja. Ler os comentários venenosos dos Crentes não a fez mudar de ideia. Mas eu tenho muito menos certeza. Se os Crentes do país não querem ouvir Harp, será que não precisam mesmo de algo maior, de um golpe drástico e inesperado que dê um choque no sistema?

Decido sair e caminhar pelas trilhas do outro lado do penhasco para dar uma última olhada na direção de Point Reyes. Desde que Harp falou sobre os medos irracionais que sente de Peter, tive vários pesadelos em que ele me perseguia. Mas ontem à noite — e até coro ao me lembrar —, sonhei que nos beijávamos durante uma festa, na frente de um monte de gente, e, quando nos afastamos, as pessoas estavam nos filmando e mandando o vídeo direto para o site da Igreja Americana. Preciso sair e observar a área onde estive com ele pela última vez, lembrar quem ele realmente é. Do lado de fora, aperto o casaco bem junto ao corpo e reparo que Winnie e Diego estão chegando de carro. Não vi nenhum dos dois desde esta manhã, quando eles saíram antes do amanhecer em uma missão que não compartilharam com a gente. Só restam sete de nós na Casa do Penhasco: Frankie, Karen, Suzy, Julian, Diego, Harp e eu. O restante já foi para Los Angeles. Como está quase desocupada, a vastidão do lugar é inquietante.

— Onde vocês estavam? — pergunto, enquanto eles saem do carro.

Diego apenas faz uma careta, como se dissesse *Você sabe que não vou contar*. Ele esbarra em mim e continua em frente, seguindo para a Casa do Penhasco. Winnie o observa se afastar, girando as chaves do carro no dedo. Depois de um instante, ela me dá um sorriso triste.

— A gente estava ajudando Mara com a mudança — explica ela. Meu sangue gela quando ouço o nome de minha mãe. — Ela não pode ir para Los Angeles, mas também não pode ficar aqui. Pelo menos não num apartamento no meu nome. Amanda pagou por uma casinha no subúrbio. Nós a levamos para lá hoje de manhã.

Desvio o olhar, me virando para a parede rochosa do penhasco, tentando organizar os pensamentos. Não é que eu tenha imaginado um reencontro cheio de lágrimas, pois ainda estou irritada demais para isso e, de qualquer forma, não posso ir muito além dos arredores da Casa do Penhasco. Mas uma parte minha deve ter achado que minha mãe viria atrás de mim, que sentiria que eu estava aqui, nesse lugar, e viria ao meu encontro. Porque saber que ela não está mais na mesma cidade que eu me dá a impressão de estar do outro lado de uma muralha impenetrável que começou a desmoronar. Eu me dou conta de que nunca mais a verei.

— Sinto muito. — Winnie toca meu braço. — Pedi para levá-la junto para que você tivesse a chance de se despedir, mas Diego e Amanda acharam que seria perigoso demais.

Afasto a mão dela.

— Tudo bem. Eu não queria falar com ela mesmo.

— Fala sério, Viv. Claro que queria.

Há uma insistência gentil no tom de voz da minha irmã. Fico irritada com isso. Que direito ela tem de me dizer como me sinto sobre minha própria mãe? Eu me lembro da manhã em que nos conhecemos, de como ela me repreendeu, me mandando dar uma folga para mamãe. *Não se esqueça de que você foi a filha que ela escolheu*, dissera ela. Como se fosse uma competição: quem foi que Mara Apple tratou da pior forma? Mas sou a filha verdadeira. Fui eu que passei dezessete anos pensando que ela estava lá para mim. Eu é que precisei descobrir que não era bem assim.

— Não, na verdade eu não queria — retruco, ficando cada vez mais irritada. — É sério que você não entende? Ela me abandonou, e tive que me virar. Eu não sabia que ela continuava viva, não sabia onde estava! Quase morri procurando por ela. E quando teve a chance de salvar a minha vida, de *ser minha mãe*, ela estragou tudo. Essa mulher se importa mais em entrar na Segunda Balsa do que comigo, em saber se estou viva ou morta.

O rosto de Winnie sai de foco... porque eu comecei a chorar. Envergonhada, tapo o rosto com as mãos. Sinto-a segurar meus ombros para me firmar, e estou chorando demais para afastá-la.

— Sinto muito por estar no meio disso, Viv. Eu não queria. Minha vontade é ser neutra, sabia? Quero ser a Suécia. Você tem todos os direitos do mundo de estar furiosa com Mara. Ela foi imprudente, imatura e egoísta. Mas ama você, juro. O amor dela é mesmo falho, não tem discussão, mas não acho que seja insignificante.

Inspiro, trêmula, me acalmando aos poucos. Quando baixo as mãos, encontro o rosto de Winnie bem próximo do meu, preocupado.

— Mas quer saber? — pergunta ela, baixinho, balançando a cabeça. — Ela não é minha mãe. Não mesmo. Você sabe muito bem disso. Então, se quiser ficar irritada com ela, pode ficar. Só não se esqueça de que nós duas podemos ser uma família. É o que eu quero, e espero que, algum dia, também seja a sua vontade.

Estou chocada demais para falar alguma coisa, mas Winnie não espera uma resposta. Ela aperta meus ombros e segue para a Casa do Penhasco. Vou para a trilha. O que minha irmã sugeriu é exatamente o que eu queria quando descobri que ela existia, exatamente o que eu imaginava enquanto subia a escada até o seu apartamento, na manhã em que nos conhecemos. Pensar nisso faz com que uma empolgação estranha e esperançosa surja dentro de mim. Mas também provoca algo mais: um medo sobre o qual não consigo me obrigar a pensar.

Estou correndo por Point Reyes outra vez. As folhas sob meus pés são macias e escorregadias, os galhos finos da árvore acertam meu rosto e meus braços, criando pequenos e fundos cortes dos quais escorre sangue. Sinto dor, mas não posso parar: estou sendo seguida. A escuridão à minha volta é impenetrável, e, atrás de mim, ouço a respiração pesada do meu perseguidor, o barulho abafado dos passos, o som do vento logo atrás. Mas quando me viro para ver o que é, só consigo distinguir uma silhueta escura. Tento erguer a cabeça e olhar diretamente, mas tem algo errado com meus olhos: não consigo focar no rosto do meu perseguidor, que se aproxima, e sinto dedos viscosos na minha nuca, sinto o calor do seu toque. Sei que deveria correr mais rápido, mas desacelero, porque estou chegando a uma clareira onde já estive, onde há uma pessoa com os olhos abertos. *Não, não, não*. Tento desacelerar. *De novo, não*...

De repente estou no banco do carona do carro dos meus avós, que segue por uma estrada ensolarada e vazia. Ouço Harp roncando atrás de mim e, quando me viro para ver quem está dirigindo, sinto uma felicidade enorme porque ele está vivo, está aqui, assobiando uma melodia suave. Ele olha para mim e, embora eu não consiga ver muito bem o seu rosto, ainda é possível distinguir o que mais gosto nele: os lábios, o queixo, os cílios compridos e, é claro, o brilho dos olhos azuis mais azuis que já vi.

— Onde estamos? — pergunto.

— Na Califórnia, onde mais?

— Para onde estamos indo?

— Para qualquer lugar — responde ele. Uma nuvem fica na frente do sol e o céu acima se torna vermelho como fogo. — Tive que tirá-la de lá. Não era seguro.

Quero dizer que *era seguro, sim. Eu estava com Winnie.* Mas sinto algo envolver meu pescoço, os dedos do meu perseguidor me sufocando. Eu me viro para Peter, implorando por ajuda. Ele fica um tempo encarando meu pescoço, desinteressado, e depois volta a assobiar.

— Viv!

*Ajude Harp*, tento lhe dizer. *Ela está gritando.* Mas Peter some, e acordo na Casa do Penhasco, consciente de que alguma coisa pesada está pressionando meu pescoço. É um braço. Ouço algo se remexer ali perto e outro grito agudo e desesperado: "Viv!" Harp está gritando meu nome, mas, após um baque, ela para de berrar. Ouço um *clique*, e uma luz ilumina meu rosto.

— Essa é a outra — diz a voz por trás da lanterna. — Pode avisar lá, Randy.

# CAPÍTULO 7

Abro a boca para gritar, mas o braço ao redor da minha garganta torna impossível respirar. Onde estão Suzy, Frankie, Julian e Karen? E Winnie e Diego? Começo a distinguir vultos na escuridão. Há quatro pessoas ali, além da que está me segurando. Estão usando os uniformes azul-escuros dos Pacificadores da Igreja Americana. Noto os crucifixos nas braçadeiras. Um deles está iluminado pelo brilho da tela de um celular. É jovem, não muito mais velho do que eu. Tento ver Harp com o canto do olho, mas não há nenhum movimento onde ela deveria estar. Não consigo virar a cabeça, pois tenho medo do que pode acontecer, do que vou ver se eu fizer isso.

— Isso, estamos com elas — responde Randy, o homem ao celular. — São as mesmas das fotos do site. Não, não tem nenhum cúmplice aqui. Obrigado, senhor. Que Frick o abençoe também. — Ele desliga e se vira para os outros Pacificadores: — Blackmore disse que alguém devia estar ajudando as duas. Precisamos sair daqui.

*Blackmore.* O grupo começa a se mover. A pessoa me segurando me levanta, mas minhas pernas estão tremendo tanto que acho que não vão me aguentar em pé. *Não tem nenhum cúmplice aqui.* Às vezes, tarde da noite, Julian corre até o extremo norte da beira do penhasco e volta. Outras vezes, Frankie patrulha as cavernas ao redor da piscina para garantir que estão mesmo vazias. Mas como é que todos os soldados da milícia desapareceram *ao mesmo tempo*? Como foi que conseguimos chegar tão longe para, no fim, sermos capturadas com tanta facilidade? Meus braços são puxados para trás com força, e a pessoa que me segura solta um grunhido.

— Esta aqui está com a mão quebrada. — Nesse momento percebo que é uma mulher. — Não consigo algemá-la.

Alguém suspira ao nosso lado.

— Apague ela, então. Posso fazer isso, se você achar que não dá conta.

Viro o rosto apenas um milímetro. O homem que acabou de falar se debruça sobre a cama de Harp e ergue alguma coisa nos braços. Quando ele se empertiga, vejo o corpo inerte da minha amiga, que está com a cabeça caída para trás.

— Harp!

Tento me desvencilhar da mulher e até consigo soltar um dos braços, mas então sinto um golpe forte entre minhas omoplatas, que me deixa sem ar. O homem que está carregando minha amiga ri e segue para a saída dos fundos. A mulher me puxa para perto com um dos braços. Sua mão livre aponta para a lanterna que o homem está segurando.

— Pode me emprestar isso aí rapidinho?

— Não bata muito forte — aconselha ele, entregando a lanterna. — Blackmore quer as duas com vida.

Minha cabeça lateja dolorosamente. Uso todas as minhas forças para tentar me livrar da mulher, mas ela é muito mais forte do que eu. Tenho pouquíssimos segundos para agir. Se ela me deixar inconsciente, não vou poder ajudar Harp. Dou um grito frustrado e sinto a mulher erguer o braço com a lanterna pesada na mão, preparando-se para o golpe. De repete, a luz do quarto se acende. A princípio, não consigo entender... Nunca vi a Casa do Penhasco iluminada. Os Pacificadores entram em pânico. A mulher fica paralisada, mas os outros três sacam armas que eu sequer tinha reparado que eles carregavam. O que estava segurando Harp a joga no chão para sacar a arma.

Um segundo antes de ela topar contra o chão, vejo seu braço se estender para amparar a queda.

— Vamos com calma — pede o homem que parece ser o líder. Ele olha ao redor, tentando identificar de onde a luz está vindo. — Não façam nenhuma burrice. Vamos conversar, essas garotas não devem valer tanto assim para vocês.

Olho para cima, esperando ver Diego surgir atirando, acompanhado pelos soldados restantes, todos muito furiosos e sabendo o que fazer. Mas não vejo ninguém além dos Pacificadores e do corpo de Harp no chão, fechando os olhos com muita força.

— Randy — murmura o homem —, peça reforços.

Randy assente e pega o celular no bolso. Quando está prestes a encostar o aparelho no ouvido, noto algo se movendo do outro lado do cômodo, e é nesse instante que o ouço gritar de dor, deixando o telefone cair. Quando Randy se vira ligeiramente, noto que há uma faca cravada bem fundo em sua mão. O homem que estava segurando Harp está mais próximo de onde a faca veio e reage depressa, atirando duas vezes naquela direção. Ouço um gemido de dor vindo de detrás do bar. Sinto meu estômago se revirar: é Frankie.

— Que *porra* foi essa? — grita Randy.

— Randy, olhe o palavreado!

— Vá se foder, Nelson! Tem uma *faca* enfiada na minha mão!

Lágrimas escorrem pelo rosto dele, que se vira na minha direção e aponta a arma para mim.

— Randy, não! — berra a mulher. Sinto a mão me segurando se afrouxar um pouco.

— Eles a querem viva, Randy — lembra Nelson, preocupado. — Precisamos dela viva. Você jurou pelo Livro de Frick.

— É, bem, mas isso foi antes de *enfiarem a porra de uma faca na minha mão*! — grita Randy.

Ele atira.

Mas antes de Randy atirar, durante aquele milésimo de segundo entre sua voz chegar aos meus ouvidos e seu dedo apertar o gatilho, eu me jogo no chão o mais rápido que consigo. A Pacificadora me solta, e o quarto explode com o barulho e o fogo. Eu a ouço gritar, apertando o próprio ombro, pois a bala de Randy a acertou onde antes estava minha cabeça. Escuto os ruídos de vidro se quebrando e os gritos ininteligíveis de Diego acima de nós. Ouço os estampidos constantes e ensurdecedores de armas disparando de todas as direções. Não são só os Pacificadores que estão atirando, mas também os membros restantes da milícia. Todos estão posicionados em ângulos estratégicos no andar de cima, atrás de mesas derrubadas e do grande bar de madeira. Rolo para baixo da minha cama, onde meus poucos pertences estão empilhados. Agarro a marreta e me arrasto para fora. Não há tempo para pensar, não há tempo para respirar. Ouço meu sangue pulsando com força em meus ouvidos e percebo que estou sussurrando para mim mesma: "Encontre Harp. Encontre Harp." Então alguém estende a mão para baixo da cama onde me escondi e agarra meu braço. Eu me viro para chutar a pessoa, gritando, incapaz de ouvir meus próprios gritos em meio ao caos.

— Vivian!

Julian se agacha para que eu possa ver seu rosto. Ele estende a mão e eu rastejo por baixo da cama para agarrá-la. Ele me puxa, e saímos correndo para longe da confusão, na direção da saída. Sinto uma bala passar logo acima de nós, perto demais. Julian me empurra para o chão e atira em retaliação. Ele me arrasta até uma curva no corredor, e ouço uma mulher gritar... Será que é Winnie? Julian usa o próprio corpo para me proteger, atento a qualquer movimentação, procurando alguma coisa nos bolsos com as mãos trêmulas. Ele joga um molho de chaves para mim.

— Saia daqui. — Ele indica com a cabeça a saída que fica a vários metros à esquerda. — Pegue um carro e vá até a entrada do prédio. Espere cinco minutos. Se ninguém sair nesse tempo, fuja. Se *algum deles* sair, fuja também.

— Não! — Meus ouvidos estão zumbindo por causa dos tiros e minha voz sai estridente. — Preciso ver se Harp está bem!

— Vamos resgatar Harp. Não se preocupe. Vá logo.

Ele me encara com seus olhos castanho-escuros, ao mesmo tempo confiantes e suplicantes, então sinto algo ceder dentro de mim, alguma barreira interna que construí. Pego as chaves e a marreta e saio correndo, cobrindo a cabeça com os braços como se isso fosse me proteger. Disparo pela saída dos fundos e dou a volta no prédio. O ar frio machuca meus pulmões, e os disparos aterrorizantes dentro da Casa do Penhasco são abafados pelo som do vento. Está escuro, mas, pela primeira vez, as águas da piscina brilham lá embaixo. Deve ser uma linda paisagem, mas sei que estou muito exposta aqui. Quando chego aos dois últimos carros de Amanda, é difícil enfiar a chave com as mãos trêmulas, e arranho a lataria sem querer. Por fim, a chave entra na fechadura, a porta se abre e eu me jogo lá dentro, ligando o carro sem acender os faróis. Dirijo depressa até a entrada, cantando pneu, me esticando para abrir as portas do lado do carona. Olho o relógio: 12h14. Julian me disse para esperar cinco minutos. Mas como é que ele quer que vá embora sem ter Harp aqui do meu lado?

— Vamos lá, vamos lá — sussurro.

Tento ficar o máximo de tempo possível sem olhar o relógio, mas meus olhos se voltam para o visor por vontade própria depois do que parece uma eternidade. E são apenas 12h15. Ouço com atenção, tentando identificar o som de mais tiros, mas ou pararam ou não consigo mais escutá-los por causa do gemido fraco e agudo que finalmente percebo que é a minha respiração. Olho outra vez para o relógio.

12h16.

Desligo o motor e abro a porta. Saio para a noite, segurando a marreta junto ao corpo. Ando até a Casa do Penhasco, mas a porta da frente se abre de supetão, e Winnie sai correndo, arrastando Harp, que está um pouco pálida. Winnie está segurando uma arma, e Harp carrega o laptop. Nenhuma das duas parece estar machucada.

Quando me vê, Harp desvencilha o cotovelo de minha irmã e corre para me abraçar. Nenhuma de nós parece conseguir falar. Winnie nos separa e segue adiante, sentando-se atrás do volante.

— Temos que ir — anuncia ela.

— Mas e os outros? — pergunto, enquanto Harp e eu nos sentamos no banco de trás.

— Vamos encontrá-los em Los Angeles — responde, em um tom sombrio.

Minha meia-irmã não espera mais perguntas. Pisa no acelerador, e saímos depressa da Casa do Penhasco. Só tenho um segundo para olhar para trás, torcendo para ver mais alguém saindo da casa. Mas não vejo ninguém.

Dirigimos para o sul, chegando à interestadual pouco antes das duas da manhã. Durante os primeiros vinte minutos, ouço a respiração pesada de Harp ao meu lado. Espero que meus dentes parem de bater e que meu ouvido pare de zumbir por causa dos tiros que ainda ecoam. Mas isso não acontece. Quando já estamos a mais de trinta quilômetros de São Francisco, sussurro a pergunta que estou com medo de fazer:

— Está todo mundo bem?

Há uma longa pausa, mas sei que Winnie me escutou, pois ela se empertiga, desconfortável.

— Suzy foi atingida por aquele primeiro tiro, depois que Frankie atirou a faca — relata, sem emoção. — Ela ainda estava respirando quando fomos embora, mas não parecia bem.

O rosto de Suzy invade meus pensamentos: as covinhas que surgiam ao sorrir, seus grandes olhos verdes, a testa franzida quando ela se debruçava sobre o laptop, dedilhando o teclado como se tocasse um piano. Não posso dizer que a conhecia bem, mas ela era boa e corajosa e nos ajudou. Estremeço, sentindo um nó doloroso surgir na minha garganta. Harp tosse de leve.

— Acho que... Karen também levou um tiro. — Ela parece triste. — Eu a vi do outro lado do quarto logo antes de você me puxar, Winnie. Tinha... tinha um monte de sangue.

Minha irmã fica sem reação por bastante tempo. Então dá um soco no volante.

— Porra! Não consigo acreditar que fomos tão idiotas. Diego e eu estávamos do lado de fora colocando as malas nos carros, e Julian tinha saído para correr. Os Pacificadores chegaram de barco e atracaram na praia. Quando Suzy e os outros repararam, os três foram investigar, deixando vocês duas desprotegidas. Conseguimos entrar sem sermos notados logo depois dos Pacificadores, mas já era tarde demais. Foi tão *idiota*. — Ela praticamente grita essa última palavra. — No que estavam pensando, porra?

Harp e eu não respondemos. Winnie fica em silêncio e continua dirigindo no limite de velocidade, nem a mais, nem a menos, para não chamar atenção. Seu silêncio se torna uma presença física que não tenho vontade de enfrentar. Para mim, parece óbvio como a Igreja Americana conseguiu nos encontrar: com certeza rastrearam o blog. Foram mais rápidos do que Suzy imaginou. Eu me sinto tão culpada, que dói. Não paro de pensar no murmúrio de surpresa que acho que foi o som que Suzy fez ao levar o tiro. Fecho os olhos e tento deixar os sons de Harp digitando no laptop me ninar e me acalmar, mas não funciona. Ainda visualizo seus rostos com clareza.

Três horas de viagem depois, Winnie estaciona em uma parada de estrada para tomar um café. Ao meu lado, Harp franze a testa para a tela e ergue o laptop, movendo-o de um lado para outro do carro. Quando nota que estou olhando, ela explica:

— Estou tentando usar o wi-fi. Aqui tem uma rede aberta e quero entrar no site da Igreja.

O site da Igreja. Já até imagino o que vão dizer quando descobrirem o que aconteceu. Se nenhum dos Pacificadores sobreviver, vão nos descrever como um bando de lunáticos. Se houver sobreviventes e descobrirem alguma informação que torne possível identificar os membros da milícia de Amanda, todos nós estaremos em perigo.

— Ahá! — Harp aponta para o símbolo de wi-fi conectado e entra no site da Igreja. Eu me aproximo para ver melhor. Nossos rostos continuam na barra lateral, e a legenda diz: *PROCURADAS POR AMEAÇA ESPIRITUAL* —, mas não somos a história principal. Tem uma manchete em azul: *LOUVADO SEJA FRICK. UM MARAVILHOSO MILAGRE!* Há um anjinho fofo e bochechudo de cada lado da manchete fazendo uma dancinha comemorativa. Abaixo, há um vídeo. Harp olha para mim, preocupada.

— Dê o play.

Sinto um calafrio. Se algo está deixando a Igreja Americana feliz assim, só pode ser um mau sinal.

Harp aperta o play. A câmera está focada em um púlpito com uma paisagem elegante, com flores e fontes. Ao lado do pódio está Michelle Mulvey, usando um vestido formal, sorrindo para a pessoa atrás da câmera. Ouvimos uma onda de aplausos quando Ted Blackmore se aproxima do microfone. Respiro pela boca, com os dentes cerrados, cheia de expectativa.

— Venho sendo o porta-voz da Igreja Americana pelos últimos três meses e meio — começa ele, quando a multidão por trás das câmeras faz silêncio. — Eu me considero um homem bom, um homem devoto. — Ele é interrompido pela comemoração do público, então dá um sorriso tímido de gratidão, um gesto tão convincente que até eu quase acredito que é sincero. — Ainda assim, há homens bons e há anjos. Como sabemos, Adam Taggart, meu predecessor, pertence a essa segunda categoria.

"Há cerca de uma semana tive um sonho. Sonhei que o abençoado Sr. Taggart e eu estávamos em seu escritório consultando o Livro e bebendo chocolate quente, como quase sempre fazíamos antes de ele receber sua recompensa. No sonho, comentei sobre algumas das dificuldades que tenho enfrentado. 'Irmão', perguntei, 'como posso encorajar seu povo a seguir no caminho da salvação? Como posso falar em nome deles neste mundo atormentado pelo mal, por homens que se deitam com outros homens?' A voz dele vai ficando mais alta, e a multidão começa a fazer barulho, gritando 'Amém!'. 'Empesteado por mulheres que viram as costas a seus corações e caem na promiscuidade, por ateus que o renegam, por Crentes que se recusam a honrá-lo com seus dólares ganhados com muito suor?' Blackmore começa a gritar, e a última frase sai em um rosnado furioso: 'Um mundo onde *menininhas miseráveis espalham mentiras para salvar a própria pele*?'"

O público ressoa como um trovão, furioso com essa lista de tudo que há de errado no mundo. Blackmore finge estar exausto e toma um longo gole de água. Mulvey lhe oferece uma toalha, e ele, agradecido, a usa para enxugar a testa. Quando a multidão finalmente se aquieta, o homem continua:

— No meu sonho, perguntei ao Executor: "Não há ninguém em todo este país abençoado capaz de me ajudar? Alguém que possa espalhar a palavra de Frick por esta terra doente?" E vou lhes dizer o que aconteceu em seguida: Taggart não me respondeu. Ele me encarou nos olhos, me entregou o Livro e apontou para uma passagem. Era a parábola da Starbucks. "Será que me reconheces como Teu Verdadeiro Pai?" — cita ele, em tom reverente. — "Pois tu és meu filho."

— Harp.

Minha amiga olha para mim. Mal percebi que o nome dela escapou dos meus lábios em um som sufocado, como se eu estivesse me afogando. Quero alertá-la sobre algum perigo indefinido, mas meu cérebro parece tomado por estática. Não consigo me expressar em palavras nem nos meus pensamentos. Quero que Blackmore pare de falar. Preciso que ele pare.

— Quando acordei, fiquei um bom tempo meditando sobre isso — continua ele —, sem saber o que poderia significar. Mas logo descobri. O Executor queria dizer que sua missão neste planeta condenado ainda não havia acabado. Taggart quis dizer que nos mandaria alguém que poderia falar em nome dele, um homem com suas convicções, com o mesmo cérebro incomparável, sangue do seu sangue.

"Seu único filho."

A audiência exclama em surpresa, mas mal consigo ouvi-los por cima do zumbido em meus ouvidos. Observamos Blackmore se afastar do púlpito e outra pessoa entrar em cena, apertando a mão dele.

— Não, não, não, não, não. — Ouço Harp murmurar ao meu lado, horrorizada. Ela ergue a mão e tapa a boca.

Sinto meu estômago se embrulhar e sei que vou vomitar, mas primeiro preciso assistir, preciso ver o que vai acontecer. O recém-chegado se vira para a multidão, e, a princípio, nem consigo reconhecer seu rosto, pois o flash das câmeras o deixa banhado em luz, um fantasma. Por um segundo, noto uma expressão de surpresa em seu rosto, mas logo se transforma em um sorriso agradável. Quando as câmeras cessam os flashes, só restam os sons de deleite do público e ele, acenando com os dedos longos e finos, um rosto tão bonito... Uma frase surge no canto esquerdo inferior da tela, com uma mensagem que eu já sabia que estaria lá: PETER TAGGART, O NOVO PORTA-VOZ DA IGREJA AMERICANA.

Peter se aproxima do microfone e pigarreia, tímido, enquanto a multidão fica em silêncio. Blackmore e Mulvey o observam, sorrindo para ele, orgulhosos.

— Obrigado — diz Peter. — Muito obrigado. Que Frick os abençoe.

# CAPÍTULO 8

A PRIMEIRA VEZ QUE OUVI Frick pregar para uma multidão foi logo depois de ter ido a um culto com meus pais, após a conversão oficial deles. O culto foi bem inofensivo, e até interessante. As pessoas tinham vindo de muito longe só para se ajoelharem diante do retrato de Frick. O pastor citou histórias inacreditáveis, recontou os supostos milagres de Frick, descreveu as torturas a que os Descrentes seriam submetidos nos meses entre o Arrebatamento e a destruição do planeta. Todos se levantaram para cantar "Jesus (Obrigado por me fazer americano)", a música que, eu já tinha reparado, tocava cada vez mais na rádio que ouvíamos no ônibus que nos levava para a escola. Lembro-me de olhar para meus pais, ajoelhados diante do banco de orações, e descobrir, surpresa, que eles sabiam a letra de cor.

Foi então que me dei conta de que a Igreja Americana era estranha, mas provavelmente inofensiva: havia meses que meus pais não pareciam tão felizes, e todo mundo era tão alegre, tão seguro do próprio destino. Nem pensei em temer a Igreja até voltarmos para casa, até abrir meu laptop e procurar vídeos de Frick, curiosa para descobrir mais a respeito do autor dessa ficção tão elaborada. Passei três horas assistindo a vídeos de Frick no YouTube, pregando para multidões em Seattle, Houston, Indianápolis, Washington... Conforme ele avançava pelo país, os discursos iam ficando mais convincentes. O conteúdo continuava a não fazer muito sentindo, pois só se tornava mais estranho e mal formulado, mas Frick foi aprimorando o charme que conquistou tanta gente. Ele começava com trejeitos simples e cativantes, permeando os discursos com expressões típicas do interior e "Deus abençoe a América", até que entrava naquele estado eufórico, falando apaixonadamente sobre suas previsões e condenações. Ele sempre acabava os discursos com uma súplica, os olhos marejados, como se estivesse realmente preocupado com a multidão diante dele. Em retrospecto, sabendo como ele estava à beira da insanidade, imagino que Frick tenha se esforçado muito para criar aquele carisma inicial. O tom desesperado que aparecia em seguida era o verdadeiro Frick falando. Mas, na época, naquele primeiro domingo, com a luz que entrava pela janela cada vez mais fraca e meus olhos já cansados do brilho da tela do computador, eu só sabia que Frick era carismático e perigoso, e que estava ganhando.

Em sua primeira aparição como porta-voz da Igreja, Peter escolheu outra estratégia. Enquanto seguíamos a toda velocidade pela estrada que levava a Los Angeles, madrugada adentro, comparo o discurso de Peter aos vários que já vi de Frick. Ele não gritou como Frick fazia, nem ficou suando no fim como se tivesse corrido uma maratona. Se eu precisasse descrever a persona de Peter Taggart, diria que ele não age de forma muito diferente de uma das duas únicas pessoas no mundo em quem achei que pudesse confiar: Peter Ivey. Ele é gentil, bonito, bondoso e delicadamente insistente. Quem acredita nele — e quem poderia culpar alguém por isso? —, é porque, mesmo sem conhecê-lo, sabe que ele é uma boa pessoa.

Harp e eu só assistimos ao discurso uma vez antes de Winnie voltar para o carro, mas era curto e direto. Eu já até decorei.

— Amigos e Crentes — lia de suas anotações, mas volta e meia erguia os olhos para encarar a multidão —, agradeço essa recepção calorosa. Sou Crente há muito tempo, além de ter orgulho de ser filho de um dos Profetas. Para mim é uma honra estar diante de vocês como a nova voz da Igreja Americana. Posso ser jovem, mas, assim como meu pai, sou devoto de Frick e de sua mensagem. Neste meu primeiro anúncio como porta-voz da Igreja Americana, fico feliz em informá-los de que Pierce Masterson, o acadêmico mais brilhante da Igreja, conseguiu desvendar a provável data do Segundo Arrebatamento. Ocorrerá no dia 23 de setembro deste mesmo ano, na véspera do Apocalipse. — Um burburinho animado tomou conta da multidão, e Peter fez uma pausa. Depois olhou diretamente para a câmera e continuou: — Vivemos um período sombrio, mas, juntos, vamos brandir a arma mais poderosa contra este mundo de pecado e falsidade: a fé. Acima de tudo, confiem em seus corações. Obrigado.

Então a multidão irrompeu em vivas de adoração, e Blackmore e Mulvey se posicionaram um de cada lado de Peter para acenar, todos juntos. E o vídeo chegou ao fim.

— Você está bem?

Mal consigo ouvir o sussurro de Harp por cima do barulho do motor. É a primeira vez que ela fala em horas. Noto que minha amiga parece exausta, com os olhos vermelhos. Harp abraça o laptop com firmeza contra o peito, as juntas dos dedos brancas por causa da força que faz.

— Depois a gente conversa — respondo.

Winnie vai ter que saber — assim como Diego, Amanda e todos os outros — que a pessoa em quem confiávamos, parte fundamental da história que estamos tentando contar, mentiu. Estava o tempo todo do lado da Igreja. Mas, por enquanto, não consigo suportar a ideia de mais alguém além de nós três — Harp, Peter e eu — saber como fui enganada.

Harp estica o braço e segura minha mão. O peso de sua mão sobre a minha é reconfortante. Olho pela janela, para os arranha-céus de Los Angeles surgindo em meio ao amanhecer, e, meio sem pensar, levo a outra mão ao peito, agarro o pingente de marreta e puxo com força, arrebentando o cordão.

Já em Los Angeles, observo os outdoors que passam depressa por nós, anunciando filmes para a família Crente que tiveram a produção adiantada para que fossem lançados ainda este ano: *A história de um profeta: A vida de Beaton Frick; A Segunda Balsa: O Julgamento Final; Minha esposa é o demônio 2*. Todos estrelam atores cujos escândalos sórdidos dos dias pré-Arrebatamento ainda estão frescos na minha memória, mas essas mesmas pessoas estão posando com os olhos voltados para o céu, as mãos unidas em prece e dando sorrisos afetados.

Winnie vira em uma grande rua comercial ladeada por palmeiras e lojas bregas com fachadas de tijolos pintadas de todas as cores do arco-íris: verde-limão, vermelho-tomate, rosa-chiclete. O sol já nasceu, e o céu possui um tom azul alegre e artificial. É o primeiro céu azul que vejo este mês. Era assim que eu imaginava a Califórnia antes de passar aquelas semanas tumultuadas em São Francisco: tudo parece brilhante, alegre e terrivelmente sintético. Winnie estaciona diante da pequena livraria O Bom Livro, e saímos para a calçada, sendo envolvidas no mesmo instante por um horrível calor seco. Harp e eu tiramos os casacos. Nós três olhamos com cautela para os dois lados da rua. Winnie respira fundo.

— Essa é a livraria sobre a qual eu estava falando! — Sua voz sai estranhamente alta. — Vamos dar uma olhada!

— Nem são sete da manhã ainda. — Harp franze a testa, encarando o interior escuro da loja. — Acho que está fechada. E, de qualquer forma, você acha mesmo que é hora de fazer compras?

Winnie a ignora e abre a porta, que, supreendentemente, está aberta. Do lado de dentro, sinto cheiro de mofo, e há prateleiras abarrotadas de livros usados, um display de revistas num canto e um estande de cartões-postais de Los Angeles. Noto que há um expositor da Igreja Americana em cima de uma mesa, o que me dá nos nervos: edições de couro do Livro de Frick, memórias espirituais de jogadores de basquete

Crentes (*Na quadra com Jesus*) e uma edição em capa dura muito elegante intitulada *Os mistérios da Segunda Balsa*. Então reparo que a pessoa atrás do caixa é Robbie. Ele se empertiga, tentando parecer mais profissional, mas está lendo um romance de ficção científica gigantesco, e minha expressão de surpresa o faz sorrir.

— Posso ajudá-la, madame?

Winnie se atém a um roteiro que eu desconheço.

— Você tem uma seção de autoajuda?

Robbie assente, ficando sério para combinar com o tom de Winnie.

— Fica atrás da porta vermelha no fundo, subindo a escada. Bata duas vezes. Não tem erro.

Winnie nos conduz para além das estantes até uma porta vermelha onde alguém — talvez um soldado descarado — colou um pôster de divulgação de Beaton Frick segurando um exemplar de Seu Livro. Embaixo está escrito: *Leia! É o que Jesus faria*. Minha irmã abre a porta, que dá para uma escada escura.

— A loja de fachada foi ideia da Amanda — explica, enquanto subimos os degraus. — Ela achou que dessa vez ficaríamos ainda mais despercebidos bem no meio de tudo. Claro que isso foi antes do ataque...

Ela não termina a frase. Quando terminamos de subir a escada, Winnie bate duas vezes à porta que, depois de apenas um segundo, é escancarada. Diego aparece de pé na soleira, os olhos arregalados de preocupação.

— Falei para não parar no caminho para nada! — reclama, o pânico evidente na voz. Quando Winnie dá um passo para dentro, ele a puxa para um abraço. — Faz meia hora que chegamos. Achei que tivessem pegado você. Achei que...

Winnie retribui o abraço, murmurando palavras reconfortantes em seu ouvido. Examino o local: é um grande loft reformado para servir de centro de comando, com mesas com laptops enfileiradas diante de uma das paredes e uma TV enorme ligada sem som no canal 24 horas oficial da Igreja Americana. Elliot está na cozinha sussurrando, nervoso, em um celular. Quando vê Harp e eu, vira-se de costas, sem nos cumprimentar. Birdie e alguns dos outros estão aglomerados em um sofá encostado na parede, todos com os olhos vermelhos de tanto chorar. Diego deve ter contado o que aconteceu com Karen e Suzy. Kimberly está diante da TV com o controle remoto. Assim que nossos olhos se encontram, abro a boca para cumprimentá-la, mas uma expressão severa surge em seu rosto.

— Você faz ótimas escolhas, Vivian. Deve estar muito orgulhosa.

Atrás dela, na TV, vejo o rosto sincero de Peter no mesmo vídeo que assistimos mais cedo. A legenda diz: A OBRA DE TAGGART NA TERRA AINDA NÃO TERMINOU. E em letras menores: O FILHO DO PROFETA FOI REVELADO DURANTE A ARRECADAÇÃO DE FUNDOS DA IGREJA EM CHATEAU MARMONT. Todos leram o blog de Harp e sabem a verdade sobre Peter e seu pai. Sabem que ele ficou para trás quando fugimos, e que nós estávamos juntos. Só não sabem o que não podem saber, as coisas que nem mesmo Harp entende: o jeito que ele me olhava, como se eu fosse a pessoa que mais o surpreendesse; como seu beijo era doce e suave; como era fácil acreditar nele. Diego me observa atentamente, ainda com um braço envolvendo Winnie, que encara a tela horrorizada. Não sei o que dizer a eles, mas, por sorte, Harp assume as rédeas:

— Ficamos tão surpresas quanto vocês — diz ela, posicionando-se na minha frente como se para me proteger. — Nunca tivemos qualquer motivo para não confiar nele.

Eu poderia chorar de gratidão. Harp tem todo o direito de dizer "eu avisei", de esfregar o erro na minha cara, mas, em vez disso, está me protegendo.

— Exceto, é claro, *quem era o pai dele* — retruca Kimberly com sarcasmo. — E ele revelou isso logo de cara, se me lembro bem, não foi?

Mas é claro que ela sabe que não foi assim. Sinto meu estômago se revirar ao me lembrar de quando perguntei a ele: *Podemos confiar em você?* E a resposta: *Sempre.* Ele me encarou nos olhos ao dizer isso.

— Sinto muito — digo. — Fomos idiotas... *Eu* fui idiota. Harp nem queria que ele fosse junto, para início de conversa. A escolha foi minha. E não fazem ideia de como estou arrependida.

— Você entende o que isso significa, não é? — Kimberly não se comove. — Esse garoto aparece na história de vocês e, no fim das contas, estavam totalmente enganadas sobre ele. As pessoas vão se perguntar sobre o que mais vocês duas se enganaram.

Há uma longa pausa, enquanto cada soldado se vira para nós.

— Não estamos mentindo sobre o Arrebatamento, se é isso o que está dizendo. E, se for, por que não diz na nossa cara? — Harp cerra os dentes e estremece. Coloco uma das mãos no ombro da minha amiga, com medo de que ela parta para cima de Kimberly.

— A gente não acha que vocês mentiram sobre o que viram, Harp — intervém Birdie. Kimberly olha feio para ela. — Pelo menos, *a maioria* de nós não pensa assim. É só que... vocês precisam entender. Já ia ser difícil acreditarem em vocês antes. Mas e agora que essa pessoa que vocês alegam estar do seu lado virou porta-voz da Igreja? Vai ser muito mais difícil. Será que as pessoas não vão presumir que vocês estão mentindo ou que são duas malucas? Será que não vão pensar que só estavam tentando chamar atenção?

Olho para a TV outra vez, para o rosto de Peter, que ali está maior do que na tela do laptop de Harp, quase em tamanho real. Está passando a parte do discurso em que ele olha diretamente para a câmera. *Acima de tudo, confiem em seus corações.* Sinto muita raiva. Fico com vontade de sair correndo daqui, e não quero descansar até encontrá-lo. Quero que ele sinta o mesmo que eu, esse furacão de tristeza, humilhação e raiva. Quero que ele saiba o que provocou. Ao emprestar seu rosto para a Igreja Americana, fez com que fosse impossível derrotá-los. Peter está tornando insignificante tudo o que fiz, tudo o que sacrifiquei, os últimos meses de desespero, meu relacionamento com minha mãe. Quero que ele saiba o que fez comigo. Quero que ele sinta tudo isso.

À noite, o exército de Amanda faz um velório improvisado para Suzy e Karen. Eles acendem algumas das velas que Amanda comprou para o caso de faltar luz e se reúnem no centro de comando para cantar músicas não religiosas e contar histórias engraçadas sobre conversas à beira-mar com Suzy ou sobre como Karen sempre os tratava como se fossem sua família. Ninguém fala o óbvio: os Pacificadores vieram atrás de Harp e de mim, e é por nossa causa que as amigas deles estão mortas. Winnie é mais receptiva do que nunca comigo, e Julian elogia minha reação rápida durante o ataque. Mas noto os olhares de Kimberly e Colby quando entramos ali, e sei que prefeririam que a gente é que tivesse morrido em São Francisco.

Por sorte, há muitas coisas com as quais se preocupar em Los Angeles. A milícia está trabalhando arduamente nos preparativos para o ataque: treinam sem parar; embrenham-se no Griffith Park e praticam tiro ao alvo; formam pequenos grupos para seguir os passos de Peter, Mulvey e Blackmore. Por fim, deduzem que a sede da Igreja é um hotel chamado Chateau Marmont, onde Peter foi apresentado como porta-voz pela primeira vez. O fato de terem descoberto o alvo significa que é apenas questão de tempo até Amanda escolher uma data para o ataque. Enquanto isso, o calor entra pelas janelas e uma seca atinge a cidade e a deixa sem água. Temos algumas garrafas de água nas geladeiras, mas não podemos tomar banho. Conforme os dias quentes se arrastam, todos ficam com o cabelo oleoso, e um cheiro de suor azedo impregna o loft. Ainda assim, sabemos que temos sorte: de acordo com o Canal de Notícias da

Igreja Americana, que Diego mantém ligado o dia inteiro quase no volume máximo, a seca já matou pelo menos trinta pessoas no sul da Califórnia. Essa situação dissemina doenças e diminui perigosamente o fornecimento de comida por todo o país, e essas são as más notícias só dessa região. O canal de Notícias da Igreja Americana também noticiou o assassinato do Primeiro Ministro britânico na porta de sua casa, na Downing Street, número 10; uma forma nova de malária, muito agressiva, que mata quase dez crianças todos os dias na China; tiroteios em massa no Texas, em Ohio e em Nova York; e, por fim, algo que faz Robbie dar um berro: eu. Mostram minha foto do anuário da escola, que foi retirada do álbum do primeiro ano. Diego aumenta o volume.

— Podemos confirmar que o nome de uma das mais perigosas inimigas à salvação é Vivian Apple, de 17 anos, nativa de Pittsburgh, na Pensilvânia. Ela foi vista pela última vez em São Francisco, onde participou do terrível assassinato de cinco dos abençoados Pacificadores da Igreja Americana.

Meu rosto começa a formigar. Quando ergo as mãos, percebo que minha boca está se mexendo sozinha, tentando me defender, mas estou chocada demais para falar. Meu rosto é substituído pelo de Harp na tela.

— Sua cúmplice é Harpreet Janda, a autora de um texto horrendo que tem sido divulgado na blogosfera.

O rosto de Harp é então substituído por uma imagem de Peter atrás de um púlpito no fim de uma grande rua, com um prédio branco de fachada ornamentada ao fundo. Sua expressão é indecifrável.

— É claro que é tudo invenção. Consultamos especialistas, Pierce Masterson e outros pastores proeminentes do mundo todo, que concordam que o simples ato de *ler* esse texto é um pecado grave o bastante para ocasionar a perda do lugar na Segunda Balsa. Capítulo onze, versículo oito: "*Se idólatras cuspirem mentiras em teus ouvidos, é teu próprio pecado escutá-las.*"

Um repórter pergunta:

— O senhor pode comentar mais especificamente as alegações de que manteve um relacionamento com uma das inimigas da salvação? Com a garota chamada Vivian Harriet Apple.

Seu rosto adquire uma expressão que eu nunca tinha visto: um sorriso de desprezo.

— Por favor, pessoal, vocês sabem que não devo ficar contando vantagem das minhas conquistas. — Os jornalistas dão risada. — Mas todos nós sabemos que o Livro de Frick encoraja que os homens convertam o máximo de pecadoras sedutoras que conseguirem. Vamos dizer apenas que eu estava tentando cumprir meu dever de Crente. Que tal?

O âncora volta a aparecer na tela, achando graça.

— Entramos em contato com Brendan J. Winters, antigo colega de turma das duas idólatras. E ele pode falar mais sobre seus passados e suas motivações.

Harp resmunga, irritada, produzindo um som que fica entre um grito e um rugido. A câmera mostra B.J. Winters, que demorou um tempo para virar Crente e faz parte da gangue que assassinou Raj, o irmão dela, lá em Pittsburgh. Ele parece mais magro do que me lembro, além de apavorado, embora seja impossível não reparar no brilho de animação em seus olhos quando ele responde:

— Bem, não é segredo para ninguém que as duas eram declaradamente Descrentes. Eu não conhecia Vivian muito bem, mas ouvi dizer que ela estava envolvida com ocultismo, com bruxaria. E Harp... — B.J. abre um sorrisinho odioso. — Bem, não é preciso ser devoto como eu para saber que ela não era uma boa pessoa. Seu irmão era declaradamente homossexual, e ela *e* Viv tinham fama de serem... piranhas. Acho que era uma diversão pra elas: as duas se atiravam nos jovens Crentes mais proeminentes da comunidade e começavam a tentá-los para o pecado usando suas artimanhas femininas. Aposto que Vivian tentou fazer o mesmo com nosso abençoado porta-voz, Peter

Taggart, mas, pelo visto, ele é mais forte que a maioria. — B.J. faz uma pausa, talvez para considerar se já foi maldoso o suficiente. — Além do mais, com certeza não devo ser o primeiro a questionar se Harp tem alguma ligação com os extremistas islâmicos, não é mesmo?

Ficamos em silêncio, atordoadas, observando a legenda abaixo do rosto de B.J.: APPLE E JANDA: LIBERTINAS CONFIRMADAS/ TALVEZ BRUXAS/ DEFINITIVAMENTE VIOLENTAS E TERRORISTAS ANTIAMERICANAS?

*Todas nós já fomos enganadas por algum cara, normalmente porque eles conseguem nos iludir com a ideia de que são boas pessoas, em vez de monstros com máscaras de garotos gatinhos. (Meu erro mais recente, aliás, foi Golias, também conhecido como Spencer Ganz. Ou melhor: o Babacão.) É uma merda, mas a vida é assim mesmo. Viv e eu não costumamos ser vingativas. A não ser, é claro, quando esses monstros decidem ir em rede nacional nos chamar de libertinas mentirosas! Confiamos em Peter porque ele sabia coisas sobre a Igreja que nós desconhecíamos e porque ele nos tratava bem. Por um tempo, parecia mesmo que ele estava tratando Viv exatamente como queremos que nossa melhor amiga seja tratada: com carinho e respeito. Eles nunca trocaram nada além de beijos. E, mesmo que tivessem feito mais, isso daria a ele o direito de fazer o que fez? Mentir para nós, nos levar direto para o perigo, nos entregar, nos dedurar para o inimigo? Mesmo se você acreditar na história deles, em vez de na nossa, deve ter alguma coisa errada com você se considera o suposto pecado de Viv (ser gata e querer beijar um cara) uma transgressão maior do que tudo o que Peter fez.*

*Além disso, BRUXAS SÃO FODA.*

— Não consigo acreditar que ele tentou me fazer sofrer a Madalena — repito pela milionésima vez enquanto observo

Harp marretar o teclado, escrevendo a última frase. Estamos deitadas na cama que escolhi para mim, no terceiro andar, onde passei as duas últimas semanas desde a conferência de imprensa de Peter escondida embaixo das cobertas, chorando e tentando não entrar em pânico. — Como pude ser tão burra? Sempre achei que repararia se alguém se desse o trabalho de me fazer sofrer a Madalena. Que eu perceberia muito antes.

Harp franze a testa ao reler o texto. Amanda apareceu aqui ontem para uma reunião de planejamento e instruiu Harp a continuar escrevendo no blog, afinal, a condenação da Igreja atraiu muito mais leitores. Ela destacou alguns dos soldados com mais conhecimento tecnológico para proteger os servidores da livraria. Embora nenhum deles tenha o talento de Suzy, achamos que pelo menos isso nos dará um pouco mais de tempo. Amanda pediu para Harp evitar citar Peter Taggart a todo custo, mas até eu sabia que essa era uma causa perdida.

— Meninas que sofrem a Madalena não são *burras* — responde Harp, por fim, sem parar de digitar. — O único erro delas foi confiar nos caras com quem transaram. Não é culpa delas que esses garotos não mereçam confiança.

Reparo que há uma leve alteração em sua voz. Harp já transou muito mais do que eu (ou seja, já transou), e sei que as acusações de B.J. tocaram fundo na sua ferida.

— Você tem razão — respondo. — Desculpe. Só estou morrendo de vergonha.

— Eu sei. — A voz dela fica mais suave. Harp para de digitar e se vira para mim. — Mas tente transformar a vergonha em raiva. Raiva é muito mais útil.

Não é difícil fazer isso. Fico morrendo de raiva só de pensar que a verdadeira intenção de Peter ao me beijar, ao me elogiar, ao me dar aquele colar simbólico de marreta era apenas transar comigo para então me convencer de que eu era uma pecadora e tentar me converter. É muito injusto que a Igreja tenha pegado essa coisa mágica, particular — o puro prazer que eu sentia ao tocar nele, em sentir Peter encostando em mim — e transformado em uma arma. Ouço o tom animado das revistas da Igreja tagarelando na minha cabeça: *Você está em um relacionamento com um garoto que a trata como igual, emocional e espiritualmente, e sente desejo de expressar sua afeição por meio de certas atitudes que trarão prazer mútuo. Você: a) Vai fundo! Sexo é uma dádiva de Deus, além de ser muito divertido se feito com segurança!, b) Faz o garoto lhe pedir em casamento! Sexo só é legal quando se tem uma união aprovada pela Igreja Americana! Além disso, bebês são uma gracinha!, ou c) pede conselhos ao seu pastor local a fim de tentar se livrar dos pensamentos impuros e encontrar uma forma de expressar seu amor de um jeito sagrado e sem contato físico? PEGADINHA! A resposta é: d) o fato de sequer ter considerado fazer sexo fora do casamento prova que não tem lugar para você no reino eterno de Deus, sua libertina condenável.*

Era nisso que Peter estava pensando toda vez que me beijava? Será que estava imaginando que receberia a aprovação de Jesus quando conseguisse me converter?

A porta para o terceiro andar se abre e Winnie entra. Ela sorri ao nos ver.

— E aí, meninas? Que tipo de feitiçaria vocês estão praticando hoje?

— Ah, só a magia negra de sempre — responde Harp, fechando o laptop e se levantando. Ela se espreguiça. — Quem está trabalhando na livraria agora?

— Julian.

Harp sorri e ajeita o cabelo.

— Justamente o que eu queria ouvir.

Ela sai saltitando pela porta, me deixando sozinha com Winnie pela primeira vez desde nossa última noite em São Francisco. Minha irmã parece um pouco desgrenhada: o cabelo comprido está preso em um coque frouxo, com mechas caindo diante do rosto. Ela se senta na beirada da cama.

— Está tudo bem, garota?

— Ah, tudo ótimo, sabe. Tô aqui lidando com minha fama de libertina assassina. Tentando assimilar que o cara por quem eu estava me apaixonando é um babaca mentiroso. E tentando aceitar que causei a morte de duas pessoas inocentes. Nada fora do normal.

Winnie franze a testa ao ouvir a última parte.

— Você acha que causou a morte de Suzy e Karen?

— Não acho que foi mera coincidência que o dia em que nosso texto sobre a Igreja ganhou atenção foi justamente quando os Pacificadores invadiram a Casa do Penhasco. Conseguimos fazer com que lessem a história, e as duas foram mortas. Tem outra explicação?

— Tem *várias* explicações — insiste Winnie. — Fazia meses que Suzy andava invadindo sites afiliados à Igreja, e talvez tenha deixado rastros sem nem perceber. Alguém pode ter visto vocês na Casa do Penhasco depois de ter seguido qualquer um de nós ao voltarmos: Julian, eu, Diego. Um dos soldados pode ter nos dedurado. Por que acha que foi tudo culpa sua? — Desvio o olhar. Sei que ela não está errada, mas não me sinto pronta para ser convencida a deixar a culpa de lado.

— Viv, não quero soar condescendente, está bem? Mas isso tudo faz parte do que significa ser um soldado. As pessoas à sua volta morrem de repente e sem motivo. E, para superar, precisa entender que às vezes não havia nada que você pudesse ter feito para impedir aquilo. Suzy e Karen são um exemplo.

— Como você sabe?

— Porque, quando não é esse o caso, a sensação é diferente. É como... como esse ataque, por exemplo. — Winnie balança a cabeça. — Tenho me empenhado para fazer Diego convencer Amanda a desistir. Mas não adianta. Vai ser uma bagunça, vai ser inútil, e muita gente inocente vai morrer.

— Gente nem tão inocente assim.

Winnie lança um olhar de compreensão para mim.

— É, gente nem tão inocente assim. Mas, Viv, seja sincera... Você quer mesmo que Peter morra? Desse jeito?

Nunca estive tão furiosa em toda a minha vida. Sinto mais raiva de Peter do que senti dos Anjos, quando achei que eles haviam capturado ou assassinado meu amigo. Mas minha raiva não é tão útil quanto Harp diz. É confusa, sem foco e arrebatadora. E a verdade é que ainda não sei o que fazer com esse sentimento. No momento, não sei quais vontades ou atitudes minha fúria é capaz de me proporcionar. Mas, antes que consiga explicar isso a Winnie, ouço um barulho. Harp entra depressa no quarto. Ela está carregando várias coisas, e não consigo decifrar direito sua expressão: uma mistura de alegria e enorme tristeza. Ela corre até mim e joga um livro de capa dura no meu colo. É a edição que notei logo que entramos na livraria, no primeiro dia que passamos em Los Angeles: *Os mistérios da Segunda Balsa*. O autor é Pierce Masterson.

— Pierce Masterson — leio, e olho para ela. — Eles sempre citam esse nome. Peter o chamou de "o acadêmico mais brilhante da Igreja".

Harp assente.

— Olhe o texto de orelha.

Abro o livro. A foto do autor mostra um homem de rosto magro, começando a ficar careca, com olhos tão claros que são quase transparentes. Ele sorri para a câmera, e eu sorrio de volta ao olhar para ele. Porque essa não é a primeira vez que o vejo. Ele estava sentado à esquerda de Michele Mulvey na tela no complexo de Frick.

— O Terceiro Anjo. — Entrego o livro a Winnie. — Pierce Masterson é o Terceiro Anjo.

— Ah, meu Deus. — Winnie fica de pé, observando a foto de Masterson. — A gente devia ter percebido isso antes. Esse nome aparece em todo lugar. Falo com vocês depois, preciso contar isso a Diego.

Ela sai correndo do quarto com o livro na mão, e Harp espera a porta se fechar antes de estender uma edição da nossa revista favorita da Igreja: *Menina de Deus!* Um típico garoto americano, todo sorridente, estampa a capa, e meus olhos se fixam nas manchetes (*Moda da Segunda Balsa: 167 looks inesquecíveis para o seu Dia da Ascenção*; *Será que Deus consegue ler as mensagens no seu celular?*), mas não sei o que eu deveria estar vendo.

— Obrigada, Harp, mas já li o bastante dessa merda pela vida inteira, que provavelmente será bem curta.

Harp balança a cabeça e aponta para a capa com tanta intensidade, que arranca a revista das minhas mãos.

— O modelo da capa, sua besta! Olhe o modelo!

Pego de volta a *Menina de Deus!* e me obrigo a olhar para o rapaz. É mais velho do que nós duas, tem cachos loiros e pele bronzeada. Está usando uma camiseta e calça jeans azul, e exibe um sorriso simpático, com os braços musculosos cruzados diante do peito. É muito bonito, e, só de olhar para ele, para a confiança em seus olhos calorosos, percebo que o cara também sabe disso. É essa característica, essa segurança, que me faz finalmente reconhecê-lo. Nesse momento, solto um gemido baixo e procuro seu nome no texto. Levo apenas um segundo para encontrar.

"*Dylan Marx: nosso novo bonitão favorito revela seus planos para o Apocalipse e descreve sua esposa dos sonhos!*"

De alguma maneira, o ex-namorado de Raj Janda foi parar na capa de uma revista da Igreja Americana.

# CAPÍTULO 9

Harp e eu nos sentamos lado a lado, com a revista aberta sobre os joelhos. Lemos depressa o artigo sobre nosso velho conhecido, Dylan Marx, na mesma velocidade que o público-alvo da revista, as adolescentes Crentes cheias de hormônios.

Dylan aparece em cinco páginas de *Menina de Deus!*. Quatro têm apenas fotos, sendo que a maioria é em poses sensuais idiotas: remando em uma canoa, usando uma camisa de botão xadrez, de smoking, estendendo um buquê para a câmera e espiando por trás dos cachos dourados de forma tímida, ajoelhado diante de uma foto de Frick, as mãos unidas em oração, com uma expressão solene e os olhos fixos no rosto do profeta.

— Que porra é essa? — questiona Harp toda vez que viro uma página. — *Que porra é essa?*

No canto de cada página há uma lista com as roupas que ele está usando e seus respectivos preços, todas disponíveis para venda no site da Igreja Americana. A matéria não passa de uma propaganda. O que não fica muito claro é como Dylan foi parar nisso.

Na quinta página há uma entrevista, que lemos depressa, loucas para encontrar alguma pista de como Dylan virou modelo de roupas masculinas da Igreja. Mas, em vez disso, nos deparamos com perguntas como "Descreva a garota dos seus sonhos" e "O que você procura em uma esposa em potencial?".

— Ela precisa ter pênis — responde Harp, na lata — e, na verdade, ser homem.

Peço silêncio para ler a resposta de Dylan:

*Amo todos os tipos de garota, mas, quando decidir me casar, vai ser com uma mulher que ame as mesmas três coisas que eu: comida, futebol americano e Nosso Pai Santíssimo!*

— FOMOS PARAR NO INFERNO? — grita Harp no meu ouvido. — VIVIAN, ACHO QUE A GENTE ESTÁ NO MEU INFERNO PARTICULAR.

Todas as perguntas são variações de "Você gosta de garotas/de Jesus?" e "Quanto você gosta de garotas/de Jesus?". Todas as respostas parecem insistir desesperadamente que ele gosta muito dos dois. *("O encontro perfeito? Essa é fácil! Levar a garota para a Igreja, pois é o melhor jeito de descobrir se ela é a menina certa para mim! As garotas ficam ainda mais belas quando são iluminadas pela luz divina!")* O texto da entrevista está cercado de pequenos corações em tons pastel, onde estão destacadas as qualidades de Dylan: "Lindo! Devoto! Seu namorado ficaria ótimo nessas roupas!" Mas é só na última pergunta que conseguimos uma pista de como e por que ele foi parar nas páginas de *Menina de Deus!*:

***Sem querer ser baixo-astral, mas como você se sentiu ao ser Deixado para Trás? E o que está fazendo para se preparar para a Segunda Balsa?***

*No começo, fiquei bem chateado! Meus pais receberam o esplendor eterno em março, mas Frick tinha planos diferentes para mim e minha irmãzinha, Molly. Nesse meio-tempo entre os Arrebatamentos, mergulhei de cabeça em minha fé para entender onde eu errei. Por sorte, Frick me mandou um sinal! Em abril, eu estava com Molly em um ônibus a caminho de Nova York quando conheci um olheiro da Igreja que me ajudou a conseguir meu primeiro trabalho como modelo. Então percebi que Frick queria que eu ficasse para trás para que encorajasse as garotas Crentes a se manterem puras e virtuosas, independentemente da tentação! Assim estou ajudando minha comunidade de verdade... e poder usar todas essas roupas maneiras e com um preço ótimo também não é nada mau! [risos] Quanto à Segunda Balsa... Quando for a hora de embarcar, estarei com um visual impecável, com minha nova e perfeita calça jeans boca de sino da Igreja. Mal posso esperar para cumprimentar o Profeta Frick vestido com estilo!*

— Será que a culpa é *nossa*? — indaga Harp, incrédula. — Será que alguma coisa na gente faz todos os garotos que conhecemos se converterem depois de um tempo? Talvez, tipo, a gente seja *carnal* demais, com toda a nossa inteligência e sensualidade.

— Não acho que nossa sensualidade carnal tenha sido relevante para Dylan. — Releio sua última resposta, tentando entender. — Isso é muito ridículo. Ele só pode estar fingindo. Você não acha? O olheiro descobriu Dylan no ônibus, e ele se deu conta de que poderia ganhar dinheiro fácil, além de conseguir estabilidade para ele mesmo e Molly. Então fez a Igreja acreditar que ele era Crente. Acho que ele seria capaz de fazer isso, não? Dylan nunca curtiu muito a Igreja Americana.

— Peter também não — argumenta Harp.

— Mas a gente conhecia Dylan há mais tempo e muito melhor. E Raj o conhecia ainda mais. Não consigo aceitar que Raj estivesse errado em relação ao namorado.

Harp parece perdida em pensamentos. Eu me pergunto se ela está se lembrando da última vez em que viu Dylan, quando partiu para cima dele, culpando-o pela morte do irmão. Observo-a pegar o laptop e digitar o nome do ex-namorado de Raj. Juntas, ficamos surpresas com os resultados. Eu já tinha procurado por ele na internet — dois meses atrás, em Keystone —, mas na época nada apareceu. Não o procurei de novo porque tinha medo do que iria encontrar. Achei que Dylan estivesse morto. Pelo que sabíamos, ele estava na costa leste durante o devastador furacão Ruth. Mas logo descobrimos que esse esforço para se tornar famoso é bem recente e insistente. O resultado da busca por imagens nos traz inúmeras pérolas parecidas com as fotos da *Menina de Deus!*. Em uma, Dylan sorri, provocante, diante de uma bandeira americana. Em outra, ele está numa praia, com a água do mar na altura dos joelhos, usando uma sunga vermelha, branca e azul e acenando para a câmera. Harp encontra o Twitter dele (*"Nativo de Pittsburgh na Cidade dos Anjos! Orando pela Segunda Balsa!"*) e descobre que tem duzentos mil seguidores. Dylan posta coisas no mesmo tom animado das respostas que deu na entrevista para a revista *Menina de Deus!*.

**21 de julho:** *Ótimo ensaio hoje para a Estilo Virgem! Fotos modestas e de bom gosto, como Frick gostaria. Vcs vão amar! Deus abençoe a América!*

**22 de julho:** *Uau! Amei o novo gaseificador de água da Igreja Americana®. Dá um gás no meu dia! #ébommesmo*

**24 de julho:** *Sábado é dia de cuidar do carro! Adoro! #coisasdemacho*

***Dez horas atrás:*** *Acabei de ser convidado pra representar Éden, a colônia masculina da Igreja Americana®! #abençoado #cheirinhobom*

***Três horas atrás:*** *Hoje à tarde estarei no evento da* Menina de Deus! *no Pomar! Venha me dar um oi! Que Frick os abençoe!*

Não foi o pior dos crimes da Igreja, mas sinto calafrios ao pensar em como transformaram meu amigo Dylan — que, em Pittsburgh, eu amava por ser inteligente, sagaz e sarcástico — em um outdoor ambulante e sem cérebro. Nunca vou entender por que os Crentes insistem em usar esse tipo de linguagem, esse incansável otimismo vazio e todas! essas! exclamações! Talvez usem isso para balancear o tom apocalíptico da pregação diária, afinal, se o linguajar usado pela corporação tivesse o mesmo tom de Frick, as pessoas ficariam deprimidas demais para sair de casa e comprar os perfumes e os utensílios de cozinha da Igreja. Harp encontra na internet um mapa da região do Pomar, que, ao que tudo indica, é um shopping. Ela traça a rota mais próxima de onde estamos, um bairro chamado Silver Lake.

— Menos de nove quilômetros — comenta, então se levanta e vai até a porta. — Dá pra ir. Parece que tem um ônibus que podemos pegar... Vamos ter que arranjar dinheiro pra passagem. Não tenho nenhum centavo. Você acha que Amanda deixa algum guardado de reserva?

— Peraí... Do que você tá falando?

Harp me encara, incrédula.

— Você não acha mesmo que vou ficar aqui sentada enquanto Dylan Marx está vivo e na mesma cidade que eu, não é?

— Fala sério, Harp. — Sigo-a pela escada até o centro de comando vazio, pois os soldados do exército de Amanda estão espalhados pela cidade, cumprindo inúmeras missões. — Você acha que vai conseguir entrar e sair tranquilamente de um evento da Igreja? Nós duas somos procuradas. Colocaram o país inteiro atrás da gente.

— Exato! — Ela abre as gavetas, procurando dinheiro. — Seria *tão* idiota da nossa parte fazer uma coisa dessas que ninguém sensato vai esperar por isso. É o disfarce perfeito!

Fico apenas observando Harp ir até a cozinha, abrir o armário acima do fogão, pegar uma lata preta e tirar a tampa.

— Ahá! — Ela estende um maço de notas de baixo valor, mas seu sorriso desaparece ao notar como estou ansiosa. — Você não precisa fazer isso, Viv. Só porque eu vou, não quer dizer que você também precise ir. Você não volta a ser num passe de mágica a Vivian Apple de antes só porque decidiu seguir as regras. Mas eu preciso ir. Porque Raj o amava, e você tem razão: aquele não é o Dylan de verdade. Está sendo obrigado ou está fazendo isso para sobreviver, mas esse não é ele. E talvez eu possa ajudá-lo a escapar.

É verdade que não quero correr riscos. Sinto como se já estivéssemos forçando a barra com a milícia de Amanda. Kimberly nos considera mentirosas, os outros acham que somos imprudentes, Diego acredita que não passamos de adolescentes inúteis, e essa imagem provavelmente não melhoraria muito se fôssemos pegas durante um evento da *Menina de Deus!* num belo dia ensolarado em Los Angeles. Não quero trair a confiança de Winnie. Mas olho para Harp, para sua expressão determinada com um discreto brilho malicioso. Ela quer encontrar Dylan. E ela vai. Por isso, se for pega, não vou deixar que seja pega sozinha.

— Você primeiro, companheira — digo.

Estaríamos melhor disfarçadas com nossas antigas roupas, que seguiam o estilo da Igreja Americana: blusas de manga comprida e saias até o tornozelo para esconder nosso corpo, fonte de toda a tentação. Mas quando Winnie nos trouxe roupas novas para usar, não imaginou que precisaríamos nos misturar a uma multidão de meninas Crentes. Tentamos ficar o mais diferente possível das fotos que divulgaram de nós duas. Harp vasculha as malas dos outros em busca de itens que possam servir de disfarce. Para mim, ela encontra um boné e óculos de armação de metal que embaçam minha visão, mas me fazem parecer um pouco mais nova. Minha mão machucada está quase curada — Frankie tirou a tala na semana passada —, mas meus dedos continuam um pouco rígidos, e estou com certa dificuldade para fazer a maria-chiquinha no cabelo de Harp.

— Ande logo, Apple! — ordena ela.

Não sabemos quanto tempo temos até os soldados começarem a voltar. Quando nos olhamos no espelho do banheiro, me dou conta de que nossa aparência não está tão diferente assim: continuamos reconhecíveis, só que um pouco mais ridículas. Harp fica séria, mas isso não a desencoraja nem um pouco.

— Vambora.

Quando descemos para a livraria, o turno de Julian já terminou, o que é perfeito. Está rolando um clima entre Harp e ele, mas ainda acho que Julian tentaria nos impedir caso nos visse. Robbie está atrás do balcão. Quando aparecemos, ele desvia os olhos do livro e nos encara.

— Aonde estão indo?

— Vamos sair — responde Harp, simplesmente.

Só de encará-lo nos olhos, já entro em pânico.

— Amanda nos mandou em uma missão... para o blog! — digo, de repente. — Mas é segredo, então você não pode contar a ninguém.

Indiferente, Robbie dá de ombros e volta a ler. Quando saímos sob o sol escaldante, com o vento quente e seco nos açoitando e balançando as folhas das palmeiras, Harp me encara.

— Que foi?

— Você mente muito mal, Viv. Dá até vergonha. Parece que não aprendeu nada comigo.

No ponto de ônibus da esquina, fico esperando um ônibus normal surgir. Mas diante de nós para um ônibus especial da Igreja — Viação Sacrificial® —, todo branco e brilhante, e eu sinto calafrios. Recuo, pretendendo esperar o próximo, mas Harp belisca meu braço e faz sinal para que eu entre.

— É o único ônibus que tem aqui — sussurra ela.

Quando embarcamos, coloco o valor da passagem na roleta automática, evitando fazer contato visual com o motorista, sem conseguir parar de pensar que há uma câmera de segurança logo acima da minha cabeça. Os passageiros se aglomeram no meio do ônibus: idosas, garotos com skates e turistas ricos com os rostos queimados de sol. Harp se mistura aos outros sem dificuldade. Eu avanço, um pouco desajeitada, consciente demais do meu próprio corpo. Um dos skatistas ergue os olhos quando abro caminho às suas costas e, assim que nossos olhos se encontram, sorrio instintivamente, mas depois fico paralisada. Meu rosto está visível, mas seria ainda mais estranho se eu baixasse a cabeça, para me esconder. Então fico ali parada, sorrindo educadamente para ele, torcendo para que meus olhos não revelem o quanto estou horrorizada, até que o garoto, que deve ter me achado uma maluca, faz uma expressão estranha e desvia os olhos. Quando me viro para Harp, noto que ela observou incrédula toda a cena.

A Viação Sacrificial® é mais cara do que o transporte público costumava ser, e dá para notar a diferença pelo interior limpo e novo do ônibus e pelo fato de que há pequenas TVs em frente a cada assento, todas ligadas no noticiário da Igreja. Contenho um suspiro ao ver o rosto magro de Pierce Masterson em um dos cantos da tela, que foi dividida para mostrar o painel dos âncoras do outro lado.

— Sr. Masterson, será que poderia me explicar como se eu fosse ignorante? Hoje é dia primeiro de agosto, então temos menos de dois meses até o Arrebatamento... O que podemos esperar dessas últimas semanas na Terra?

— Com todo o prazer, Scott. — Masterson tem uma voz aguda e, enquanto fala, fica com uma expressão de satisfação sonolenta. Eu me dou conta de que ele parece um gato. Quase espero ouvi-lo ronronar. — Conforme os meses de agosto e setembro forem passando, acredito que veremos a decadência de tudo em que consiste a civilização humana. Democracias cairão e conflitos armados terão início. Enquanto isso, tempestades devastadoras continuarão assolando o país de costa a costa. O Livro de Frick fala de dezenas de milhares de mortos. — Ele se empertiga. — Alguns acadêmicos acreditam que isso não passe de um exagero para aumentar o efeito dramático. Acho que essa opinião é uma heresia.

— Bem, aposto na sua interpretação. Agora, fale um pouco sobre os dois últimos dias do mundo. Como vai ser para os Deixados Para Trás?

— Pois bem, imagino que a manhã do dia 23 de setembro será bastante familiar para todos eles: ao acordar, descobrirão que seus parentes sumiram, por isso vão lamentar ter continuado neste planeta condenado. Mas, por sorte, não precisarão sofrer por muito tempo. Em 48 horas, a Terra será destruída. Não se sabe o tempo exato que Nosso Senhor levará para destruir o mundo, mas uma leitura cuidadosa do Livro de Frick revela que podemos esperar que aconteça no fim da noite do dia 24 de setembro. O que *com certeza* sabemos é que um inferno terrível cobrirá a superfície do planeta e devorará tudo o que restou. A dor, pelo que entendi — ele abre um sorriso falso, cheio de pena —, será excruciante.

Levamos quarenta minutos para chegar ao Pomar e, quando entramos no shopping, já estou enjoada de tanto ouvir a voz debochada de Masterson. Harp e eu saltamos do ônibus em uma praça ensolarada com bastante movimento. Nos arredores, sob a sombra discreta das palmeiras, vejo algumas barracas aglomeradas, diante das quais há placas com as frases: *Estamos sem comida e água. Por favor, ajude.* Mais atrás fica o shopping deslumbrante, reluzindo no calor, com suas dezenas de lojas caras e caminhos de pedra muito bem cuidados. O único indício da seca é a presença de fontes desativadas a cada poucas centenas de metros.

Abrimos caminho pela multidão, sempre mantendo distância uma da outra. Não sabemos muito bem onde vai ser o evento de Dylan, mas Harp aponta para duas mães Crentes que parecem estar morrendo de calor com suas saias longas e toucas medievais. As duas estão acompanhando três adolescentes risonhas usando vestidos modestos idênticos.

— Bethie — chama uma das mães —, o que Frick diria sobre seu comportamento?

Uma das garotas para de rir, parecendo arrependida.

— A voz das moças alegra Satã e entristece Jesus — cita ela.

Decidimos segui-las.

No centro do Pomar há uma tenda branca com uma multidão de jovens Crentes reunida na entrada e uma faixa na qual está escrito *Frick o abençoe, Dylan Marx!*, o que nos faz acreditar que estamos no lugar certo. Porém, nossas roupas não são nada apropriadas. Cercadas por uma variedade de roupas modestas, é como se estivéssemos de top que deixa a barriga à mostra e botas de couro de cano alto. Por sorte, a multidão parece tão ansiosa para ver Dylan que nem repara nas duas piriguetes ali no meio: todas estão nas pontas dos pés, inclinadas para a frente, tentando enxergar alguma coisa. Estão muito quietas, se esforçando para não alegrar Satã. Eu me lembro de quando tinha 12 anos e passei uma tarde à toa no shopping com minha amiga Lara Cochran. Quando saímos da praça de alimentação, nos deparamos com o show de uma *boy band* que estava começando a fazer sucesso. As garotas que cercavam o palco naquele dia eram um pouco mais velhas e estavam totalmente descontroladas, empurrando, pulando, erguendo cartazes com dizeres sugestivos em letras néon. Além disso, berravam tanto, que sequer dava para ouvir a música. Estavam completamente tomadas pelo desejo. Tentei me aproximar, fascinada, mas Lara ficou para trás, revoltada.

"Parecem *animais*", comentara com desdém. Ela era uma Crente perfeita antes mesmo de isso existir.

Essas garotas Crentes caladas não poderiam ser confundidas com animais, afinal, estremecem sob o olhar das mães e de Deus. Ainda assim, consigo sentir seu desejo silencioso, ainda mais poderoso por estar contido. É perturbador. Sei tão bem quanto qualquer outra pessoa como é difícil ser uma boa menina, e gostaria de poder convencê-las de que não vale a pena. Se não estivesse me esforçando tanto para passar despercebida, começaria a gritar e a empurrar. Iniciaria uma revolta.

Com uma animação contida, formam a fila para pegar autógrafos. Guardo nosso lugar enquanto Harp dá a volta na tenda. Ela some por alguns minutos, e cada segundo que passa fora do meu campo de visão é agoniante. Imagino um Pacificador agarrando seus braços magros e a arrastando até um lugar desconhecido. Suspiro de alívio quando ela reaparece, pensativa, puxando uma das marias-chiquinhas.

— Então — sussurra Harp —, ele não está sozinho lá. Tem uma mulher à mesa que parece ser uma assistente. Ela vende os pôsteres da *Menina de Deus!* que ele autografa. Também tem um Pacificador logo atrás dele. Só um, e não parece ser muito rápido. Por isso, se acontecer o pior, acho que vamos conseguir fugir, está bem?

— Nunca se deve colocar uma interrogação depois da frase "acho que vamos conseguir fugir", Harp. Mas tudo bem. Tem mais alguma coisa que eu deveria saber?

Ela balança a cabeça e sorri.

— É ele mesmo, Viv. Consegui olhar bem e é... o Dylan! Ele parece muito bem. E está vivo!

A animação dela é contagiante, e sorrio ao pensar em encontrá-lo no fim daquela fila, balançando a cabeça com naturalidade para afastar o cabelo dos olhos, provavelmente louco por um cigarro. Pensar que ele está tão perto é como ter em mãos um pedaço do meu antigo lar.

Harp observa a fila atrás de mim e indica algo com a cabeça.

— Bem, vou pra lá. Quando ele reconhecer você, vai querer conversar a sós.

— E como aviso *você*? Como vamos afastar Dylan da assistente e do Pacificador?

— Volto assim que pensar em alguma coisa! — responde ela, se afastando.

Mas ela não retorna. Fico parada na fila que diminui aos poucos, mexendo nos óculos roubados e sentindo a camisa se grudar às minhas costas devido ao suor. Vejo garotas Crentes desmaiarem — por conta do calor ou talvez do esforço de reprimir seu despertar sexual iminente. Conforme vou me aproximando de Dylan — estou perto o bastante para ver alguns pôsteres enormes do rosto dele nas laterais da tenda, seu convidativo sorriso com covinhas me encorajando a chegar mais perto —, as fãs ao meu redor ficam prestes a entrar num frenesi permitido pela moral e pelos bons costumes. As garotas na minha frente, com tranças sóbrias compridas que passam da cintura, dão as mãos, trêmulas e tensas. Às minhas costas, ouço a voz esganiçada de uma menininha recitando uma lista infinita de fatos sobre Dylan:

— Seu time de futebol americano preferido é o New Orleans Saints! Ele gosta de escalar, velejar e jogar boliche! *Eu* gosto de boliche! Ele tem uma irmã da minha idade! E é *tão* bonito!

A mãe da menina sussurra em resposta:

— Ele é mesmo um homem de Deus, Trudy, mas fale baixo. Você sabe que é pecado falar essas libertinagens sobre alguém do sexo oposto.

Logo, restam apenas três grupos na minha frente, depois dois. Observo as meninas saírem correndo com seus pôsteres autografados junto ao peito. Já consigo ouvir o murmúrio amigável da voz de Dylan ao cumprimentar as fãs:

— Bom dia! Qual é o seu nome?

Tento encontrar Harp mais atrás de mim na fila. Porém, as meninas de trança pegam os pôsteres autografados e vão embora rápido demais, uma tentando reprimir um gritinho, a outra, muito pálida, apoiando-se na amiga. Assim que me aproximo, Dylan se vira para pedir uma garrafa d'água para o Pacificador, e o homem se afasta para buscar. Usando uma camisa de botão impecável e botas reluzentes, Dylan se inclina para trás com o intuito de analisar preguiçosamente seu celular que parece ser de um modelo caro. É difícil controlar o impulso de falar com ele de uma vez.

— Quarenta e cinco dólares o pôster pequeno, setenta e cinco o grande — anuncia a assistente, que usa um terninho preto modesto com saia. Seu lábio superior está brilhando de suor.

Enfio a mão no bolso, mas já sei que não tenho nada perto disso.

— Hã... — Tento deixar a voz mais aguda. — Eu só queria dizer oi...

Ela suspira e ergue os olhos com desdém, mas parece me dispensar imediatamente.

— Dylan é muito ocupado. Então, se quer dizer oi, compre um pôster.

Ele continua olhando o celular.

— Relaxe, Marnie. Não vou morrer se disser oi. — Ele ergue os olhos de um jeito meio brincalhão e indiferente e diz: — Oi.

Vejo seu sorriso durar mais alguns instantes antes de o pânico alcançar seus olhos. A expressão simpática desaparece. Dylan larga o celular na mesa e se levanta. Sinto os músculos das minhas pernas ficarem tensos: ele está prestes a dizer meu nome, e preciso sair daqui antes que faça isso. Mas depois percebo como ele faz questão de não olhar diretamente para mim. Quando volta a falar, está mais calmo.

— Marnie, preciso ir ao banheiro.

A assistente se inclina para o lado para analisar a fila.

— Não consegue esperar mais vinte minutos? Estamos quase acabando.

— Não — insiste ele. — Preciso mesmo ir. Olhe, está no meu contrato que posso ter um intervalo de quinze minutos em todo evento. Em geral, não reclamo, mas *legalmente*...

Marnie ergue as mãos, exasperada.

— Está bem!

Eu me afasto devagar para não chamar a atenção da mulher e sigo para o banheiro público que fica à esquerda da tenda. Atrás de mim, ouço a voz de Marnie:

— Mas vá rápido! Não quero que as manchetes de amanhã sejam *Ídolo adolescente desaparece em evento e causa revolta*. Sou eu quem deve satisfações a Peter Taggart, sabia?

Não ouço a resposta de Dylan. Um tempo depois, alguém atrás de mim me empurra com força, e, quando ergo os olhos, encontro-o indo direto para o banheiro masculino. Aperto o passo e entro logo atrás dele, quase sem pensar no que vai acontecer se tiver mais alguém lá dentro. Mas o banheiro de ladrilhos azuis está vazio. Dylan se agacha diante das cabines para ter certeza de que estamos sozinhos e, depois de se certificar de que não há ninguém, se vira para me encarar, com uma expressão furiosa.

— Qual é o seu problema? — sibila ele.

— Acho que o cumprimento apropriado para uma pessoa educada seria algo como: "Fico feliz de ver que está viva e bem nesses tempos difíceis, querida amiga."

— Não estou feliz de ver você! Ver você aqui é confirmar que está mesmo maluca! A Igreja Americana está atrás de você, e sua resposta é acusar a Igreja de assassinato em massa. Ficou esperando até eles a chamarem de terrorista para aparecer num *evento lotado*...

— Achei que fosse pecado ler aquele post. — Fico perto da porta, torcendo para que Harp tenha me visto sair da fila e me seguido. Se não viu, terei que sair correndo assim que a porta se abrir outra vez. — Você nunca vai conseguir entrar na Segunda Balsa considerando seu histórico na internet, por mais que fique lindo nessas calças jeans boca de sino.

Dylan fica pálido sob as luzes fluorescentes, e, quando volta a falar, sua voz sai suave e controlada:

— Que bom que consigo divertir você nesses tempos difíceis.

— Dylan...

— Sério, isso me reconforta. Só Frick sabe como você está condenada. Está com os dias contados, Vivian, e se eu conseguir fazê-la rir antes de a Igreja pegar você... Bem, vou considerar isso um ato de caridade. Estou me esforçando para retribuir, enquanto ainda posso.

— Estávamos preocupadas — digo, incerta. Será que tínhamos razão em achar que a pose de Crente de Dylan era puro fingimento? — Achávamos que podíamos ajudar.

— Você tem uma ideia estranhamente otimista sobre a sua atual situação. Muito obrigado, mas vou deixar essa passar. Não preciso da ajuda de uma pagã.

— Dylan. — Eu o encaro, mas sua expressão não se altera. — Fala sério. Sou eu.

Ele vira as costas para mim, observando seu reflexo no espelho acima da pia. Depois ajeita um cacho modelado com capricho.

— Dê o fora daqui, Viv, está bem? Volte a se esconder em cavernas, a matar Pacificadores ou o que quer que esteja fazendo hoje em dia. Vou fingir que não vi você. É um pecado contra Frick, mas farei isso pelos velhos tempos.

Dou um passo para trás, assustada. Mas, nesse instante, a porta se abre de repente e, para meu alívio, Harp entra. Dylan se sobressalta com o barulho. Quando se vira e a vê, fica boquiaberto. Ela se aproxima, determinada, e quero avisá-la de que não é seguro, que ele não é mais o Dylan que conhecemos. Mas Harp nem parece notar minha presença ali. Os dois se encaram, com expressões idênticas de surpresa, tristeza e um resquício de raiva. Percebo que foi um erro ele ter me visto primeiro. Dylan e Harp têm uma ligação pelo resto da vida: os dois amavam Raj, o enterraram juntos. Eu me apoio na porta, para bloqueá-la, e espero alguém quebrar o feitiço.

— Você está parecendo — começa Harp, depois de um longo momento de silêncio excruciante, com os olhos cheios d'água — um verdadeiro *idiota* naquela capa de revista, porra.

Dylan tapa o rosto com as mãos. Quando as afasta, noto que está chorando e sorrindo ao mesmo tempo.

— Pelo menos não sou uma muçulmana extremista e libertina! Pelo menos isso!

Os dois dão alguns passos para a frente, se encontrando no meio do caminho para um abraço apertado. Depois de um instante, Dylan ergue o corpo magro de Harp, que dá um gritinho.

— Gente, isso é muito constrangedor — digo.

Ele se afasta primeiro, enxugando os olhos com o antebraço.

— Vocês precisam ir embora. Não se preocupem comigo. Estou bem.

— Como você sabe que pode confiar nessas pessoas? — Harp agarra o braço dele e não solta. — Como sabe que não vão se livrar de você quando não for mais útil, quando parar de gerar dinheiro?

Ele balança a cabeça.

— Não sei! Mas é melhor do que a alternativa. Se eu não tivesse conhecido Marnie no ônibus, Molly e eu teríamos ido direto para o furacão Ruth. Em vez disso, estou aqui, em Hollywood. E Molly está segura num internato da Igreja, no Colorado. Ela faz três refeições por dia, tem água e amigos, e a corporação não sabe que sou... — Ele faz uma pausa e engole em seco. Não há ninguém ali além de nós, mas ainda assim Dylan tem medo de completar a frase. — Eles não têm nenhum motivo para me arrancar do meu quarto no meio da noite e me matar. Isso ficou no passado.

— E se você der bandeira?

— Não vai acontecer. Estou interpretando muito bem meu papel, Harp. Vivian pode confirmar. — Dylan me indica com a cabeça e um sorriso surge no canto da sua boca. — Admito que não é a situação ideal, mas estou seguro... O que é mais do que se pode dizer de vocês.

— Mas não fica nem um pouco incomodado por estar do lado errado? — pergunto.

Ele dá uma risada bem familiar e arregala os olhos, adotando um tom um pouco provocativo.

— Fala sério, Viv. Você não entende? Poder escolher um lado é um luxo. Estou me esforçando para ter o que comer e beber e manter Molly em segurança... Não tenho tempo para me preocupar com ideais. Olhe, não vou dizer que todo mundo que trabalha para a Igreja Americana é perfeito, mas são melhores do que parecem. Muitos só estão tentando fazer o que acham que é certo.

Harp fica observando a torneira gotejar. Sei que para ela a ideia de ajudar Dylan, de resgatá-lo das garras da Igreja, é um jeito de voltar no tempo. Ela não estava lá quando Raj foi assassinado, e deve ser parecido com o que sinto em relação ao meu pai: se tivesse conseguido mudar alguma coisa, nem que fosse um mínimo detalhe, tudo teria sido diferente.

— Dylan — digo. — Tem uma coisa que você precisa saber. Uma milícia está planejando um ataque contra a Igreja: vão explodir uma bomba no Chateau Marmont.

Dylan fica sério.

— Você está de sacanagem, não está?

— Não. Ainda não sabemos direito quando vai ser, mas eles estão com tudo pronto e tenho certeza de que irão até o fim. Se está morando lá, precisa sair.

Ele se vira para Harp como se ela pudesse confirmar que estou apenas brincando, mas minha amiga levou uma das suas mãos trêmulas aos olhos. Ela não tinha percebido o que eu mesma só me dei conta há pouco: neste momento, é mais importante resgatar Dylan de Amanda Yee do que da Igreja.

— E como é que vou conseguir sair de lá? — pergunta ele, andando de um lado para outro naquele chão molhado e sujo. — Está no meu contrato que tenho que morar no Chateau enquanto trabalhar para eles. E, se eu perder o contrato, Molly perde a vaga na escola. Ah, meu Deus! Gente, o que vou fazer?

— Talvez você consiga convencer Marnie de que precisa de férias? Pode dizer que quer visitar Molly antes da Segunda Balsa?

— Mesmo que ela concorde — retruca Dylan —, e sei que isso não vai acontecer... Marnie também mora no Chateau. Você acha que vou sair de lá tranquilamente e deixá-la para trás, para morrer? Também precisaria avisá-la. Eu teria que avisar todo mundo! Mas... o que eu diria? Onde poderia ter conseguido essa informação? Se descobrirem que conheço vocês... ou *como* conheço vocês...

Ele faz uma pausa e se apoia na pia, ofegante. Acho que está prestes a vomitar. Dylan tem razão: não é uma boa ideia avisar a Igreja Americana sobre o ataque. Se descobrirem de onde Dylan nos conhece, vão ficar sabendo da verdade sobre Raj. Isso colocaria Dylan e a irmã em perigo. Ponho uma das mãos nas costas dele, para confortá-lo.

Então, tenho uma ideia. Uma ideia possivelmente bem idiota.

— E se você desse um jeito de nos colocar no Chateau? E se nos ajudasse a encontrar Peter Taggart? Eu mesma o avisaria. É poderoso o bastante para fazer a Igreja sair de lá. E tenho certeza de que ele acreditaria em mim.

Harp se vira de repente para mim, os olhos brilhando, alarmados. Dylan dá uma risada trêmula.

— Até parece, Viv. Não entendo como um reencontro com seu ex-namorado pode ajudar. Mas devo dizer que estou impressionado. A traição deve ter sido um tremendo golpe, mas o garoto é uma gracinha. Para ser sincero, eu não sabia do que você era capaz.

— Estou falando sério — insisto.

Ele para e volta a olhar para Harp, que continua em silêncio. Ela se encolhe no canto oposto do banheiro, como se quisesse se manter o mais distante possível da minha ideia.

— Você vai ser pega — afirma ele. — Há Pacificadores em todas as entradas.

— Você pode nos dizer quando o prédio fica mais vazio, pode ajudar a criar uma distração. Só precisamos de um meio de entrar, Dylan.

Ele parece ficar sem palavras. Na última vez em que nos vimos, eu era apenas a companheira de aventuras de Harp, uma presença neutra e agradável em seu apartamento. Então Dylan se vira para ela em busca de auxílio, como se Harp pudesse me conter, me fazer parar de pedir o impossível.

Minha amiga dá de ombros.

— É simples, Dylan: sim ou não?

— Tem grandes chances de que isso acabe me prejudicando, então por que eu concordaria? — pergunta ele, parecendo confuso e desafiador. — Passei dois meses fazendo essas pessoas confiarem em mim. Por que arriscaria minha vida? Por que arriscaria a vida de *Molly*? Só porque você se tornou uma viciada em adrenalina?

— Porque do contrário não posso prometer que você não estará no prédio quando a bomba for detonada — respondo, e Dylan estremece. — Além do mais, é o que o Raj faria.

Esse plano é novo. Surgiu na minha mente inteirinho alguns segundos atrás, e parte de mim espera que Dylan fique tão furioso por eu ter evocado a memória de Raj que se recuse a ajudar. Mas, depois de algum tempo, ele suspira. Em seguida, pega um maço de cigarros no bolso de trás da calça, enfia um na boca e me olha com raiva.

— Ah, a tática da culpa. Meu Deus, Apple. Você devia fundar uma religião.

# CAPÍTULO 10

Dylan precisa voltar para sua multidão de fãs, mas antes ele nos conta que daqui a uma semana, na próxima sexta-feira, a maioria dos moradores do Chateau vai comparecer a um evento beneficente na Laurel Canyon. Ele acredita que esse será o momento ideal para entrarmos. Precisaremos vigiar o prédio, assim como Diego e os outros têm feito toda noite. Teremos que nos familiarizar com as entradas e as posições dos Pacificadores. Dylan nos diz para encontrá-lo hoje, à meia-noite, numa ruela atrás do Chateau. Vai nos ajudar o máximo que puder. Nós nos despedimos com um abraço — sinto que o meu abraço é um pouco mais rígido que o de Harp —, e Dylan volta para seu lugar na tenda. Harp e eu esperamos alguns minutos e depois voltamos pelo Pomar.

— Já reparou — murmura Harp, quando começamos nossa longa caminhada de volta para Silver Lake, pois não queremos nos arriscar de novo na Viação Sacrificial® — que você tem o estranho hábito de conduzir as situações pelo caminho mais perigoso possível? Acho que isso pode ser alguma doença. Se *eu* sugiro: "Vamos tentar desenterrar os podres da Igreja Americana", *você* vem e diz: "Vamos atravessar o país de carro e invadir um complexo secreto da Igreja." Se *eu* sugiro: "Vamos encontrar nosso velho amigo Dylan!", *você* fala: "Vamos entrar escondidas na sede da Igreja, no meio da noite, para que eu possa armar um barraco com meu ex." Peter não é um cara da escola com quem você saiu uma vez e depois nunca mais te ligou. Pode acreditar: se esse fosse o caso, eu apoiaria totalmente um confronto dramático no refeitório. Eu até ajudaria a furar os pneus do carro dele. Mas não é o caso. Ele é o tipo de pessoa que poderia mandar matar nós duas, se quisesse. Quer dizer, você já pensou que talvez tenha algum problema?

— Vão matá-lo, Harp — respondo, baixinho. — A milícia de Amanda... vai matar Dylan... e Peter. Eles são representantes da Igreja, e é por aí que a matança vai começar: pelos escalões mais altos.

Harp fica um bom tempo sem dizer nada. Quando finalmente responde, mal consigo ouvir sua voz por causa do barulho do trânsito.

— Se você conseguir avisá-lo, eles vão considerar isso uma traição.

Ela não precisa especificar a quem está se referindo, pois já sei. Amanda, Diego, Julian, Kimberly, Robbie. Winnie. As pessoas que nos protegeram, que trabalharam arduamente para nos manter longe das garras da Igreja. Sem falar em Suzy. E em Karen. Fico enjoada.

— Mas Dylan tem razão — argumento. — Essa situação não é preto no branco, na verdade, possui tons de cinza, é um meio-termo. É como Wambaugh falou: não veja grupos em vez de indivíduos. Sei que vários Crentes são pessoas horríveis... Mas mesmo assim! Talvez seja um pouco absurdo pensar que Peter precisou virar Crente para que eu entendesse isso, mas *eu entendo*, e a gente... — Faço uma pausa para recuperar o fôlego, sentindo pela primeira vez o peso da nossa discussão. Eu o imagino num quarto qualquer logo antes da explosão, assim como Winnie imaginou. Escovando os dentes, bebendo um copo d'água, olhando pela janela... sem saber. Essa é a parte que acaba comigo: o fim chegará em um piscar de olhos. Em um segundo, estará aqui. No outro, não mais. Sua risada surpresa e animada, seus olhos azuis, a batida do seu coração... tudo isso vai deixar de existir graças aos meus amigos e à minha irmã. Para sempre. — A gente não pode deixar isso acontecer, Harp.

Ela fica me olhando enquanto me recomponho e, apesar de estarmos muito expostas — vários carros passam por nós a toda velocidade —, segura minha mão.

— Tá bem, Viv. Vamos avisá-lo. E se, por algum milagre, a gente não morrer no processo, saiba que sempre estarei aqui, arranjando tretas pra você transformar em missões suicidas. Pelo resto das nossas vidas. Viu como sou uma boa amiga?

A caminhada de volta para Silver Lake é longa e quente. A maria-chiquinha de Harp fica frouxa e cheia de frizz. Sinto o sol queimar a minha nuca. Nós duas estamos cansadas, famintas e morrendo de sede. Harp nos guia, incerta, por uma rota cheia de desvios, evitando ruas movimentadas, passando por entre casas e por trás de lojas e restaurantes. Leva quase uma hora, e, no fim, estou tonta e exausta. Ela chega à livraria antes de mim, e, ao passar pela porta da frente, sinto uma inveja dolorosa quando imagino o ar-condicionado. Assim que entro, encontro-a apoiada no balcão, bebendo a garrafa de água de Robbie. Eu me aproximo, e ele me cumprimenta com um brilho divertido nos olhos. Como sempre, a loja está vazia. Harp me oferece água.

— Então eles ainda não voltaram? — comenta ela. — Hum... Que missão longa.

— É — retruca Robbie. — Na noite passada, Amanda nos avisou que a missão no hotel acontecerá daqui a exatamente um mês, eu acho. Diego intensificou os treinos.

Tento olhar para Harp, mas ela se afasta do balcão e segue em direção à porta vermelha, mas então dá meia-volta de repente, como se tivesse acabado de se lembrar de alguma coisa.

— Robbie, você tem uma cópia das chaves dos carros, não tem?

Ele assente.

— Tenho. Todo mundo tem.

— Amanda disse que você tem que me emprestar a sua. Viv e eu vamos precisar de um carro, sabe, para a missão, e ela supôs que você não fosse precisar das suas, já que não tem idade para dirigir e tal.

Robbie parece ficar irritado. Ele enfia a mão no bolso e tira um molho tilintante de chaves, mas não nos entrega.

— Sei dirigir bem — afirma ele, parecendo estar na defensiva. — Diego me ensinou. E, de qualquer forma, não tem mais guardas de trânsito por aí.

— Eu sei. — Harp revira os olhos, concordando com ele. — Mas, sabe como é... ordens da Amanda.

Observo o braço de Robbie transpor a distância entre Harp e ele. Um instante antes de colocar as chaves nas mãos dela, ele se vira para mim e me encara. Sei bem que minto muito mal, então apenas dou um sorriso. Isso parece satisfazê-lo, e Robbie entrega as chaves. Vejo Harp enfiá-las no bolso.

A noite é como outra qualquer: nos reunimos no segundo andar, fazemos um jantar simples e assistimos em silêncio ao noticiário da Igreja Americana. Há um breve debate com Masterson acerca dos possíveis motivos por trás das minhas ações e das de Harp ("Essas meninas obviamente trabalham para o Satã. Resta apenas uma questão: o que ele prometeu em troca?"); uma longa reportagem sobre a enorme popularidade de Peter entre os Crentes, que exibiu imagens de quando ele visitou um acampamento de refugiados e ofereceu um simples pão de forma; e, por fim, um informe sobre os ventos áridos que estão sacudindo as janelas do prédio. A meteorologista explica que são os ventos de Santa Ana, muito conhecidos pela intensidade, calor e extrema falta de umidade. Eles aumentam o risco de incêndios florestais e, reza a lenda, causam fortes mudanças no humor da população.

— Em uma cidade já envenenada e à beira do Apocalipse — comenta Masterson —, um simples mau humor pode ter consequências catastróficas.

Kimberly coloca a TV no mudo.

— Que pensamento animador.

Cerca de meia hora antes da meia-noite, depois que todos os soldados de temperamento mais difícil já foram para cama, Harp e eu descemos de fininho a escada, atravessamos a livraria e saímos na rua onde os carros estão estacionados. Harp me entrega as chaves de Robbie, e eu começo a dirigir. No banco do carona, ela se concentra no laptop. Cada aspecto do que estamos fazendo me deixa nervosa. Observo as ruas em busca de algum sinal da polícia, dos Pacificadores ou de multidões de cidadãos enlouquecidos por causa dos ventos de Santa Ana. Algumas noites atrás, numa tentativa de reduzir os altos índices de crimes violentos em todo o país, o presidente decretou um toque de recolher emergencial às onze da noite. No entanto, se o noticiário é confiável, isso não teve o menor efeito. Talvez, como sugeriu o âncora da Igreja, porque o presidente não autorizou que os Pacificadores garantissem que a proibição fosse cumprida.

— O que você está fazendo? — pergunto a Harp, para me distrair da ansiedade.

— Tentando me manter em dia com os comentários. Recebo mais de mil por dia.

— É mesmo? Quantos compararam você a Hitler até agora?

— Pouco menos de 250, mas não estou contando certinho. — Harp franze a testa para a tela. — As pessoas estão começando a debater sobre o paradeiro dos seus parentes Arrebatados. "Oi, Harp, obrigado por ter contado A VERDADE! Quero falar sobre a minha mãe, Mona Patterson, de 85 anos, DESAPARECIDA DESDE MARÇO", blá-blá-blá, e, em seguida, conta toda a história da vida dessa mulher e termina com "Olhei o histórico do cartão de crédito dela, como vc sugeriu, e adivinhe: mamãe comprou uma passagem só de ida para Cleveland na semana anterior ao Arrebatamento. MUITO SINISTRO". E tem outro: "Se o que você disse é verdade, isso explica muita coisa.

Meu marido era Crente, e nosso casamento estava passando por muitos problemas, mas, cerca de três semanas antes do Arrebatamento, ele planejou um fim de semana romântico em Nashville para nós dois. Tivemos uma noite maravilhosa, mas, quando acordei, ele havia sumido. Não tive notícias desde então." Que merda — completa ela. — Para quantas cidades será que mandaram gente para o Arrebatamento?

Pouco antes da meia-noite, entramos numa ruazinha íngreme e curva. A entrada para o Chateau fica perto da rua principal: um grande portão de ferro que leva a um prédio branco e sóbrio, com os muros cobertos de hera. Dois Pacificadores sonolentos estão posicionados sob as lâmpadas. Harp se encolhe nas sombras, mas eles nem piscam quando o carro passa. Não tenho tempo para ficar ali olhando para o prédio, só que me espanto com a estranheza do Chateau, uma construção de estilo antigo e muito ornamentada no meio desta cidade esquisita. O prédio não é muito alto, mas é imponente, direcionado para as luzes brilhantes de Hollywood. Viro a esquina e sigo pela rua curva, passando por casas extravagantes abandonadas. No topo da colina, pego a ruela sobre a qual Dylan nos falou e estaciono na entrada de uma casa vazia. Ficamos esperando. Depois de uns quinze minutos, vejo alguém com cachos dourados e uma faixa antitranspirante na cabeça se aproximar correndo pela calçada. Dylan está usando uma camiseta branca e um short vermelho. Harp destranca a porta de trás para ele entrar.

— Cara. — Eu me viro para observá-lo. — Você nunca viu um filme de ação na vida? Isso lá é jeito de se vestir para invadir um prédio?

— Você não avisou que tinha um *dresscode*! — exclama Dylan. — E, de qualquer forma, eu disse a Derrick, o Pacificador que fica na entrada da cozinha, que ia sair para correr. E eu não sairia para correr vestido de ninja, concorda?

Ele me manda pegar um retorno. Estamos nos aproximando do Chateau pelos fundos, e analiso a fachada de pedra do prédio. Quando chegamos à esquina que nos leva de volta à Sunset Boulevard, Dylan aponta para a entrada da cozinha, que fica um pouco escondida atrás de um portão. É por lá que ele acha que vai ser mais fácil entrar. Há um Pacificador imponente parado ali. É Derrick, e ele é tão sarado que poderia ser lutador de MMA. As ruas ao redor do Chateau são estreitas, e me sinto exposta pelas luzes dos postes. Na rua principal, Dylan indica um aglomerado de árvores bem denso acima de um muro branco de pedra, onde dá para ver algumas folhas de palmeiras despontando do topo. É ali que fica um pequeno conjunto de chalés, residência de alguns dos funcionários mais distintos, incluindo o próprio Dylan.

— Acho que Taggart não fica nos chalés — comenta ele, pensativo. — Nunca o vi perto da piscina. Eu chutaria que ele está no sexto andar, onde Blackmore mora.

Passamos mais de uma hora dando voltas no hotel. Ao meu lado, Harp anota tudo o que vemos, cada possível entrada ou sinal de movimento, por menor que seja. Mas eu não consigo parar de olhar para as janelas acesas no sexto andar. Fico visualizando Peter por trás de uma delas. Eu me pergunto se ele consegue sentir que estou rondando aqui fora. Se imagina que estou chegando.

Na semana seguinte, nós seguimos a seguinte rotina: nas quatro noites em que o próprio Diego não passa vigiando o Chateau, esperamos a milícia de Amanda ir dormir, escapamos e dirigimos até o hotel, então o observamos de todos os ângulos antes do amanhecer. Notamos que o turno dos guardas no portão da frente acaba às duas e meia da manhã, e ficamos olhando seus substitutos descansados chegarem. Reparamos que o turno de Derrick, o Pacificador na saída da cozinha, acaba cerca de uma hora antes. Ninguém aparece para substituí-lo, mas há uma câmera de vigilância perto da porta. Bem tarde, na segunda, observamos um carro preto estacionar na entrada, e um homem — que se parece muito com Ted Blackmore — aparece sob o luar a caminho do hotel. Dylan se junta a nós duas vezes e nos mostra fotos de Molly usando o uniforme da escola (jaqueta azul-marinho e um gorro resplandecente de tão branco) no celular, e ele e Harp relembram, rindo, os maus hábitos de Raj que tentam não esquecer. Nas outras noites, somos só Harp e eu, cada vez mais cansadas e assustadas com o que pretendemos fazer. Na quinta, 24 horas antes de colocarmos nosso plano em ação, Dylan, sem fôlego, corre até o carro e entra depressa, parecendo ansioso. Ele se deita no banco de trás.

— Não saia com o carro — sibila, antes de eu ligar o motor. — Acho que fui seguido.

— Merda! — exclama Harp, e se abaixa para ficar fora de vista.

— Eu estava no saguão com Marnie e vi Peter Taggart passar com Blackmore. Eles entraram no elevador, então decidi segui-los. Subi a escada o mais rápido que consegui e os alcancei no sexto andar. Peter entrou no quarto 619. Então pelo menos descobri isso. Mas logo depois Derrick surgiu às minhas costas perguntando o que eu estava fazendo ali, e respondi que ia sair para correr, mas ele não acreditou, então vou morrer e a culpa é de vocês duas. Vou morrer escondido no banco de trás de um carro brega!

Ficamos bastante tempo esperando, mas nenhum Pacificador bate à nossa janela. Depois de uns vinte minutos, dou uma olhada para fora. Não vejo ninguém.

— A barra está limpa — digo, e Harp e Dylan erguem a cabeça, relutantes. — Mas talvez seja melhor você não nos encontrar mais, Dylan. Vamos nos virar sozinhas.

Ele franze a testa.

— Ah, é? E qual é o plano de vocês, exatamente?

Harp olha para mim. Ainda não discutimos os detalhes, só temos um esboço. Fiquei torcendo para termos uma ideia genial durante a semana, durante o tempo que passamos aqui, sentadas, observando o Chateau com preocupação. Mas nada nos ocorreu.

— Vamos voltar amanhã, a uma e meia. Aí entraremos pela cozinha, depois que o turno de Derrick acabar.

— Mas e a câmera de segurança? — indaga Dylan, em dúvida.

— Bem... — Olho ao redor, como se a resposta estivesse dentro do carro com a gente. — Podemos jogar um pano em cima, ou algo assim.

Dylan resmunga, frustrado.

— Você nunca viu um filme de ação na vida? Posso desligar a câmera logo antes de vocês chegarem, então terão uns cinco minutos para agir antes de os Pacificadores notarem que tem alguma coisa errada. Como pretendem passar pela porta? — Ele espera um segundo, mas não temos resposta. Dylan balança a cabeça, mas dá para notar que fica um pouco satisfeito com isso. — Nesse meio-tempo, posso me certificar de que fique destrancada.

— Se eu não conhecesse você tão bem — comenta Harp —, diria que não somos as primeiras pessoas que você ajuda a entrar escondidas em um hotel tão bem protegido.

— Talvez não devessem presumir que são as únicas pessoas do mundo que já entraram escondidas em algum lugar. — Ele ergue uma sobrancelha para nossa expressão perplexa. — Estou falando da Igreja Americana, senhoritas. Eles fingem ser muito virtuosos, mas com certeza sabem que nem todos os Crentes são santinhos, não é? Já aprendi alguns truques. E como planejam chegar ao sexto andar?

Outro detalhe no qual eu não tinha pensado.

— Discretamente?

— Patético. — Ele começa a rir, depois enfia a mão no bolso e pega um crachá onde está escrito: BELLA - FUNCIONÁRIA. Ele o entrega pra mim. — Com este crachá vocês vão ter acesso ao elevador de serviço nos fundos da cozinha.

— Dylan!

— Dei em cima de uma arrumadeira. — Ele sorri. — Ela me acha gato. Eu lhe disse que perdi meu passe e perguntei se podia pegar o dela emprestado, porque demora dois dias para conseguir um novo.

Harp se vira para trás e dá um soco de leve no ombro dele.

— Agora, sim! Esse é o Dylan Marx que conheço e amo! Seu traste incorrigível! Onde você estava esse tempo todo?

Mas Dylan não responde. Mesmo sob a luz fraca do carro, noto uma tensão estranha em seu olhar. Ele continua sorrindo, mas agora parece forçado.

— Olhem, se vocês forem pegas...

— Nunca contaríamos como conseguimos entrar, Dylan — afirmo. — Juro.

Ele balança a cabeça.

— Se forem pegas, ou mesmo se conseguirem escapar, mas se não nos virmos de novo até setembro...

— Vamos nos ver antes de setembro, seu besta — retruca Harp. — E depois também. O mundo não está acabando de verdade, lembra? Você vai ter que aturar a gente por *um bom tempo*.

— Está bem. — Mas Dylan não parece muito convencido. — Bem... Só tomem cuidado, ok?

Ele se inclina para a frente e nos dá um beijo na bochecha. Depois, sem dizer mais nada, sai do carro e adentra a noite quente e escura. Ficamos observando ele se afastar correndo, misturando-se às sombras.

# CAPÍTULO 11

Pouco antes de amanhecer, nos enfiamos na cama, no loft acima da livraria O Bom Livro, alguns minutos antes que os soldados de Amanda começassem a acordar. Fico deitada, desperta, mas com os olhos fechados para bloquear o sol nascente que entra pelas janelas, ouvindo Winnie e os outros se prepararem para mais um dia de treinamento. Sinto o peso do que temos que fazer. Tento lembrar a mim mesma que estou lutando contra uma missão em que Winnie não acredita e que, se Harp e eu formos bem-sucedidas, vamos mantê-la em segurança. Mas não tenho certeza se ela veria as coisas dessa maneira. Depois que os soldados vão embora e desistimos de tentar dormir, Harp lê novos comentários com teorias sobre os possíveis paradeiros dos Arrebatados — Billings, Boise, Boulder. Não consigo me concentrar. Olho em volta, para onde mais tarde estará minha nova família, e me obrigo a aceitar que, se formos pegas — o que está parecendo inevitável —, nunca mais vou ver nenhum deles. Explico a Harp por que estou distraída, e, por sua testa franzida, percebo que ela me entende.

— Eu só queria que a gente pudesse se despedir — comento.

À noite, depois de os soldados terem voltado para o centro de comando, nos amontoamos ao redor da TV para assistir ao noticiário da Igreja com nosso nervosismo e pavor de sempre.

— Ei, pessoal — começa Harp, chamando de repente a atenção de todos —, vocês são um tédio.

Ninguém responde. Noto Kimberly revirar os olhos para Colby. Fico observando Harp, sem saber direito o que ela está planejando. Só sei que ela tem um brilho no olhar que reconheço de muito tempo atrás e que sempre vem acompanhado de algum plano mirabolante.

— Tipo — começa ela outra vez, pouco depois —, vocês nunca se divertem? Não fazem festas? Quando estávamos com os Novos Órfãos, eles davam uma festa *toda noite*. Festas épicas, com música, bastante bebida, todo mundo dançando e aproveitando...

— Achei que você tivesse dito que os Novos Órfãos são meio inúteis. — Diego ergue uma sobrancelha. — Pensei que tivesse falado que eles estavam apenas sendo usados pela Igreja.

— É, mas e daí? — retruca Harp. — Isso não quer dizer que eles não dão ótimas festas.

Julian a encara, tamborilando o dedo no lábio inferior. Winnie continua olhando para a TV, mas parece estar segurando o riso.

Diego responde:

— Bem, sinto muito que ser um soldado não é tão divertido quanto você imaginava.

— É uma pena *para vocês* — retruca Harp. — Nunca param para relaxar um pouco. Se isso está funcionando, quem sou eu para julgar? Mas, no lugar de vocês... Bem, deixa pra lá.

— O que você faria no nosso lugar? — pergunta Julian.

Ela dá um meio sorriso um pouco triste, então diz:

— A vida é curta. Mais ainda para um soldado. Se eu fosse vocês, ia querer me divertir um pouco antes de dar a vida pelos meus ideais super-honrados!

Julian franze a testa. Robbie, um pouco pálido, olha fixo para Harp. Mas todos os outros parecem ignorá-la. Quando começo a achar que, estranhamente, eles devem ser imunes ao charme de Harp, Elliott se levanta, sai sem dizer uma palavra e volta vinte minutos depois com uma sacola de onde tira duas garrafas de tequila, duas de vodca e uma de uísque. Ele continua em silêncio, mas abre a tampa da garrafa de uísque, estende-a para Harp fazendo um cumprimento solene e depois toma um longo e sedento gole.

Ninguém precisa anunciar que é uma festa para que se torne uma. Depois de alguns pedidos insistentes do primo, Diego se enfia na cozinha, e logo uma mistura de cheiros maravilhosos — alho assado, cebolas refogadas, coentro fresco, carne fumegante — começa a vir de lá, deixando o grupo animado e com fome. Harp serve tequila e, quando os copos acabam, passa a colocar o gargalo direto na boca dos soldados. Mas eles são tímidos demais para interagir uns com os outros — me lembram um pouco a mim mesma, na primeira vez em que fui a uma festa com Harp, numa noite de julho. Eu estava nervosa com a presença de outros alunos, pois com a maioria eu nunca trocara nenhuma palavra que não fosse sobre trabalhos de história ou sobre o grupo de estudos de francês.

"Quem você achava que estaria aqui?", perguntara Harp, incrédula, me arrastando em seguida para conversar com cada um dos presentes, me obrigando a cumprimentar todas as pessoas. "Vocês conhecem a Viv, não é?", dissera. "Ela agora é minha pupila."

Eu a observo fazer a mesma mágica esta noite, ajudando todos a se soltarem com um jogo inventado na hora. Ela aumenta o volume do noticiário e grita:

— Toda vez que o âncora disser "pecado" a gente toma uma dose! — Dez minutos depois, todo mundo já está meio vermelho e risonho, mas Harp (que, como eu, não tomou nenhuma gota) está horrorizada. — Meu Deus! Eu não tinha me dado conta de como eles repetem "pecado"! Não quero que vocês entrem em coma alcoólico!

Mas ninguém parece se importar. É engraçado observar as máscaras de pessoas corretas caírem, revelando as verdadeiras personalidades. Diego nos serve uma refeição farta e deliciosa, que comemos sentados no chão, equilibrando pratos de papel no colo: arroz e feijão; guacamole cremoso com muito sal e limão; pão com manteiga derretida e alho torrado; costelas de porco douradas, que temos que cortar em pedacinhos para que todo mundo possa comer; e rodelas de laranja de sobremesa. Robbie — que deu um jeito de beber algumas doses de tequila, apesar da vigilância reprovadora de Frankie — coloca música para tocar depois que todos já limparam os pratos, e a milícia de Amanda se divide em pequenos grupos de dois ou três, abordando assuntos sobre os quais não têm mais tempo de se importar, como livros, bandas e velhos programas de TV não religiosos. Kimberly e Julian inventam novos drinques, misturando o álcool que Elliott trouxe com todos os líquidos que encontram na geladeira. Eles provam, cospem, enojados, morrem de rir e depois tentam outra vez. Birdie e Colby dançam juntos no meio da sala, num ritmo mais lento que o da batida, enquanto Robbie, ao lado deles, se remexe freneticamente, balançando a cabeça e chutando para tudo quanto é lado, criando um espaço vazio ao seu redor. Em um sofá no canto, Diego está sentado com os braços em volta de Winnie, murmurando em seu ouvido, enquanto ela, toda alegrinha, beberica seu drinque, se aconchegando mais para perto dele. Diego planejava ir ao Chateau esta noite, para mais um longo turno de vigilância, mas fica claro que o plano foi deixado de lado.

Harp circula pelo local servindo bebidas, abrindo novas garrafas assim que uma acaba. Por volta das onze, as pessoas começam a ir para cama, mas não sem antes nos abraçar, insistindo para que a gente faça isso toda noite. Por volta das onze e meia, restam poucos ali: Diego e Winnie; Kimberly esparramada em duas cadeiras de escritório, roncando alto; Julian, deitado no chão; e nós duas. Harp e eu nos entreolhamos: teremos que sair daqui a pouco. Ela se levanta, chutando de leve o pé de Julian. Ele resmunga.

— Você devia ir para cama — sugere ela. — Precisa de ajuda?

— Eu preciso de *você*, Harp. — Julian a agarra pelo tornozelo. — Não vê que estou apaixonado?

Ela reprime um sorriso e, para minha surpresa, reparo que corou um pouco.

— Você está bêbado — responde ela, rindo, tentando se desvencilhar.

Julian sorri e a solta. Ele estende o braço, e Harp usa ambas as mãos para ajudá-lo a se levantar.

— Não desdenhe dos meus sentimentos, garota. Isso é cruel. Muito cruel.

Nós o observamos sair da sala, cambaleante, e subir a escada dando passos incertos. Depois de um instante, Diego e Winnie vão atrás dele. Minha irmã para, me puxa para um abraço meio frouxo e, quando se afasta, dá um sorriso sonolento e tão carinhoso que sinto uma pontada de culpa, como se cravassem uma faca no meu peito. Diego para na porta e se vira.

— Vocês duas não vão subir?

— Primeiro vamos limpar tudo aqui. — Harp indica as garrafas vazias, os copos sujos e pratos de papel.

— Escutem... obrigado por isso. Eu não tinha percebido como precisávamos de algo assim, mas acho que vocês se deram conta.

Harp sorri, mas noto uma tensão ao redor dos seus olhos.

— O que você achou dessa festa, comparada às dos Novos Órfãos? — pergunta ele.

— Foi centenas de milhões de vezes melhor — responde ela, sendo sincera. — Em todos os aspectos.

Quando Diego vai embora, Harp abre a mão para me mostrar um relógio de pulso. Reconheço que é de Julian e, embora a gente vá precisar de um para ter certeza de que estamos seguindo o plano, não sei bem se quero descobrir como Harp aprendeu a roubar tão bem quanto um personagem de Dickens. Limpamos tudo sem fazer barulho, sabendo que Kimberly está dormindo perto de nós e, se a acordarmos, nunca conseguiremos sair dali.

Pouco depois de uma da manhã, quando todos os passos no andar de cima finalmente cessaram, saímos do prédio, atentas a cada rangido das tábuas de madeira, ouvindo nossos corações batendo no escuro. Só depois de escaparmos, só depois de ter mais de um quilômetro entre nós e nossos defensores, é que conseguimos falar.

— Então... — começo, doida para pensar em qualquer coisa que não seja o que estamos prestes a fazer — Você e Julian, hein?

Não preciso olhar para Harp para saber que ela está corada. Minha amiga se endireita no banco, e quase consigo sentir o prazer tímido que irradia dela.

— Ele só bebeu demais. Se eu ganhasse um centavo para cada declaração de amor que ouvi de bêbados desconhecidos...

— É, mas ele não é bem um desconhecido. Já faz um mês que o conhecemos. E ele *é* bonitinho. — Harp continua quieta, e estou tão nervosa que insisto: — Você não acha? Fala sério, não pode fingir que não acha ele bonito.

— Na verdade, isso não importa — retruca ela, baixinho. — Provavelmente ele estará morto no fim do mês, então pra que pensar nisso?

Já sei de cor o caminho até o Chateau e, quando estaciono no mesmo lugar de sempre, na entrada da garagem da casa abandonada, quase consigo me convencer de que ainda estamos só vigiando o lugar. Mas, desta vez, saímos do carro. Estamos usando as roupas que Winnie comprou para nós logo que chegamos à Casa do Penhasco, pois são escuras, práticas e não dificultam os movimentos. Na época, Harp ficou um pouco desapontada — "Ela não podia ter comprado alguma coisa com paetês?" —, mas agora esses trajes discretos são reconfortantes, e fica mais fácil nos misturarmos à escuridão da noite. Descemos a estrada curva pé ante pé. O vento está desagradavelmente quente e fica baixando meu capuz, expondo meu rosto, por isso tenho que segurá-lo no queixo. Um cheiro exótico típico da Califórnia paira no ar: sálvia e lavanda. É um odor bem estranho para mim, tão novo que chega a ser desconfortável, e sinto meu estômago se revirar com uma saudade desesperada da minha casa em Pittsburgh. Ignoro esse sentimento. Eu nunca mais poderia me contentar com aquela casa. Sequer tenho certeza se aquela casa poderia me conter.

Passamos pelo portão fino atrás do Chateau e seguimos até a entrada da cozinha, encimada por uma luz solitária, perto de onde ficam latas de lixo que fedem a restos de comida podre. A câmera de segurança está bem em cima da lâmpada. Olho o relógio: 1h29. Só podemos torcer para que Dylan tenha conseguido desligá-la. Tento abrir a porta que ele prometeu que deixaria destrancada, e dá certo. Entro na cozinha e paro. Fico esperando um alarme tocar ou alguém gritar "Invasores!", mas nada acontece. Harp surge atrás de mim. Continuamos paradas ali, deixando nossos olhos se ajustarem à escuridão. Ela trouxe uma lanterna, mas só vamos usá-la caso seja realmente necessário. Queremos ser como sombras. A cozinha é enorme: coifas e fogões de aço escovado reluzem à luz que entra pela porta. Vejo panelas de cobre enfileiradas na parede e um faqueiro. Tenho certeza de que é tudo muito chique, de que não se parece em nada com qualquer lugar em que já estive. Mas Dylan nos contou que os seguranças fazem uma ronda a cada vinte minutos, então temos que seguir em frente.

O elevador de serviço fica do lado oposto da cozinha, num corredor escuro, diante do que parece ser um frigorífico. Aperto o botão para chamá-lo e me encolho ao ouvir o som ribombante de sua aproximação e o estalido ensurdecedor das portas se abrindo. Com certeza isso acordou o hotel inteiro. Entramos, passo o cartão de Bella no sensor e aperto o botão do sexto andar. Quando as portas se fecham, Harp se vira para mim com um sorriso enorme e um pouco maníaco.

— Sabe, Viv, quando começamos a andar juntas, eu não fazia ideia de *quantas vezes* teria que bancar a detetive. Não que eu esteja reclamando! Adoro esse clima à la Nancy Drew, só que mais hardcore. Será que pode ser uma boa arranjarmos uns disfarces da próxima vez? Ou uns acessórios? Tipo uma lente de aumento grande demais e engraçada?

Não respondo. Mal ouço meus próprios pensamentos por causa do zumbido da ansiedade que me invadiu, me fazendo bater os dentes. Os andares passam depressa demais: três, quatro, cinco... e chegamos. As portas se abrem para um corredor com carpete vermelho, paredes brancas e lustres dourados no teto. Cerca de seis metros à frente, o corredor faz uma curva em L, e é nessa área maior que, segundo Dylan, fica o quarto de Peter. Checo o relógio outra vez: 1h40. Ouço passos no carpete vindo pela parte do corredor que não dá para ver. Estendo o braço para impedir Harp de avançar. Vejo um armário à nossa direita, e corro lá para dentro, puxando minha amiga comigo, torcendo, ao fechar a porta, que o guarda não tenha chegado à curva a tempo de notar nossa movimentação.

Está bem cheio, com toalhas e lençóis extras dobrados de forma organizada nas prateleiras embutidas e um aspirador de pó encostado no canto. Nós nos agachamos instintivamente, para diminuir nossas silhuetas no escuro. Os passos ficam mais altos, mais próximos. Harp tapa a boca com a mão. Vejo o contorno do guarda pelas frestas da porta de tábuas de madeira, as pernas afastadas dentro da calça azul. Ele para.

Ouço um ruído de estática e, em seguida, uma voz:

— Ei, Jerry — chama o Pacificador —, como é que se chama uma freira sonâmbula?

Mais um barulho, depois uma voz abafada do outro lado do walkie-talkie responde:

— Não sei. Como?

— Uma peregrinação católica! — Ele dá um risinho alegre. Ao meu lado, ainda tapando a boca com a mão, vejo os ombros de Harp se sacudirem. Lanço um olhar de reprovação a ela, mas começo a sentir o sangue voltar aos meus dedos. Vemos o guarda dar a volta e começar a andar por onde veio. — Adoro essa piada. Eu devia contar pra Mulvey, quando ela voltar do evento beneficente. Vai morrer de rir.

— É, está bem. Ei, Bob... você ainda está no sexto andar?

— Tô saindo agora.

— Pega uma toalha pra mim? Acabei de derrubar Coca-Cola em tudo quanto é lugar.

— Pode deixar.

E nem temos tempo de entrar em pânico, porque a silhueta de Bob se estende diante de nós outra vez, e a maçaneta vira na mão dele. A porta já se abriu quase um centímetro, e meus pensamentos são um turbilhão: vou me jogar em cima dele, arranhar seus olhos, permitindo que Harp tenha tempo de escapar. Mas então há uma movimentação e murmúrios distantes no corredor, e Bob fecha a porta do armário.

— Boa noite, Sr. Blackmore. — Nós o ouvimos dizer, assim que os passos se aproximam. — Chegou mais cedo do que estávamos esperando!

— Ah... Oi... Bud, não é? — A voz bajuladora de Ted Blackmore chega a nós pela fresta da porta. Harp agarra meu braço, cravando as unhas na minha pele.

— Bob. — O Pacificador parece um pouco irritado.

— Bob. — Blackmore passa a impressão de estar ainda mais irritado por ter que repetir o nome. — Sinto muito. Noite tranquila, espero?

— Bastante, senhor. Quando vocês vão para esses eventos beneficentes, aqui fica praticamente deserto... É até um pouco assustador, pra ser sincero. Como se fosse assombrado!

— Muito bem, Bob — retruca Blackmore, num tom cortante, e ouço uma porta se abrir do outro lado do corredor —, é melhor prestar atenção para quem faz esses comentários. Lembre-se do Livro de Frick: "Neste mundo não há espíritos que não o Espírito Santo." Capítulo dezoito, versículo sessenta e dois. Tenho certeza de que você não quer passar a impressão de que Cremos em fantasmas.

— Ah, não, senhor! Eu só estava... Bem, é claro que não acredito em...

— Espero que não — interrompe Blackmore. — Agora, preciso mesmo dormir. Obrigado pelo seu trabalho, Bob. Que Frick o abençoe.

— E ao senhor também. — Bob parece confuso, mas a porta já se fechou. Há uma pausa, e as unhas de Harp se afundam ainda mais no meu braço, mas o guarda vai embora, esquecendo-se do acidente com a Coca-Cola de Jerry, murmurando: — Neste mundo não há espíritos... Só falei que *parecia* ser assombrado!

Esperamos o corredor ficar em silêncio, então conto até dez. Desvencilho meu braço do aperto de Harp. É agora ou nunca.

Nós nos levantamos e abrimos a porta. Volto para o corredor. Não temos mais como nos esconder. Não deveríamos estar aqui, e, se alguém nos vir, não teremos como inventar nenhuma desculpa. Avançamos depressa, nos esforçando não fazer barulho, tentando ser leves como o ar. Viramos à direita na curva em L, observando os números das portas: 627, 625, 623, 621. Chegamos. Harp trouxe um cartão de crédito para arrombar a fechadura... Não tenho ideia de quem é ou de como ela arranjou um. Ela se inclina para a frente, mas um instinto autodestrutivo me faz erguer a mão e bater à porta. Três vezes, bem alto.

Harp se sobressalta com o barulho. Ela olha ao redor, em pânico, esperando que algo aconteça, mas só há silêncio em ambos os lados do corredor. E atrás da porta também. Ergo a mão a fim de bater de novo, mas Harp agarra meu braço para me impedir. Estamos nessa posição — meu braço erguido e minha amiga agarrando meu pulso, desesperada — quando a porta finalmente se abre.

Ele está usando uma camisa de botão com o colarinho aberto e uma gravata-borboleta solta ao redor da gola. Seu rosto está mais magro, com olheiras profundas. Os olhos são a pior parte: aquele tom de azul está frio e nem um pouco familiar.

Nós nos encaramos por vários segundos antes de ele parecer se dar conta de para quem está olhando, então noto suas sobrancelhas se erguerem e seu queixo cair. Acho que ele vai gritar, nos denunciar, mas fica quieto. Harp aperta ainda mais meu pulso. Tenho a impressão de que ela quer sair correndo, e não a culpo: é como ver o fantasma de alguém que morreu há muito tempo, um ente querido que está querendo lhe fazer mal. Sinto seu cheiro — madeira queimada e canela — e fico tonta. Sinto um enorme desejo e fico furiosa com ele por provocar isso em mim. Solto minha mão do aperto de Harp e cerro o punho, pois vou dar um soco na cara de Peter Taggart. Vou socá-lo até todos os ossos da minha mão virarem pó. Mas não tenho a chance de fazer isso, porque o que acontece em seguida me pega totalmente desprevenida: seus ombros relaxam, sua boca aberta abre um sorriso febril, incandescente, e Peter sai para o corredor — onde nós três podemos ser vistos a qualquer momento — e me dá um abraço.

# CAPÍTULO 12

Quando a surpresa passa, ajo depressa. Meu punho esquerdo está preso entre nossos corpos, então dou um puxão para soltá-lo e depois dou um soco forte no ombro de Peter, empurrando-o para longe. Ele cambaleia para dentro do quarto. Harp o segue, e entro atrás dos dois, fechando e trancando a porta.

— Desculpe. — Um arrepio percorre minha espinha quando ouço a voz dele. — Quando vi você aqui, pensei... Você está brava, é claro. E tem todo o direito.

— Você não pode sair por aí *abraçando* os outros — dispara Harp. — Pare pra pensar, caramba! Acha mesmo que Viv está a fim de te *abraçar* nesse momento?

— Desculpe — repete Peter, soando tão convincente que dá nojo. — Sério... fiz sem pensar. Só fiquei feliz de ver você.

Ele me lança um olhar penetrante, e viro a cara. Reparo em como a decoração do quarto é espartana: paredes brancas estreitas, uma cama branca enorme, nada da elegância clássica da fachada do Chateau. Harp apenas fica ali parada, furiosa. Como nenhuma de nós responde, Peter continua:

— Escutem, quero que saibam que não passei um segundo sequer sem pensar em vocês duas. Fiquei tanto tempo sem saber se estavam vivas, sem saber se estavam bem. — Ele respira fundo. — Não tinha certeza se tinham notícias de mim. Nem consigo imaginar o que pensam de mim, mas juro que não é possível me odiarem tanto quanto me odeio.

— Você ficaria bem surpreso. — Harp bufa.

Peter fica corado e olha para o chão, totalmente infeliz. Tento respirar calmamente, deixando o ar entrar pelo nariz e sair pela boca, para parecer calma e controlada quando, afinal, me pronunciar, em vez de uma garota fácil de ser enganada a sofrer a Madalena. Mas essa performance dele — toda essa história de "coitadinho de mim" e "que Frick me perdoe por mentir para vocês" — é mil vezes mais ultrajante do que se ele fosse sincero, se apenas admitisse que nos enganou antes de alertar a segurança sobre nossa presença extremamente imoral no seu quarto.

— Sabe o que eu gostaria de ter descoberto antes de me envolver com você, Peter? Mais do que *qualquer coisa*? — Minha voz sai baixa, parece vir de alguma parte primitiva dentro de mim, a parte que quer estraçalhar o pescoço dele com meus próprios dentes. Vejo um brilho de medo em seus olhos. — Gostaria de ter ficado sabendo que você é um *ator* extremamente talentoso. Você vive mesmo seus personagens. Interpreta bem Peter Ivey, Garoto Descrente dos Sonhos, assim como Peter Taggart, o porta-voz bombástico da Igreja. Se você não tivesse me enganado tantas vezes antes, eu até acreditaria no seu papel atual: Amigo Peter, o Crente Racional.

Vejo um músculo se contrair involuntariamente em seu maxilar, mas não paro de falar. Não quero lhe dar a chance de responder, a chance de recuperar nossa confiança.

— Fico feliz que a Igreja tenha trazido você para Hollywood, Peter. Acho que vai ser um ótimo lugar para você. Não guardo rancor. Na verdade, Harp e eu viemos aqui como amigas. Achamos que você deveria saber que tem uma pequena milícia planejando explodir uma bomba no Chateau Mormant daqui a três semanas. Não me peça detalhes — acrescento, porque Peter ergue a cabeça de repente. — Isso é tudo o que podemos lhe contar. Mesmo sendo um mentiroso, não gostaríamos de imaginá-lo morrendo aqui.

Enfio a mão no bolso e pego o pingente de marreta. Jogo-o aos pés de Peter. Ele olha para o ex-colar, mas sua expressão não se altera.

— Se quiser chamar os Anjos e dizer a eles que estamos aqui, acho que o mínimo que pode fazer, como alguém que já fingiu se importar com nós duas, é nos deixar tomar a dianteira.

Começo a contar e digo a mim mesma que vamos sair correndo no dez. Peter apenas olha fixo para o pingente de marreta. *Cinco*, conto, *seis, sete*... mas então ele ergue o rosto, atônito.

— Espere aí, por que eu chamaria os Anjos? — pergunta. — Eles matariam vocês.

Harp ri.

— E que golpe de sorte! Imagine só a manchete: "Filho de Taggart captura pecadoras!" Isso sem falar nos pontos que vai ganhar com Deus, né? Todo mundo vai cumprimentar você nos portões do Céu!

Peter continua franzindo a testa. Minha contagem já passou do dez, estou chegando no trinta. No instante em que ele der uma olhada no telefone ao lado da cama, no instante em que der um passo em nossa direção, vou dar o fora daqui. Eu me recuso a ser pega no quarto de Peter.

— Espere — pede ele. — Vocês não acreditam que... Acham que sou Crente?

Harp e eu nos entreolhamos. A expressão dela parece dizer: *Ele sempre foi burro assim?*

— Hã... Sim?

Mas Peter começa a andar de um lado para outro. Ele passa as mãos pelo cabelo e nos encara, incrédulo.

— Quando você falou que eu era um ator... Você achava... Agora entendi, mas primeiro fiquei achando... Imaginei que soubessem o que eu estava fazendo. Achei que só tivessem ficado indignadas comigo.

— O que você estava fazendo... — repete Harp, confusa.

Sinto algo brotar em meu peito, uma pequena chama de esperança ainda tênue demais para confiar.

— Quer dizer, vocês estariam certas em ficar indignadas comigo! Não me entendam mal! Mas como podem ter pensado... Não achei que... Como podem ter pensado que sou Crente? Eu estava *lá com vocês* quando Masterson e os outros apareceram fantasiados de anjo.

Harp massageia as têmporas com força, como se sentisse dor de cabeça. Mal registro o que Peter está dizendo. O alívio percorre minha corrente sanguínea como uma droga, me deixando tonta e confusa.

— Você não é um Crente de verdade.

Peter olha para mim e ri igual a primeira vez que o fiz rir, na festa da Véspera do Arrebatamento de Harp, como se tivesse sido surpreendido por uma piada que achou engraçada.

— Não, Viv. Meu Deus! Claro que não.

Tudo está acontecendo depressa demais: estou baixando a guarda muito rápido. Ouço uma voz na minha cabeça me censurando: *Recomponha-se, Apple!* Parece a voz de Harp.

— Então como você virou porta-voz deles? — questiono. — Pelo que me lembro, a Igreja Americana não costuma recrutar adolescentes ateus para trabalhar no seu departamento de relações públicas.

Peter suspira enquanto organiza os pensamentos. Depois se senta na beirada da cama. Quando volta a olhar para mim, o sorriso de alegria sumiu de seus olhos.

— Vivian, isso não faz parte de um plano mirabolante que eu tive. Não tenho nada sequer parecido com um plano! Todas as manhãs, quando acordo, penso: *O que tenho que fazer hoje para não ser assassinado?* Aí eu faço. Entrei nessa sem querer e é o que tem me mantido vivo, mas não quer dizer que me orgulho disso. Nem que tenha sido fácil.

— Ai, coitadinho! — Harp indica com a mão o quarto de hotel limpo e fresco com ar-condicionado. — Deve ser mesmo uma provação recitar os provérbios de Frick na TV, ir a eventos chiques com seu grande amigo Ted Blackmore e dormir em uma cama macia e quentinha toda noite... Quanto sofrimento!

Pela primeira vez, a expressão suplicante e culpada de Peter se suaviza um pouco. Ele inclina a cabeça e olha para ela.

— E vocês duas não parecem estar passando fome. Pelo visto alguém as acolheu e deu acesso à internet e tudo o mais. É, fiquei sabendo sobre o blog. — Ele dá um sorrisinho diante da expressão inquisitiva de Harp. Quando olha para mim e repara que estou me esforçando para parecer inflexível, seu sorriso desaparece. — Olhe, vocês duas fugiram. Lá no complexo de Frick, quando a corporação veio atrás de nós, vocês fugiram. Não estou criticando — acrescenta, porque Harp abriu a boca para protestar. — Eu queria que tivessem feito isso mesmo! *Falei* para vocês correrem. Mas eu não fugi. Então minhas opções eram outras. Não estou dizendo que eram mais limitadas, só que eram diferentes.

"De início, achei que conseguiria alcançar vocês. Eu acalmaria meu pai e Frick, e depois conseguiríamos alcançá-las. E aí seria simples, não? Colocaríamos os dois diante de uma câmera e todo mundo ficaria sabendo a verdade. Mas eles estavam apavorados. Meu pai estava aborrecido com a minha presença, e Frick... Ele não entendia o que tinha feito, não exatamente, mas sabia que os Anjos estavam irritados. Nenhum dos dois queria sair dali. E então me dei conta de que estava preso, pois conseguia ver os carros da corporação na entrada. Tive que improvisar. Tudo o que conseguia pensar era: *Fique vivo e encontre Viv e Harp.*"

Ele faz uma pausa, com o olhar fixo em algum ponto atrás de mim, por isso não repara que estou corando.

— Quando os Pacificadores chegaram, apesar de naquela época serem só guardas, porque acho que ainda não tinham sido nomeados, contei a eles quem eu era. Disse meu verdadeiro nome. Falei que tinha vindo reverenciar o que pensava ser o lugar onde meu pai fora Arrebatado. Fingi estar confuso, sem saber o que ele estava fazendo ali, vivo. Confuso, mas muito feliz. E fiquei dizendo coisas como "Que Frick seja louvado! É um milagre!".

— Eles acreditaram? — Harp parece cética.

— Mais ou menos. — Peter dá de ombros. — Suspeitaram, mas o que podiam fazer? Atirar no garoto que alegava ser filho de Taggart? Blackmore chegou de manhã para me interrogar. Fui fiel à história: filho devoto, Crente, que Frick seja louvado! Foi nesse momento que me tornei um ator extremamente talentoso. Mas não sei muito bem se fui tão convincente assim, ou se Blackmore apenas queria acreditar em mim. Pelo que entendi, ele não tem uma aprovação tão alta entre os Crentes mais fervorosos. Como porta-voz da Igreja, nunca foi capaz de prender tanto a atenção do público como meu pai fazia. Quando nos falamos, ele imaginou como poderia me usar, usar meu nome. Então me trouxe aqui para Los Angeles e se responsabilizou por mim diante de Mulvey e Masterson. Os três decidiram me transformar no novo rosto da Igreja assim que Harp postou pela primeira vez.

— Falando nisso, quanto você contou à Igreja sobre a gente? — pergunto, com a voz ainda firme.

— Praticamente nada — responde ele, me tranquilizando. — Vocês apareceram nas câmeras de segurança, então não dava para fingir que eu tinha chegado sozinho. Falei que conheci as duas no caminho, e que vocês me deram uma carona. Disse que tentei converter vocês, mas que ficaram nervosas quando viram Frick e fugiram. Eu não poderia revelar onde vocês estavam mesmo que quisesse, porque não fazia a menor ideia! Hoje em dia, tento não perguntar muito sobre vocês, tento não parecer interessado. Tive que me esforçar muito para ganhar a confiança de Blackmore. Encontro com ele todos os dias — sua voz sai um pouco aguda, e ele faz uma pausa para engolir em seco —, e todos os dias acho que ele vai me contar que pegaram vocês, que machucaram as duas.

— Blackmore não achou o post meio suspeito? — pergunta Harp. — A história não fez sua versão ir por água abaixo? Quer dizer, dei muitos detalhes sobre o rolo entre você e Vivian.

Peter comprime os lábios.

— Quando você postou, eu já estava muito envolvido. Blackmore gosta muito de mim e, além disso, não iria querer admitir para Mulvey e Masterson que estava errado a meu respeito. Eu disse a ele que você inventou tudo, e era exatamente no que queria acreditar. Eu era a melhor arma que ele tinha contra vocês duas. Logo que me tornaram público, tudo o que vocês alegavam pareceu falso. — Ele faz uma careta de arrependimento. — E ele achou... Achou que se a Igreja tornasse minha presença pública, vocês apareceriam onde eu estivesse.

Ele é educado o bastante para não me encarar nos olhos, e agradeço por isso. Sinto meu rosto tão quente que pareço estar com febre. Odeio o fato de Harp ter sido tão boa em expressar por escrito meus sentimentos por Peter, a ponto de a Igreja acertar essa suposição.

— Eles tinham mais certeza disso do que eu — acrescenta Peter —, pois, afinal, sou um monstro e tal. Achei que você tivesse ficado brava porque eu estava interpretando esse papel. E repito que deveria ficar com raiva mesmo. Traí vocês. Fiz as duas parecerem mentirosas. Falei... coisas horríveis sobre você na TV. Não tenho direito de esperar que me perdoe.

Mas, quando ele olha para mim, percebo que não está sendo sincero. Peter me encara um pouco sem jeito, silenciosamente envergonhado, mas esperançoso. Harp também está me encarando. Percebo que estão esperando minha decisão: Harp vai acatar meu julgamento em relação a Peter, e, por mais que ele goste da minha amiga, não é a opinião dela que realmente quer saber. É muita coisa para processar, uma equação que ainda não consigo resolver. Só sei que acredito nele. Talvez porque a história dele pareça plausível, mas quem sabe seja só porque quero acreditar. Mesmo agora, cada nervo do meu corpo parece exposto, pulsando com uma corrente elétrica gerada pela proximidade dele.

— Se não tivesse convencido os Anjos de que estava do lado deles, teriam matado você — digo. — Você fez o que tinha que fazer.

Peter parece arrependido.

— Talvez. Mas ainda assim não consigo imaginar *você* fazendo a mesma coisa.

Há um silêncio desconfortável. Harp brinca com uma mecha de cabelo, enrolando-a no dedo. Não consigo saber se ela acredita ou não na história dele. Peter se inclina para a frente, apoiando os cotovelos nos joelhos. Eu me lembro outra vez da nossa primeira conversa: nos sentamos lado a lado nos degraus da mansão abandonada na noite anterior ao Arrebatamento. Estava rolando um clima entre nós dois, mas éramos incapazes de nos comunicar de forma eficiente, os dois sentindo o peso do futuro desconhecido, os dois preocupados com as pessoas que éramos e as que queríamos ser. Estou sentindo a mesma coisa agora. Se tivesse tempo, eu me sentaria a noite inteira ao lado de Peter até que entendêssemos cada pensamento um do outro, mas, quando olho para o relógio ao lado da cama, percebo que já são quase três da manhã. Temos que ir embora logo, ou a milícia de Amanda vai reparar que saímos.

Pigarreio.

— Acho que devíamos falar sobre a bomba.

— A bomba. — Peter se empertiga. — Isso.

— Winnie, minha irmã, faz parte de uma milícia. São financiados por uma mulher chamada Amanda Yee, que quer derrubar a Igreja de forma violenta. Ela está planejando fazer a milícia explodir uma bomba aqui no fim do mês. Você acha que consegue convencer a Igreja a sair do Chateau antes disso? O ideal seria que todo mundo saísse de Los Angeles junto. E que fossem para um lugar tão longe que Amanda não tivesse tempo de planejar um novo ataque.

Peter considera minha sugestão.

— Posso tentar, claro. Posso dizer a eles que alguém que foi à arrecadação essa noite me deu a dica. Mas duvido que saiam de Hollywood antes do Apocalipse. Muito menos se estão planejando o que eu suspeito.

Noto certa incerteza em sua voz. Harp o encara, com um olhar penetrante.

— O quê? O que você suspeita que estejam planejando?

Ele respira fundo.

— Primeiro quero que entendam que, por mais que eu pareça ser do alto escalão, eles ainda não admitiram para mim que forjaram o Arrebatamento. Quando Blackmore e eu conversamos naquela manhã, depois que a gente invadiu o complexo, ele me disse que posso ter *achado* que vi Frick e meu pai em carne e osso, mas, na verdade, eram apenas manifestações do Espírito Santo me dando as boas-vindas. — Ele faz uma pausa e balança a cabeça ao se lembrar disso. — Ele continua insistindo nessa mentira, o que não é tão difícil, porque não vi meu pai nem Frick desde então. Não sei onde a corporação escondeu os dois. Não tenho ideia do que fizeram com os Arrebatados desaparecidos, nem o que planejam para o Dia do Apocalipse. Pelo que notei, a maioria dos subordinados da Igreja nem imagina o que está acontecendo. Os Três Anjos, e talvez algumas pessoas diretamente abaixo deles, sabem, mas todos os demais parecem pensar, ou pelo menos esperar, que tudo isso é mesmo verdade.

"Mas uma coisa eu sei: sem Frick, a Igreja está bem mais fragmentada do que antes. Os Anjos são um ótimo exemplo disso. Michelle Mulvey só se preocupa com a corporação, quer criar novos produtos, fortalecer as ações de marketing, garantir que o dinheiro continue entrando; enquanto Ted Blackmore acha que o importante é a parte pública, converter novos Crentes e se certificar de que os antigos continuam na linha. Já Masterson... esse é o que realmente me preocupa. É ele quem conta as histórias. Interpreta os livros como quer e deixa essa interpretação transparecer em tudo o que Mulvey e Blackmore fazem. Tem os mesmos valores de Frick, mas sem a desculpa de sofrer de esquizofrenia paranoide. A boa notícia é que os três estão tão desestruturados que acho que basta voltá-los uns contra os outros para fazer toda a corporação implodir. A má notícia é que eles sabem disso. E acho que estão tentando recuperar aquela força unificadora.

"Eles organizam esses eventos beneficentes toda semana. Em mansões enormes em Beverly Hills, Brentwood e Malibu. Frequentados pelas pessoas importantes de Hollywood, por advogados, produtores... gente com dinheiro. Lá eu recito um discurso que Blackmore preparou. Algo como 'Sejam bem-vindos, Frick está sorrindo para nós lá de cima' etc. E toda vez, *todos os discursos*, fazem referência a um messias. 'Se continuarmos seguindo a palavra de Frick, provando nossa devoção por meio de ações e generosidade para com a Igreja, ele terá misericórdia de nós. Ele nos enviará um salvador.' E as pessoas sempre reagem entusiasmadas, aplaudindo. Já conseguiram arrecadar milhões. Só tem um problema: o Livro de Frick não menciona nenhum messias. Ele é bem direto quanto a isso: 'Não acredites em um salvador, pois tal coisa não existe.' Na visão de Frick, os escolhidos seriam salvos e o restante de nós acabaria dizimado, e nada nem ninguém conseguiria impedir isso.

Sinto meu estômago embrulhar. Harp balança a cabeça devagar, horrorizada.

— E tem mais. Ok, talvez essa parte seja só eu sendo paranoico, mas esta semana, todos os dias de manhã, depois da minha reunião com Blackmore, o assistente dele entra acompanhado pela pessoa do compromisso das onze horas. Os caras parecem sempre iguais: homens brancos e amigáveis, com cabelo e barba compridos. — Peter parece quase encabulado. — E eles sempre trazem uma foto do próprio rosto.

Nem sei o que dizer. A teoria de Peter é absurda, mas já conheço a Igreja Americana o suficiente para saber que nunca deixam que o disparate de um plano seja algum impedimento. Olho para Harp, que encara Peter com um sorriso incrédulo.

— Você está mesmo sugerindo — começa ela — que a Igreja está tentando encontrar um ator para interpretar o Messias?

— Faz sentido, se parar para pensar bem. Eles não podem continuar matando os devotos mais fiéis, esse é um péssimo negócio. Por isso acho que estão tentando encontrar a pessoa certa: alguém jovem e disposto a se vender. Então, no Dia do Apocalipse, vão arrastá-lo diante das câmeras, talvez ao lado de Frick e Taggart, milagrosamente ressuscitados, e tcharam: nunca mais terão que se preocupar em fingir o Arrebatamento. Vão converter milhões de pessoas no mesmo instante, e, melhor de tudo, contarão com a celebridade mais célebre de todas como porta-voz da Igreja. Jesus Cristo em pessoa.

— Mas... — Harp balança a cabeça, como se tentasse afastar aquela história horrível da mente. — Sério, eles acham que a gente é tão idiota assim?

— Acho que nos consideram mesmo muito imbecis — digo, apoiando a cabeça nas mãos. — Ou, pelo menos, acham que estamos desesperados. Os Crentes vão acreditar na história porque *querem*. É melhor do que acreditar que estamos condenados. E, se a teoria de Peter estiver certa, não é como se fossem convencer todo mundo: vão persuadir só o suficiente para ganhar alguma coisa com isso.

— A boa notícia é que provavelmente vão parar de matar inocentes — comenta Peter.

— Mas não vão pagar por já terem matado inocentes! — exclama Harp.

— A não ser que a gente convença as pessoas da nossa história antes que esse messias apareça. Se conseguirmos encontrar alguma prova real de que a Igreja Americana forjou o Arrebatamento, eles podem arrumar quantos messias falsos quiserem que não vai fazer a menor diferença. — Meus amigos me encaram com uma expressão esperançosa, como se eu tivesse acabado de encontrar essa prova aqui no quarto. Balanço a cabeça. — Precisamos achar as pessoas que foram arrebatadas e desapareceram.

— E como vamos fazer isso? — pergunta Harp. —Faz semanas que ando perguntando isso, mas ninguém me contou nada concreto até agora, só citaram várias cidades que podem ou não ter a ver com o que aconteceu.

— Não sei. Mas se encontrarmos pelo menos uma, que esteja disposta a contar ao mundo o que aconteceu...

— Essas pessoas precisariam estar vivas para esse plano funcionar — observa Peter, gentilmente —, e não sei como ainda estariam sem que a gente já tivesse ouvido falar delas, a essa altura.

Sei que ele tem razão. De nós três, Peter é quem está mais próximo dos Três Anjos, e nem mesmo ele faz a menor ideia de onde os Desaparecidos possam estar. Pelos próximos vinte minutos relatamos tudo o que os seguidores do blog de Harp nos contaram, tudo o que pode sequer parecer uma pista. Mas depois ficamos num silêncio desconfortável. Estou me sentindo exausta e desencorajada. É estranho como esse momento se parece com tantos outros que passei com Peter: no apartamento dele no subúrbio de Pittsburgh, conferindo sua correspondência misteriosa, ou então traçando nossa rota para Point Reyes em um mapa em Sacramento. Mas, ao mesmo tempo, é tudo muito diferente. O cansaço surge em pontadas atrás dos meus olhos, como se eu estivesse chorando ou prestes a cair no choro. Está na hora de ir embora.

Harp fica nervosa com a ideia de sair do Chateau pelo mesmo caminho por onde entramos, que passa diante da porta do quarto de Ted Blackmore. Peter sugere a escada de incêndio do lado de fora do seu quarto. Ele abre a janela, deixando entrar o calor quente e pesado e o cricrilar baixo dos grilos. Harp sai primeiro, movendo-se em silêncio pela lateral do prédio até saltar na calçada. Vejo sua sombra indistinta fazer um sinal de positivo. Começo a seguir seus passos, mas Peter segura meu braço.

— Você sabe que sinto muito, não é? — Sua voz sai tão frágil quanto um hematoma. — Porque eu sinto muito mesmo. É horrível imaginar que você ouve o que eu digo. O que você deve estar pensando de mim...

Eu me lembro de vê-lo no noticiário da Igreja Americana, do sorrisinho que ele deu quando disse "Por favor, pessoal". Pela primeira vez, pensar nisso não me dá calafrios. Talvez seja porque ele está parado bem ali, na minha frente, parecendo triste e sincero, sua pele roçando na minha. Esse é o verdadeiro Peter. Mesmo que só porque quero que seja.

— Eu sei. Não vou fingir que não foi horrível, mas entendo seus motivos.

Peter dá um sorriso fraco.

— Não acredito que ouviu todas aquelas coisas que falei sobre você, tudo o que eu disse sobre as outras coisas! E *mesmo assim* não quer que joguem uma bomba aqui. Isso é... é uma bondade sobre-humana, Viv.

— A verdade é que não sou humana. Sou uma bruxa.

Ele leva um segundo para entender, então dá aquela risada surpresa e divertida outra vez, a minha favorita. Meu corpo reage antes do meu cérebro: cubro a distância entre nós e beijo sua boca, no meio do seu riso. Seus lábios quentes e úmidos têm um gosto doce de champanhe. Passo as mãos por seus ombros largos. Ele fica tão perplexo que não se move de imediato, mas um tempo depois agarra minha nuca, e sinto um arrepio subir pelas minhas costas. Sinto como se não fosse mais feita de músculos e ossos, e sim de puro líquido. É o mais feliz e relaxada que me sinto em meses. Depois de um momento demorado, afasto a cabeça, ainda um pouco tonta. Peter me aperta contra seu corpo, parecendo surpreso e feliz. Nós dois começamos a rir.

— O que você estava dizendo mesmo? — pergunto, quando ele finalmente me solta. Olho para fora e vejo Harp lá embaixo, me esperando, ansiosa. — Que sente muito, alguma coisa assim?

— Algo assim, acho. — Ele balança a cabeça. — É difícil lembrar agora... Mas parecia muito importante.

— Bem, você está perdoado. Basta continuar olhando para mim desse jeito que será sempre perdoado.

Peter ri e dá um passo à frente para me ajudar a manter o equilíbrio enquanto passo uma perna pelo batente da janela.

— Tá bem, mas isso é uma regra geral? Não sei se é uma boa política. Você pode se dar muito mal com uma política dessas.

— Se dar mal! — repito, incrédula. Sinto o calor da noite e me abaixo para passar pela janela. Estou me sentindo esperta, atrevida e cheia de vida. — Você acha que não sei lidar com alguns probleminhas? É só assistir ao noticiário, Peter Ivey. Eu sou a grande inimiga da salvação.

# CAPÍTULO 13

Nem preciso explicar para Harp porque estou saltitante quando voltamos para o carro: assim que pulo na calçada ao seu lado, ela me olha e faz uma careta.

— Ah, Viv... Você não sabe bancar a difícil?

Mas minha amiga não consegue ficar infeliz quando estou feliz. Apesar da teoria de Peter sobre o falso messias e do mistério insolúvel do paradeiro dos Arrebatados, nós duas voltamos para Silver Lake quase risonhas. Harp procura alguma música animada e não religiosa no rádio, mas acabamos tendo que nos virar com uma dancinha relaxante ao som de um jingle animado de uma pasta de dentes da Igreja: "Para um sorriso branco como o traje de Jesus!" Ainda estou sentindo a barba por fazer de Peter roçando no meu queixo. Eu me lembro dos nossos beijos com um arrepio de prazer. Assim que estacionamos na frente da O Bom Livro e tentamos nos recompor, percebo que, pela primeira vez em muito tempo, me sinto *jovem*. *Sair* escondida de casa com minha melhor amiga, beijar garotos bonitos... Desse jeito me sinto uma adolescente de verdade.

Entramos de fininho na livraria e subimos a escada, ansiando pelas camas que nos esperam. Estou tão empolgada com todas as surpresas da noite — Não fomos pegas! Peter está do nosso lado! Pode ser que a gente tenha descoberto o plano da Igreja e vamos tentar de tudo para impedir que ele se realize!

— que só percebo tarde demais que alguém gira a maçaneta da porta do segundo andar.

Então a porta se abre, e Diego surge ali.

Harp fica sem ar. Cogito algumas desculpas esfarrapadas — ouvimos um barulho? Precisávamos tomar um ar? —, mas tenho um branco quando Diego dá um passo para o lado e vejo todos os outros atrás dele, à nossa espera: Winnie na cozinha, encarando o chão com uma expressão resignada; Amanda, que dá um sorriso falso e um pouco maníaco quando nos vê; e, o pior de todos, o pobre Robbie afundado no sofá, com os olhos vermelhos.

— Ah, aí estão vocês! — A voz de Amanda sai fria como gelo. — Viu? Não há com o que se preocupar, Winnie. Elas só devem ter ido dar uma volta à meia-noite, como toda adolescente americana normal.

— Onde vocês estavam? — pergunta minha irmã, com a voz embargada, e percebo que ela andou chorando. — Quando Kimberly foi se deitar e vocês ainda não tinham subido, pensamos que...

— Há quanto tempo estão fazendo isso? — Diego parece enojado. — Robbie nos contou que entregou as chaves *uma semana* atrás para uma "missão secreta" que com certeza eu nunca ouvi falar. Qual é o problema de vocês? Me fizeram jurar que eu ia proteger as duas. — Ele direciona os olhos escuros e irritados para mim, e tenho que desviar o olhar. — Estamos nos arriscando para proteger vocês... e é assim que nos retribuem?

Fico enjoada. Olho para Harp, que parece distante e um pouco entediada. É assim que ela se protege: vira pedra, fica impenetrável. Mas eu me sinto como uma ferida aberta. E me forço a encarar Robbie. A preocupação de Winnie já seria terrível o bastante, mas Robbie... Ele está tentando se endireitar no sofá, porém, ao notar seus ombros trêmulos, percebo que está chorando.

— Robbie... — chamo. Ele me encara, assustado e com vergonha. Nós o enganamos.

— Vá para a cama, Robbie — ordena Amanda, com firmeza.

Sem dizer uma palavra, ele se levanta e passa por nós ao seguir para a escada.

— Não precisa puni-lo — fala Harp, com uma voz despreocupada, mas noto um leve tom suplicante que revela que ela também está se sentindo péssima. — Nós o convencemos.

— Ele é um soldado dessa milícia, então deveria estar mais preparado. — Amanda parece tensa. A qualquer instante, vai começar a gritar.

— Isso não é uma milícia, minha senhora. — Harp ainda soa tranquila. — É um grupo de pessoas que você conseguiu convencer a se matarem para que você consiga sua vingança pessoal contra a Igreja. Não fique chamando de milícia só porque faz você se sentir melhor já que sabe que todos vão morrer.

Winnie e Diego ficam paralisados, sem reagir às palavras de Harp. Mas Amanda respira fundo. Quando volta a se pronunciar, usa o tom de voz calmo e controlado de uma empresária.

— Vivian, você me faria a gentileza de contar onde estavam?

— Hã... — Sinto o olhar de Winnie em mim, implorando por uma resposta satisfatória. — Só fomos dar uma volta de carro... Como você disse. Sabe, estávamos nos sentindo um pouco presas aqui neste apartamento... Aí ficamos doidas pra sair. Foi só isso.

Por um instante, acho que a convenci. Ela assente, como se tivesse acreditado, mas depois dá uma risada agradável e diz:

— Para ser sincera, você é a pior mentirosa que já conheci. — Ela examina as próprias unhas, entediada demais para sequer olhar para mim. — Vocês não são mais bem-vindas aqui. Não estão mais sob nossa proteção. Têm uma hora para fazerem as malas.

Winnie enrijece quase que imperceptivelmente e Diego olha feio para a líder.

— Amanda — chama ele —, a Igreja Americana está atrás dessas garotas. Se as encontrarem, vão matá-las. Não podemos jogá-las na rua.

— Bem, Diego, talvez elas *mereçam* morrer! Sinceramente, que bem estão nos fazendo? Tínhamos um acordo: elas poderiam ficar caso nos ajudassem a conquistar apoio para as medidas violentas contra a Igreja. Mas até agora só o que temos é um blog repleto das aventuras românticas *dessa* idiota. — Amanda me olha com raiva. — E posts imbecis sobre onde os Crentes estavam passando as férias antes do Arrebatamento. Quer dizer, que porra é essa?

— É uma tentativa de arranjar provas de que o Arrebatamento foi forjado — retruca Harp. — E vamos precisar disso para acabar de vez com a Igreja. Sei que você não acredita de verdade que esse ataque vá funcionar, então por que não investe seus recursos em encontrar as três mil pessoas desaparecidas?

— Como *ousa* questionar meus métodos? — esbraveja Amanda, empurrando a cadeira de rodas na nossa direção. — Você não faz a menor ideia do que é preciso para mudar o mundo. Vocês duas não passam de *adolescentes idiotas*.

— Amanda...

— Não quero saber, Winnie! Enquanto a Igreja estiver atrás dessas meninas, elas só vão nos trazer problemas. Isso aqui não é um orfanato. Nem um lar para crianças problemáticas. Não temos tempo para criar duas fugitivas desnecessariamente descuidadas. Ainda mais agora. Porque, para ser franca, ela não está tão errada assim. — Amanda indica Harp com a cabeça. — Nem todo mundo sairá vivo depois que a bomba explodir, e quem sobreviver vai precisar ficar escondido. *Eu* não pretendo adotar essas duas depois que o Clube das Babás acabar de vez. Estou ocupada tentando recrutar mais gente para repor todos os membros que vamos perder no fim de agosto.

Cerro o maxilar. Amanda tem razão. Não estamos ajudando a causa dela. Pelo contrário, estarmos sob a proteção da milícia só trouxe problemas, provocando a morte de Suzy e Karen. Ela tem todo o direito de nos expulsar, de parar de nos dar abrigo e comida, pois não fizemos nada para merecer tudo isso. Mesmo que eu esteja morrendo de medo de ver Diego — que continua parado à porta com uma postura solene — cumprir as ordens dela, percebo que Amanda tem razão. Mas ainda sinto uma onda de raiva pela indiferença com que ela fala da vida dos seus soldados. *Os membros que vamos perder*. Como se não tivessem nomes, rostos nem personalidades. Como se um deles não fosse minha irmã.

Winnie atravessa a sala, se aproximando de nós, então para na minha frente e me encara nos olhos. Diego se afasta, e percebo que é ela quem vai acabar com isso. Confiei demais em nosso laço fraterno e a desapontei. Minha irmã não quer mais ser minha família. Faz sentido que, por ter nos colocado sob a proteção da milícia de Amanda, seja ela que nos mande embora. Mas ainda é difícil fitar seus olhos, que vão de Harp para mim. Os olhos dela são muito parecidos com os meus.

Então Winnie se vira, parada diante de nós duas, feito um escudo contra Amanda.

— Elas são *crianças. Meninas*. Por mais que sejam espertas e corajosas, correriam perigo lá fora mesmo se a Igreja não estivesse atrás delas, e você sabe. Quando nos recrutou, disse que isso seria uma tentativa de consertar as coisas. Mas assim não consertaríamos nada. Talvez seja porque se sente muito sozinha, Amanda — a voz dela fica mais suave e condolente, e noto um tremor na bochecha da líder, que parece furiosa —, mas você não entende. Somos mais do que corpos. Vivian e Harp não vão a lugar algum.

Olho para Diego, querendo saber se ele se opõe, mas só franze um pouco a testa, como se não tivesse mais certeza se continua no comando. Amanda olha feio para Winnie, mas reparo em sua expressão sofrida e confusa. É difícil manter todas as tragédias individuais em mente, não é fácil lembrar que todos nós, Crentes e Descrentes, perdemos algo. Um elo invisível que une todos. A certeza de que há coisas pelas quais vale a pena estar vivo. Acho que Amanda não sabe disso. Ou talvez tenha esquecido, em algum momento.

— Quando você morrer — responde ela a Winnie, depois de um tempo —, não vou mais cuidar dessas duas.

# CAPÍTULO 14

AMIGOS, ADMIRADORES E INIMIGOS,

*Viv e eu ficamos muito emocionadas com a repercussão da nossa história: os comentários, as perguntas, o apoio sincero, o racismo raivoso... todas as reações. Estamos muito felizes por vocês estarem lendo o blog.* Muchas gracias *à Igreja pela cobertura diária da nossa história! Isso aumentou MUITO o número de visualizações. Parece que o público não se convenceu com toda aquela coisa de "Deus odeia blogs" que inventaram. O tiro saiu pela culatra, não é mesmo? Acho que os Anjos estão perdendo o jeito.*

*Pedimos desculpas pelo sumiço. Estávamos ocupadas correndo atrás de informações sobre a Igreja para usar contra a instituição. Coloquei todos os meus amigos extremistas islâmicos na jogada, fiz algumas ligações e eles disseram: "Claro, Harp, pode contar com a gente, amigona!" Viv finalmente conseguiu entrar em contato com suas amigas bruxas. Mas estamos num beco sem saída e precisamos da sua ajuda.*

*Gente, vamos falar sobre os Desaparecidos. Recebi muitos comentários com possíveis pistas e parece que tudo leva às mesmas doze cidades: Billings, Boise, Boulder, Nashville, Cleveland, Fort Worth, Tulsa, Santa Fe, San Antonio, Minneapolis, Wichita e Grand Rapids. Só que, depois disso, a fonte seca. Para quem está nessas cidades, eu imploro: PRESTEM ATENÇÃO. POR ACASO VIRAM VIZINHOS NOVOS SUSPEITOS? OU COVAS RECÉM-CAVADAS? Essa gente foi para* algum lugar, *e é NOSSO DEVER encontrá-los.*

*Sei o que vocês estão pensando:* Harp, esse texto não tem seus trocadilhos nem o sarcasmo mordaz de sempre. *E têm razão. Mas Viv e eu estamos começando a entender o que a Igreja planeja para o Apocalipse. É algo grandioso e idiota, e, se funcionar, nunca mais vamos conseguir nos livrar deles. Então, se você ama este país assim como nós, se ama tudo o que esta nação simboliza e representa — como a separação entre Estado e Igreja! Cachorro-quente no feriado do dia 4 de julho! Violência gratuita e sexo no horário nobre! —, vai nos ajudar a desencalhar esse barco. Por favor, POR FAVOR, nos ajude a encontrar os Desaparecidos.*

*VÁ À MERDA, BEATON FRICK!*

*Bjs, Harp Janda, cidadã americana*

Tenho a impressão de que as coisas começam a mudar um pouco desde o dia em que Winnie nos defendeu de Amanda. Os soldados parecem entender que ela não está mais no comando e pode ser questionada. Eles estão mais relaxados, menos temerosos. Ninguém cancela oficialmente o ataque — Diego parece mais tenso do que nunca e ainda passa todas as noites em West Hollywood, vigiando o Chateau —, mas não posso culpá-los por quererem acreditar nisso. Estão muito mais tranquilos e à vontade com a gente. Até Kimberly começa a ceder. Certa manhã, antes de sair para treinar, ela para à porta, se vira para mim e para Harp e então pergunta, com um discreto tom acusatório:

— É verdade que vocês duas invadiram o Chateau Marmont semana passada e entraram no quarto de Peter Taggart?

— Quem contou isso? — pergunto.

— Winnie falou para todo mundo ontem durante o treino. Ela disse que vocês entraram pela cozinha e saíram pela escada de incêndio sem serem vistas.

— É — responde Harp, parecendo entediada, com a atenção voltada para seu laptop. — É bem fácil, na verdade. Basta não ser um idiota.

Kimberly parece surpresa. Ela assente em aprovação.

— Vocês ganharam meu respeito. Esse tipo de coisa não é pra qualquer um.

Só Robbie nos trata com frieza, e acho que ele nunca vai nos perdoar. Sempre foi meio calado, mas desde que Amanda nos pegou e ele levou a culpa, parece que é feito de pedra. Se Harp e eu apenas nos aproximarmos, seu rosto adquire um tom arroxeado, e ele começa a prestar muita atenção em qualquer outra coisa no cômodo que não seja a gente. Acho que pensa que, se nos ignorar o bastante, vamos sumir. Isso só dificulta ainda mais pedir desculpas a ele. Certa noite, depois do jantar, enquanto assistimos ao noticiário da Igreja Americana, sento-me ao seu lado e começo a falar antes que ele consiga se dar conta da minha presença.

— O que fizemos foi errado — sussurro. — Foi uma falta de respeito, e não devíamos ter feito aquilo. Sinto muito por termos causado problemas para você, estou muito arrependida...

Mas ele se levanta antes que eu consiga terminar.

— Tenho autorização para ir para cama? — pergunta ele, em voz alta, para todos na sala.

Winnie o encara, confusa.

— Você é um ser humano, Robbie. Não precisa pedir permissão para ir para cama.

O rapaz olha feio para ela, dá meia-volta e sai batendo o pé. Do outro lado da sala, Harp me olha com pena. Ela tem passado o tempo inteiro grudada no computador. Nos últimos dias, começou o que chama de "uma troca de mensagens muito interessantes" sobre quem desapareceu no Arrebatamento. Mas não quer me dar detalhes, então sei que a teoria que descobriu não a deixou satisfeita. Sentado ao meu lado, Julian dá uma risadinha.

— Não leve para o lado pessoal, Viv. Ele tem treze anos.

— É. Deve ser isso.

Mas me sinto ainda pior. Não sou *tão* mais velha que Robbie. Eu me lembro de como me sentia pequena e inútil nessa idade.

Penso no fato de ele ser órfão ("Escolha quem escolhe você", falei para ele). Tenho nojo só de imaginar como contribuí para fazê-lo se sentir ainda mais sozinho.

— E, além disso, talvez ele só tenha sido afetado pelos *ventos de Santa Ana*! — Julian balança os dedos ao falar as últimas palavras, feito o vampiro de um filme de terror antigo.

Dou um riso fraco e me volto para a TV, que está transmitindo uma previsão do tempo preocupante.

Mas é difícil achar graça na ideia de que o clima está nos transformando em cascas raivosas e violentas de quem costumávamos ser. Porque, de certa forma, é exatamente isso o que está acontecendo. A cada dia, o noticiário da Igreja Americana tem uma nova história horrível para reportar. A maioria das grandes cidades do mundo está tomada por levantes, com embates entre manifestantes e policiais, incêndios mortes em massa. As taxas de assassinato e suicídio nunca estiveram tão altas. No meio de agosto, depois de relatórios informando que policiais de todo o país estavam deixando seus postos aos bandos e que a Guarda Nacional estava chegando ao limite, o presidente destinou fundos federais aos Pacificadores da Igreja Americana, conferindo a eles o posto temporário, mas oficial, de guardiões da lei. É um acontecimento tenebroso, mas também não fica claro se a medida é mesmo efetiva, porque as coisas continuam indo de mal a pior. Aqui em Los Angeles, houve uma fuga em massa da cadeia Twin Towers Correctional Facility, que Masterson, na TV, atribui com toda naturalidade às influências de Satã.

Mais duas semanas passam depressa. A milícia continua treinando para o suposto ataque, mas ninguém parece saber se vai ou não ser realizado. Não vimos mais Amanda desde que fomos descobertas, e Diego se afastou de todo mundo, se recusando a responder às perguntas de qualquer um sobre o ataque. Peter ainda dá entrevistas em conferências de imprensa nos portões do Chateau Marmont, então fica óbvio que ele não conseguiu convencer a Igreja a mudar de sede. E os leitores do blog de Harp insistem nas conjecturas pouco satisfatórias sobre o paradeiro dos Desaparecidos. Meus amigos e eu estamos ficando sem tempo.

Quando Harp e eu contamos a verdade para Winnie sobre onde estávamos na noite em que fomos pegas, ela nos faz prometer que não tentaríamos sair escondidas para encontrar Peter de novo. Sou grata a ela — estamos mais próximas do que nunca —, apesar de ainda não saber se pretendo cumprir a promessa. Certa noite, faltando apenas uma semana para o suposto ataque ao Chateau, espero os outros dormirem, deitada em silêncio até os lençóis pararem de se mexer e o som dos dedos de Harp no teclado ser substituído pelo de uma respiração profunda. Quando tudo fica tranquilo, saio da cama e me visto no escuro, sem fazer barulho, então abro a porta e desço a escada. A adrenalina de ter conseguido me deixa tonta e, por um instante, me sinto orgulhosa: *Não é pra qualquer um!*, me parabenizo mentalmente, imitando Kimberly, pensando no rosto de Peter quando me vir, em como ele ficará feliz e surpreso. Sorrio ao pensar nisso e saio para a livraria.

Então fico paralisada. Tem alguém atrás do balcão, folheando uma revista iluminada por uma lanterna. A pessoa vira o facho de luz para mim.

— Ahá! — sussurra Winnie.

Minha irmã fecha a revista e contorna o balcão, vindo até mim, que estou imóvel e me sentindo uma idiota com meu moletom de capuz preto e a mão ainda na maçaneta. Eu me preparo para encarar sua raiva, que vai ser grandiosa e totalmente sensata. Winnie me defendeu de Amanda, colocou em risco a forma como ganha a vida, e é assim que retribuo? Mas, quando ela se aproxima, noto que está sorrindo.

— Eu sabia que você ia tentar de novo — explica. — Passei as últimas noites aqui esperando, imaginando quando você iria arriscar. Nada nos enche de mais ilusão de invencibilidade do que conseguir entrar e sair de fininho da base da Igreja Americana, não é mesmo?

— Eu só precisava de um pouco de ar fresco — respondo, insegura, e Winnie revira os olhos.

— Sério, garota, quem foi que te ensinou a mentir? Você devia pedir seu dinheiro de volta, porque seja quem for *não fez* um bom trabalho. — Ela dá um sorriso gentil. — Fala sério, Viv. Vamos voltar lá pra cima, está bem? Ainda tem um pouco daquela vodca do Elliott, vamos beber e conversar sobre garotos.

Não me parece uma ideia ruim. Mas não me mexo.

— Preciso ir, Winnie. Tenho que vê-lo.

Ela parece desapontada.

— Por quê?

— Porque... — Queria ter uma resposta além da verdade, que parece boba. — Porque eu quero. Estou com saudade e preocupada com ele. Talvez eu não me sentisse *tão* preocupada se tivesse certeza de que seu namorado não pretende seguir adiante com esse ataque.

Toquei na ferida. Winnie se afasta, mas depois suspira fundo.

— Queria poder dizer com certeza, mas, por enquanto, Diego nem quer falar comigo sobre isso. Não faço ideia do que ele está planejando. A milícia é contra, claro... Mas é leal a ele, que é leal a Amanda. Se Diego decidir que é isso que temos que fazer... — Ela não conclui a frase, parecendo apreensiva.

— Por que você está com ele, Winnie? Desculpe — acrescento, quando ela me olha com irritação —, mas realmente não entendo. Ele é tão... sei lá... condescendente. Tipo, por que não te conta se vai ou não levar o ataque adiante? Você é tão inteligente quanto ele, se não mais. E tão corajosa quanto também, se não mais.

Winnie sorri, mas não parece muito convincente.

— Acho que você me superestima, Viv, mas não vou reclamar. — Ela faz uma pausa, pensativa. — Não sei. É uma resposta insatisfatória? Sei quem ele é. Já estamos juntos há um tempo.

Ele definitivamente fica um pouco confuso, às vezes. De alguma forma, se convenceu de que é o único responsável por impedir o Apocalipse. Aliás, você faz a mesma coisa. Mas acredito que ele tenha um bom coração. E não sei! Eu amo o Diego. Você ama Peter?

Ela faz a pergunta como se fosse a coisa mais fácil do mundo de saber.

— Não sei — respondo, sendo sincera. — Ele é uma pessoa boa e correta, e acho que seria assim mesmo se não vivêssemos neste mundo tão confuso. Mas se eu tivesse certeza de que viveria até os cem anos e teria uma morte tranquila, enquanto durmo, será que ia querer passar o resto da vida ao lado dele? Não sei. Espero que chegue o dia em que eu tenha tempo para pensar nisso.

Winnie fica quieta. Depois de um longo momento, ela diz:

— Estou te devendo um pedido de desculpas. Achei que você fugiria para vê-lo por estar com o cérebro comprometido pelos hormônios. Mas eu já devia saber que você não é assim.

Ela pega um molho de chaves do bolso e joga pra mim.

— Não sou sua mãe. Se você acha que precisa ir, então vá. Mas, pelo amor de Deus, tome cuidado, está bem? — Ela se aproxima da porta vermelha e para. — Assim que Diego me contar o que foi decidido sobre o ataque, você vai ser a primeira a saber, ok? Tome cuidado e volte logo. Estarei esperando.

Quando chego ao Chateau, meia hora depois, noto que o hotel parece estranhamente cheio, com as luzes acesas mesmo a uma hora dessas. Várias pessoas bem-arrumadas conversam no caminho que leva até a entrada do prédio. Percorro o labirinto de ruas na colina atrás do Chateau e estaciono nos fundos. Quando sigo pela ruela estreita até o hotel, me pergunto pela primeira vez se estou cometendo uma loucura. Como Winnie me deixou ir, penso que talvez não, mas minha irmã nem sempre parece muito sensata. Abaixo a cabeça. Penso em como passar pela câmera de segurança da cozinha. É tarde demais quando reparo que tem um homem de avental branco, fumando um cigarro do lado de fora do portão, me observando.

Paro de andar. O desconhecido solta uma baforada de fumaça.

— Você é da agência?

Racionalmente, sei que esse é o momento em que eu deveria dar meia-volta e sair correndo. Mas, em vez disso, respondo:

— Sim...

— Graças a Deus. — Ele segura minha mão e me puxa para a cozinha brilhante e movimentada. — Ah, não, nada de corpo mole. Você devia ter chegado há *duas horas*. Cadê sua blusa? Não trouxe?

Balanço a cabeça, em pânico. O homem resmunga e some dentro de um armário. Fico com a sensação de ter sido largada num pesadelo, ou como se estivesse prestes a fazer uma prova em uma língua que não falo. Chefs montam aperitivos em bandejas reluzentes, e garçons de gravata-borboleta esperam, parecendo impacientes. É a confirmação, um pouco tardia, da minha suspeita: isso é mesmo uma loucura. Por que achei que fosse conseguir? Em um lampejo, penso em como meu antigo eu — a quieta e obediente Vivian 1.0 — estaria surtando neste exato momento. Mas não me mexo. O homem volta com uma blusa branca de botão e uma gravata-borboleta, e eu, submissa, me visto. Ele pega uma das toucas brancas medievais e enfia na minha cabeça.

— *Nunca mais* vou contratar vocês — reclama ele, antes de me entregar uma bandeja com taças de champanhe cheias até a borda e me empurrar para o saguão lotado.

O local é pequeno, porém está tão cheio que é difícil abrir caminho. Eu me sinto quase segura escondida sob a touca branca, mas tem gente demais ali, e é impossível ficar atenta a todos de uma só vez. Passo pela multidão, olhando ao redor, desesperada, em busca de Peter. Todos parecem absurdamente ricos e muito bêbados. Reparo, com irritação, que ninguém está vestido de forma modesta: há muitas saias curtas e decotes, além de pescoços nus enfeitados com colares. Acho que, se a pessoa tiver dinheiro o suficiente, a Igreja faz vista grossa para alguns de seus pecados. Vejo Blackmore murmurando alguma coisa no ouvido de Dylan, que parece bastante infeliz. Uma mulher de voz aguda tagarela em um canto, e reparo que é Michelle Mulvey. Meu braço começa a tremer. Se eu deixar a bandeja cair, todos vão me olhar. Decido abortar a missão: está na hora de fugir antes que alguém me encare diretamente. Mas então uma pessoa pega a última taça de champanhe, e sinto uma mão agarrar meu cotovelo.

— Pelo visto você precisa de mais taças. Eu ajudo.

Peter. Sinto uma onda de alívio percorrer meu corpo e preciso me conter para não abraçá-lo, agradecida. Ele me guia pelo cotovelo, avançando pelo cômodo até um corredor vazio. Então para diante de um grande armário com casacos, abre a porta e me joga lá dentro, entrando em seguida e fechando a porta. O armário está abafado e tem cheiro de lã velha. Peter acende a lâmpada pendurada acima de nós.

— Você enlouqueceu?

Meus joelhos tremem, e minha respiração fica irregular, mas, mesmo sem querer, rio ao reparar na sua expressão.

— É bem possível, Peter. Não vou mentir: é muito, muito possível.

— Não tem a menor graça, Viv. Não é seguro vir aqui. Um Pacificador ou um maluco qualquer podia ter te visto no caminho. Ontem à noite, alguém emparelhou um carro em frente ao Chateau e atirou e matou três pessoas inocentes! Sem motivo algum! E isso foi *lá fora*. Esse é o pior lugar possível para você aparecer. Mulvey estava a menos de um metro de distância! Faz ideia do que teria acontecido se tivessem visto você?

Ele está muito bravo. Fico irritada e na defensiva.

— Faço ideia, sim. Ou melhor, faço várias ideias — respondo, então começo a contar nos dedos. — Os Anjos podem me capturar e me matar. Podem me pegar, me torturar e só depois me matar. Também podem me forçar a dizer onde Harp está e matar minha amiga também. Podem pendurar meu corpo naquela placa gigante de Hollywood, para me usar de exemplo do que acontece com bruxas mentirosas e oferecidas. Na verdade, hoje em dia, todas as ideias que tenho são sobre o que pode acontecer comigo se me pegarem.

A expressão de Peter se suaviza. Ele me abraça.

— Desculpe. Só fiquei assustado. Quando vi você ali... foi como se tivesse visto um fantasma. Achei que fosse ter um ataque do coração.

— Eu sei, eu sei. Eu pretendia ser bem mais discreta, só que o chefe dos garçons me viu e aí o plano já era. Sei que não devia ter vindo, mas precisava ver você. Peter, pelo que sabemos, o ataque é semana que vem! Semana que vem! O que você ainda está fazendo aqui?

Nós nos afastamos, e noto seu olhar sério.

— Tentei convencê-los de que alguma coisa terrível ia acontecer. Mas, como não quis contar a Blackmore o nome de quem me sugeriu isso... Não sei se ele simplesmente não confia mais em mim ou se acha que sou doido que nem meu pai, mas tentei de tudo, e ele não me deu ouvidos. Você acha mesmo que o ataque vai acontecer?

— Ainda não sei. Não temos pistas sobre o paradeiro dos Desaparecidos, e Amanda quer que este lugar suma do mapa. É possível que o grupo da minha irmã se recuse a seguir com o plano, mas, mesmo se fizerem isso... Amanda vai encontrar mais gente. E quanto ao Messias? Alguma novidade?

Peter nega com a cabeça.

— Já faz um tempo que não vejo Blackmore avaliando atores, mas isso pode significar qualquer coisa. Talvez já tenha escolhido alguém para o papel ou quem sabe eu estava errado.

Nós nos entreolhamos. Peter tem uma expressão triste e impotente, e tenho a impressão de que minha cabeça vai explodir, de tão estressada que estou. Eu me dou conta de que as coisas seriam mais fáceis se eu não me sentisse responsável por tudo o que vai acontecer, como Winnie disse que faço. Se Harp e eu não tivéssemos dirigido até a Califórnia, nunca teríamos encontrado Frick no complexo, e eu poderia estar na mesma situação de milhares de outros Descrentes: assustada, sem fazer a menor ideia do que está acontecendo e esperando pelo fim, mas também sem a terrível sensação de que a mudança está quase ao meu alcance, apesar de não conseguir alcançá-la. Sinto vontade de chorar. Então reparo que a boca de Peter formou um sorriso mínimo.

— Você parece uma maluca com essa touca — comenta ele.

Caio na gargalhada, e Peter tapa minha boca com a dele. Deixo a bandeja cair a nossos pés e o agarro pela lapela do paletó. Estamos sendo descuidados, sei disso, mas tem alguma coisa nele — o formato dos seus lábios, o calor da sua pele por baixo da camisa, suas mãos na minha cintura — que faz valer o risco. Ele me levanta, e envolvo seu quadril com as pernas. Peter me pressiona contra a parede do armário. Ao se afastar, um tempo depois, está com o cabelo adoravelmente bagunçado e um sorriso satisfeito. Então me põe de volta no chão.

— Eles vão notar que eu sumi, isso se já não tiverem reparado. Tenho que voltar.

— Fique aqui. Depois você pode dizer que estava tentando fazer uma garçonete desvirtuada sofrer a Madalena. — Seguro a parte da frente de sua blusa, sem querer deixá-lo ir. — É só falar que viu os olhos cheios de luxúria dela quando te ofereceu caviar e então o Espírito Santo compeliu você a tirá-la dessa vida pecaminosa.

Peter dá um sorriso malicioso.

— Pode ser que essa desculpa cole. Infelizmente, acho que fui derrotado: seus olhos ainda estão *repletos* de luxúria.

Dou mais um beijo nele.

— Talvez você não esteja se esforçando o bastante.

— Vivian — começa Peter, com uma falsa seriedade —, juro pelo Livro de Frick que nunca vou me esforçar muito para tirar a luxúria dos seus olhos. Gosto dela bem onde está.

Sinto mais uma vez a sombra da antiga Viv. Ela estaria corando, escondendo o rosto, tentando se convencer de que ele não falou sério. Quantos prazeres simples neguei a mim mesma porque achava que isso era ser uma boa menina! Como é idiota que tenha sido necessário chegar ao fim do mundo para perceber que não é nada disso. Peter segura minha mão e a aperta de leve.

— Quando vou ver você de novo?

Fico arrepiada.

— Não sei. Antes da próxima sexta, com certeza. Se a milícia decidir seguir em frente com o ataque, venho buscar você. Eu e Harp. Vamos tirar você e Dylan daqui.

— Isso vai ser mais difícil do que parece — responde. — Por mais que a gente consiga escapar, e os outros? — Ele gesticula, indicando a festa lá fora. — O que vai acontecer com todas essas pessoas?

— Não sei — confesso, impotente. — Vamos pensar em alguma coisa, está bem? Prometo que vamos ter alguma ideia. Enquanto isso, continue tentando convencer Blackmore de que a ameaça de bomba é real. Assim que me confirmarem, venho te contar.

Peter não responde, e, apesar de estar nervosa, sorrio.

— Você não vai me dizer que é muito perigoso? — pergunto. — Que é um risco desnecessário? Que gostaria de ter como me proteger e nunca vai se perdoar se algo acontecer comigo...?

— Se alguma coisa acontecer com você, nunca vou perdoar a pessoa responsável por isso — afirma Peter, com firmeza. — Mas não vou ficar passando sermão, Viv. Por que eu faria isso? Nunca conheci alguém tão capaz de cuidar de si mesma quanto você. Minha proteção é a última coisa de que minha namorada precisa... essa minha namorada inteligente, teimosa e incrível.

Sinto minhas bochechas corarem. Peter sempre me considerou dez vezes mais capaz do que eu mesma me considero. É contagiante ser vista dessa forma, e quanto mais convencido disso ele parece, mais eu me sinto da mesma forma. Porém, não é isso que me está provocando essa sensação calorosa, como um gole de uísque, que aquece meu corpo por dentro.

— Você me chamou de namorada.

Peter me beija de leve na testa, no nariz e nos lábios.

— Contenha-se, Apple — diz ele, antes de voltar para a festa. — Eu te dou minha camisa do time da escola depois que a gente impedir o Apocalipse.

# CAPÍTULO 15

Os dias seguintes são, ao mesmo tempo, intermináveis e curtos demais. Consigo dormir apenas algumas horas por noite, porém, também não tenho mais pesadelos, pois meu sono não é profundo o suficiente. Estou exausta e preocupada, esperando Diego confirmar se vai ou não seguir com o plano de Amanda, só que ele está mais inacessível do que nunca, e Winnie não faz a menor ideia do que vai acontecer. Dá pra sentir que a incerteza dos soldados começa a aumentar, a tensão vai se fortalecendo, pronta para explodir. Quando não estão treinando, eles ficam o dia inteiro entrando e saindo do centro de comando, perguntando a Harp se ela tem alguma novidade sobre o paradeiro dos Desaparecidos. Mas minha amiga parece desconfortável e não dá uma resposta direta a ninguém. Na quinta vez, quando Colby sai bravo, chateado por não ter uma resposta, pergunto:

— Aquela "troca de mensagens" que você mencionou deu em alguma coisa?

Ela continua digitando, encarando a tela como se não tivesse me escutado.

— Harp — chamo, mais alto. — Oi!

— Hã? — Ela ergue os olhos, parecendo confusa. — Disse alguma coisa?

Há certa falsidade em seu tom de voz, como se ela estivesse apenas fingindo estar confusa.

— O que está acontecendo? — pergunto. — Por que não conta a ninguém no que está trabalhando? Por que não me conta?

Harp hesita.

— Não sei ainda se é verdade, Viv. Parece meio impossível. E não quero encher todo mundo de esperança até ter certeza.

— Não temos tempo para isso — retruco. Quero parecer calma, mas minha voz sai aguda e um pouco apavorada. Estou preocupada com Winnie e os outros, e ainda não descobri um jeito de tirar Dylan e Peter do Chateau. — Pelo que sabemos, o ataque será daqui a dois dias. Se você tiver encontrado uma pista, qualquer uma, precisa compartilhá-la agora, enquanto ainda temos tempo de fazer Diego mudar de ideia.

— Estou tentando — murmura Harp, voltando a digitar.

— Harp...

— Viv, já falei que estou tentando! Não é como se eu não fizesse ideia do que está em jogo, está bem? — Ela não grita, não exatamente, mas seu tom de voz é ríspido, e noto algo completamente novo em seus olhos: ela parece resoluta. Harp nunca foi preguiçosa, mas, pela primeira vez, realmente entendo que ela não considera o blog uma besteira, um simples passatempo. Ela está decidida a desempenhar um papel na queda da Igreja Americana. Não tenho ideia do que sabe, do que seu informante revelou, mas tenho certeza de que ela vai transformar isso em uma arma, se puder. Por isso, não insisto mais.

Algumas horas depois, naquela mesma tarde, Frankie entra correndo no centro de comando, seguindo direto para a prateleira onde guarda o kit de primeiros socorros. Birdie vem logo atrás dela, quase carregando Kimberly, que está com o rosto machucado e ensanguentado. Harp e eu nos levantamos para ajudar, mas Kimberly insiste que não é tão ruim quanto parece. Ela explica que estava voltando para casa a pé com os outros, depois do treinamento, quando notou um grupo de jovens Descrentes saqueando uma loja de eletrônicos. Quando tentou intervir, foi atacada. Ela tenta achar graça da situação dizendo:

"Eu estaria morta se não fosse pela Dragoslav aqui", o que deixa Birdie exasperada. Ainda assim, o incidente faz todo mundo ficar nervoso. É difícil aceitar que não devemos temer apenas os Crentes. Temos que estar alertas com qualquer pessoa, independentemente da ideologia.

Na manhã seguinte, Diego me informa que mais tarde devo me reunir a ele, Winnie, Elliott e Robbie (que vai substituir Kimberly, ainda em recuperação) na última vigilância ao Chateau. Percebo, com um aperto no coração, que está tudo decidido: o ataque vai acontecer amanhã ao meio-dia. Talvez nunca tenha existido a menor dúvida de que poderia não ocorrer.

— Então você vai mesmo seguir em frente com isso?

Diego parece exausto.

— Viv, nem comece.

— Se você se recusasse a atacar o Chateau, Amanda ouviria seu lado. Ela confia em você!

— Vivian, por favor...

— Não faça isso com eles. — Indico o restante da milícia, espalhada na sala, amarrando os cadarços das botas e polindo as armas enquanto fingem não ouvir. — Eles não vão sobreviver, e você sabe disso. Tem que ter outra saída!

— Olhe, é isso que acho que você não entende — retruca Diego. — Amanda não é a única que acha que é uma boa ideia. Nós dois planejamos isso juntos, entende? Você tem dezessete anos, Vivian. Desculpe, só que é preciso mais do que cruzar os dedos e sonhar acordado pra fazer o mundo mudar de verdade.

Não recuo.

— Não venha me dizer que é isso que tenho feito! Nem tente fingir que é um soldado *de verdade*! Não entendo como você sequer poderia achar que essa é a única solução, ou mesmo que é uma boa solução. Diego, você não é um assassino!

Ele hesita e, com uma curiosidade genuína na voz, pergunta:

— Você acha que é assim tão simples? Pensa que a questão é ser ou não um assassino? Porque, na minha opinião, é mais complicado do que isso. Existe um monstro dentro de todos nós. Na maior parte do tempo, conseguimos controlá-lo. Mas, quando a coisa fica feia e o mundo não para de te dar uma rasteira, de comprometer sua família, como se estivesse tentando te ferrar, alguma coisa acontece. É aí que nos damos conta de que temos habilidade. Sempre tivemos. E tirar uma vida não parece mais tão absurdo. Não se for para melhorar as coisas.

Fico quieta, pensando no que ele disse. Eu o entendo porque também já senti esse monstro dentro de mim. Depois que Raj foi assassinado e após descobrir o que tinha acontecido com meu pai. Também quando achei que os Anjos estavam machucando Peter, e que ele era um Crente. Penso em todos esses momentos que teria sido capaz de matar, se tivesse que fazer isso. Se fosse preciso escolher entre eles e eu, acho que poderia ter matado as pessoas que me machucaram.

— Olhe — continua Diego —, você e Harp tentaram a tática da não violência. Respeito isso, de verdade. Mas de que adiantou? Vocês não têm a informação de que precisam. E, na opinião das outras pessoas desse país, ainda são terroristas. E não é como se pelo menos tivessem atrasado o Apocalipse: as coisas pioram a cada minuto. Vocês tentaram, e merecem crédito por isso, mas está na hora de tentar outra coisa.

— Harp descobriu algo — insisto. — Algo importante. Você só precisa lhe dar mais tempo...

— Já chega. — A voz dele sai rígida, e me calo no mesmo instante. Diego não vai me dar ouvidos. — Vamos partir às nove. Quero ter certeza de que a Igreja não mudou o esquema de segurança, que não vão nos ver chegando. Imaginei que você podia ser útil, afinal está sempre entrando e saindo de lá.

Quero recusar, mas Diego acabou de me dar a oportunidade que eu tanto queria.

— Está bem. Mas, enquanto estivermos lá, vou ajudar Peter Taggart e Dylan Marx a escaparem e vou trazê-los pra cá. Não vou deixar que mate os dois, então nem tente me impedir.

Ele suspira.

— *Te impedir*, Viv? Ah, quem me dera...

Seria de se esperar que eu já estivesse acostumada, mas, só de pensar em entrar no Chateau outra vez, meu estômago fica embrulhado. Talvez seja por causa do clima no centro de comando de Amanda: o rosto ainda roxo de Kimberly, os soldados infelizes à beira de um ataque de nervos, as horas que faltam para o dia seguinte passando depressa. A única pessoa que não parece à beira das lágrimas é Harp, que, logo no começo da tarde, pela primeira vez em muito tempo, fecha o laptop. Antes de eu sair para o Chateau com Diego, Winnie e os outros, ela me abraça.

— Para que isso? — pergunto, desconfiada, me afastando. — Você está doente? Está morrendo?

Minha amiga ri.

— Ah, Viv. Até parece que nunca te abraço sem motivo, só porque gosto de você e tenho um bom coração.

— É. Você não faz isso.

— Está bem. — Ela dá um sorriso enorme e se aproxima para sussurrar: — É porque estou feliz.

— Sério? — Sinto uma pontada de esperança. Pode ser que Harp esteja falando das horas que passa escondida com Julian no andar de cima, mas eu a conheço bem o bastante para sentir que é algo maior. — E você acha que alguma hora vai querer me contar?

— Muito em breve. Quando você voltar, na verdade, se tudo der certo. Confie em mim — insiste quando faço uma careta —, vai valer a pena.

Diego está na soleira da porta, me chamando. Está na hora de irmos. No caminho para o carro, ele, Winnie e Elliott vão na frente, conversando, distraídos, enquanto Robbie segue mais atrás. O clima entre nós dois ainda não está nenhuma maravilha, mas, nos últimos dias, talvez por causa da grandiosidade do que ele está prestes a ajudar a fazer, Robbie parou de me ignorar totalmente. Hoje de manhã, ele me passou a caixa de leite sem dizer nada depois que servi o cereal na tigela. Faço uma anotação mental para, quando voltarmos para o centro de comando, chamá-lo em um canto e tentar me desculpar de novo, pois nem consigo imaginar que amanhã ele marchará para a morte certa sem ter me perdoado. Mas, por enquanto, seguimos para os carros no silêncio habitual. Nós cinco passamos pelas ruas de sempre, que estão muito mais vazias. É o último dia de agosto, o que significa que o Apocalipse é só daqui a três semanas. As pessoas estão fugindo das cidades costeiras, se afastando dos terremotos, maremotos e ataques nucleares. Entramos na Sunset Boulevard, seguindo pela faixa que passa pelo Chateau, e passamos pelas ruas menores e vazias até chegarmos à entrada da minha mansão abandonada favorita. Diego explica que vai ser rápido: quer apenas que Elliott confirme onde colocarão os explosivos e que Robbie encontre os melhores lugares para os atiradores se posicionarem. Winnie vai examinar os pontos cegos.

— E eu vou ajudar Vivian a entrar escondida e resgatar o namorado — conclui ele, com um tom meio sarcástico.

— Espere. — Eu me viro para ele. — É sério isso? Já entrei aí antes e posso entrar de novo.

Diego me olha por cima do ombro.

— É, você já entrou, mas, segundo seus próprios relatos, nas duas primeiras vezes você passou tempo demais escondida dentro de um armário.

— Mas...

— Não duvido de suas habilidades, Vivian. E você não deveria duvidar das minhas. Seremos mais rápidos se formos juntos. E você ficará mais segura.

Winnie baixa os olhos, evitando me encarar, mas reparo que ela concorda com a cabeça. Sei que ele tem razão e que só está fazendo isso para tranquilizar minha irmã, por isso não discuto. Diego passa alguns minutos repassando os últimos detalhes: as áreas já confirmadas como seguras no caminho entre o carro e o Chateau, a hora e o local em que nos encontraremos quando tivermos terminado, o que fazer caso vejam algum de nós. Eu me sinto um pouco despreparada pensando em como Harp e eu fomos desleixadas se comparadas a eles, como poderíamos ter nos perdido uma da outra. Saímos do carro em pequenos grupos: Winnie e Robbie primeiro, seguidos de Elliott, dois minutos depois. Depois que ele sai, Diego e eu ficamos em silêncio.

— Você não gosta de mim — comenta ele, num tom casual.

— Isso não é verdade. Não totalmente.

Diego olha pelo para-brisa, encarando a mansão escura que se assoma sobre nós, e tamborila os dedos no volante.

— Acho que, se não estivéssemos em guerra, eu não teria nenhum problema com você — explico. — É engraçado, inteligente e corajoso. E obviamente gosta muito da minha irmã. Também sei que ela gosta de você.

— Você só não gosta de como eu luto — observa ele, quando fico quieta.

— Não gosto de *ter que* lutar. Se a Igreja não existisse, eu estaria me preparando para o último ano do ensino médio. Estaria visitando faculdades com meus pais. Estaria... — Tento manter a voz tranquila, mas falho. — Teria uma vida normal. Seria uma pessoa prestes a *fazer parte* do mundo, em vez de alguém tentando se esconder dele.

Diego se vira para me encarar. Passo um tempo esperando que ele comece a fazer um discurso, que repita o que falou antes, me dizendo que sou jovem, que não sei o que estou fazendo. Espero uma bronca, mas ele apenas sorri.

— Entendo. Sabe lá na O Bom Livro, quando você falou que eu não era um soldado de verdade? Bem, acho que Winnie nunca te contou, mas eu era. — Ele suspira. — Faz dois anos que me alistei, depois daquela explosão no Yankee Stadium. Gosto de ação, de disciplina. Eu me encaixei bem. Foi uma decisão fácil: automaticamente ganhei status de mocinho. O que, como você sabe, é algo muito atraente. Não tem clube melhor para ser membro, e eu sempre tinha me sentido um peixe fora d'água. Quando Amanda me recrutou, tive a mesma sensação, só que em outro nível. Sabe, Viv, não sou um monstro. Winnie não me amaria se eu fosse. Quero fazer o que é certo, e acredito, sinceramente, que Amanda quer a mesma coisa. Mas, agora que está chegando a hora, me dei conta de que nunca temos certeza do que é certo. Ninguém te leva para um canto e fala: "Isso não tem como dar errado. Pode ir em frente." O que deixa a luta bem menos atraente. Porque também não tenho certeza se esse ataque é a coisa certa a ser feita. Mas se funcionar como Amanda quer, se acabar com a Igreja, criando um recomeço para o restante de nós, será que não é pelo menos *uma* coisa certa?

Não sei o que responder. O problema é que não acredito que tenha a menor chance de funcionar como Amanda quer.

Uma explosão quebra o silêncio. Diego abre a porta e sai do carro antes mesmo que eu consiga reconhecer o som: um tiro.

— Fique no carro! — grita ele, desaparecendo pela rua.

Estou tão apavorada que nem protesto. Mas então ouço o grito histérico de uma mulher.

Saio depressa do banco de trás para a noite abafada. Sigo os gritos de Winnie, que mal consigo ouvir com o zumbido que ainda ecoa na minha cabeça, o som do meu pânico. Corro muito rápido, alcançando e depois ultrapassando Diego na calçada.

— Viv, não! — exclama ele.

Sinto um puxão no meu braço, mas não posso parar, porque a estou vendo diante da entrada de uma casa, ladeira abaixo. Elliott está com ela, e os dois estão debruçados sobre alguém caído no chão. Eu me aproximo e reconheço os sapatos de Robbie.

Caio de joelhos. Tem uma mancha escura na barriga dele, um líquido se espalhando como piche. Seus olhos estão abertos. Ele está tremendo, mesmo de olhos abertos. Eu o encaro. Digo seu nome. Ouço Winnie balbuciando alguma coisa para Diego, que finalmente nos alcança.

— Ele estava voltando. Foi até a entrada da garagem daquela casa. As luzes estavam apagadas, por isso achamos que estavam abandonadas. Ele disse... disse que seria um bom lugar para Kimberly ficar amanhã. Então ouvi uma mulher gritando alguma coisa como "Saia daqui!". Ela deve ter visto ele se aproximando e pensou... Não sei! Talvez tenha reparado na arma e pensado... Diego, e se ela voltar? E se ligar para os Pacificadores? A gente tem que...

— Vá buscar o carro, Elliott — ordena Diego, e o rapaz se levanta depressa e sai correndo.

Diego se abaixa ao meu lado e toca o rosto de Robbie.

O menino olha para ele.

— Desculpe.

— Não seja idiota. — Diego tira sua jaqueta preta e a pressiona na ferida. — Não precisa se desculpar.

— Eu não devia ter ido lá. Foi idiota, achei que a casa estivesse abandonada.

— Tudo bem, Robbie — tranquiliza Winnie, com a voz trêmula. — Sério. Ninguém está bravo... Só a mulher da casa e... Bem, ela parecia maluquinha.

Robbie dá uma risada fraca, e um pouco de sangue com saliva se acumula no canto de sua boca.

— Estou me sentindo meio esquisito.

Seco sua boca com a minha manga.

— Ele precisa ir para o hospital.

Ninguém responde. Ouvimos o carro ao longe, acelerando em nossa direção.

— Isso é muito estranho — comenta Robbie, baixinho, e seus olhos se enchem de lágrimas. — Desculpe, não sei por que estou chorando, mas não me sinto bem.

Elliott para o carro, cantando pneu, e abre a porta de trás. Diego e Winnie erguem Robbie depressa, mas com cuidado, colocando-o no meio do banco de trás. Eu e Winnie nos sentamos cada uma de um lado dele. Minha mão substitui a de Diego, pressionando o ferimento. Ele assume o volante e sai a toda velocidade, virando a esquina. Robbie não diz mais nada, apenas geme baixinho entredentes, tremendo.

— Ele precisa ir para o hospital — repito. — Precisamos levá-lo a um hospital!

— Não podemos correr esse risco — insiste Elliott. — A Igreja Americana é dona dos hospitais. Estaríamos nos entregando.

Diego não responde. Ele acelera pela Sunset Boulevard, passando por postes, outdoors e lojas. Parece o mundo real, mas só pode ser um pesadelo, porque Winnie pressiona dois dedos no pescoço de Robbie. Ela balança a cabeça para mim, em negativa. O garoto continua respirando, mas muito mal... Suas pálpebras tremem e se fecham em seguida.

— Ele vai morrer se vocês não o levarem para um hospital! — Meus ouvidos estão zumbindo, e não sei se estou sussurrando ou gritando, mas não me importo. — Por favor! A gente nem precisa parar, podemos deixá-lo na entrada da emergência.

— Aí a Igreja vai prendê-lo! — protesta Elliott.

— Mas ele vai sobreviver! — grito. — Por favor, Diego!

Diego hesita por apenas um segundo, então manda Elliott pesquisar o endereço no celular. Ele obedece e, durante um instante, acho que tudo vai ficar bem. Deve ter um hospital por perto e vamos chegar lá a tempo. Pode até ser que a gente nunca mais veja Robbie, mas pelo menos ele vai sobreviver. Mas então, do outro lado do carro, Winnie se empertiga e chama baixinho:

— Robbie?

Parece que ela está tentando acordá-lo de um sono pesado, e aperto ainda mais a jaqueta de Diego contra o ferimento. Olho para o rosto pálido de Robbie e ouço sua respiração ficar cada vez mais lenta, até parar de vez.

Não consigo parar de gritar. *Por que não consigo parar de gritar?*, penso. *Por que não me mandam calar a boca?* Mas depois entendo: é só um barulho na minha mente, um berro agudo e devastador, tão alto que faz lágrimas escorrerem pelo meu rosto. Não consigo soltar Robbie. O sangue dele se espalhou por todo o carro, e consigo até sentir seu gosto quente e metálico. Na minha frente, vejo os ombros de Elliott sacudindo enquanto ele chora. Do outro lado do banco de trás, Winnie olha para Robbie com tanto amor, de um jeito quase maternal, do mesmo jeito que minha mãe olhava para mim. Ela faz "shhh", embora ele não esteja fazendo barulho. Depois afasta o cabelo do rosto dele. Para que, caso abra os olhos de novo, Robbie consiga enxergar.

Seguimos de carro por mais alguns minutos que parecem horas até chegarmos ao estacionamento atrás da livraria. Ficamos sentados em silêncio por um tempo, antes de Diego olhar para cima e sussurrar:

— O que está acontecendo?

Sigo seu olhar e reparo que todas as luzes das janelas dos fundos do segundo andar estão acesas. É pouco depois das dez da noite, mas entendo o estranhamento dele. Com o ataque de amanhã, era de se esperar que o exército de Amanda descansasse o máximo possível, afinal não dá para saber quando será a próxima chance de dormir. Mas as luzes estão acesas, e observamos sombras passando diante da janela. Diego desliga o farol do carro.

— Tem alguma coisa errada.

— Talvez seja só uma festa — sugere Winnie, um pouco incerta. — Pode ser que tenham decidido dar outra festa. É a última noite e tal...

— Talvez. — Diego não parece convencido.

Fico esperando ele formular um plano, nos falar o que fazer, mas suas mãos agarram o volante. Vejo seus olhos pelo retrovisor: estão apavorados.

— Eu vou — me ofereço. — Posso ir ver o que está acontecendo. Se estiver tudo bem, abro a janela dos fundos e aviso. Se tiver alguma coisa errado... eu fujo.

Diego balança a cabeça.

— Eu consigo — insisto. — Eu *quero*.

E quero mesmo. Sinto um desejo irracional, uma necessidade lá no fundo, de que algo esteja errado. Aceito qualquer vilão sem rosto, só quero ter a oportunidade de destruí-lo. Afasto as mãos do corpo de Robbie, tentando ignorar o sangue em meus dedos com um tremor apavorado, e pego o rifle dele do chão.

— Vou levar isto.

— Diego — intercede Winnie, com uma voz suave, quando o vê hesitar —, Viv consegue.

Ele se vira para encarar o rosto de Robbie. Demoro um pouco, mas depois de um tempo faço o mesmo. Aqui, no escuro do carro, não dá para ver o sangue ensopando sua camisa. A cabeça dele está apoiada no ombro de Winnie, e seus olhos se fecharam. Diego faz uma careta de angústia e assente.

Saio do carro antes que ele possa mudar de ideia. Dou a volta no prédio, passo pela porta da frente e já estou no meio da escada quando começo a perder a calma. Percebo claramente que não é uma festa, pois ouço vozes abafadas, baixas, ininteligíveis e sérias. Sinto uma náusea embrulhar meu estômago. E se eles estiverem sentados ali — Birdie, Kimberly, Colby e Harp —, tranquilos, esperando a gente voltar? Como vai ser me verem entrando com o rosto pálido, coberta de sangue e agarrada ao rifle de Robbie?

Abro a porta, e as cabeças das pessoas se voltam para mim. Harp abre caminho por uma multidão muito incomum e se aproxima, com uma expressão triunfante, mas o tempo passa de um jeito esquisito, como se fosse um filme em câmera lenta, se demorando em cada frame excruciante. Percebo o momento em que ela me vê. Sua expressão de felicidade vira horror. As pessoas não usam palavras para se expressar, e sim tons: confusão, alarme, pânico. Estão todas emboladas, incoerentes. Alguém — Colby — abre caminho e sai depressa pela porta. Vejo rostos passarem em terríveis flashs: Amanda, Birdie, Frankie,

Daisy, Gallifrey. Daisy e Gallifrey? Dos Novos Órfãos? Estou tonta, vendo coisas. Harp segura meu braço. Uma silhueta se move pela multidão: é alta, curvilínea e determinada, os cachos pretos presos em um coque apertado no topo da cabeça, os lábios comprimidos e a testa franzida. É ao mesmo tempo familiar e completamente errada. Meu cérebro deu pane, juntando imagens do presente com o que aconteceu no passado, colocando o rosto dela aqui em Los Angeles, quando deveria estar em Dakota do Sul, chorando ao acenar um adeus. Junto ao peito da silhueta, embolado em um cobertor azul-claro, tem um bebê dormindo... o que é muito surpreendente. Ergo os olhos da criança para o rosto de Edie Trammell, a mãe, ainda confusa.

— Ah, meu Deus, Vivian — diz ela, com sua voz calorosa, se adiantando para ajudar Harp a me apoiar. — Você está bem?

# CAPÍTULO 16

— Edie?

Juntas, Harp e Edie me levam até uma cadeira e me ajudam a sentar com todo o cuidado. Minha garganta está seca, e minha voz saiu rouca quando disse seu nome. Ela dá um sorriso pesaroso e meio apreensivo, parecendo a anfitriã de uma festa surpresa que deu errado.

— Esse sangue é seu? — pergunta Harp, observando minhas mãos, meu peito e todos os lugares manchados pelo sangue de Robbie.

Olho para baixo, analisando meu corpo, quase sem reconhecê-lo.

— É do Robbie.

Não preciso explicar mais, porque nesse instante Diego entra pela porta com Robbie desfalecido nos braços. Desse jeito, ele parece ainda mais jovem. Ao vê-lo, Kimberly grita, e alguém começa a chorar. Ouço Birdie dizer a si mesma, numa voz baixa e horrorizada: "Não, não, não." É diferente de quando Suzy e Karen foram mortas, mas não sei bem por quê. Talvez por ele ter treze anos, e, afinal, Suzy e Karen já se foram. A morte de Robbie é um terrível ponto final e nos faz lembrar de que já estávamos de luto. Diego leva o corpo dele para um dos quartos enquanto Winnie, que entrou logo atrás dele, explica o que aconteceu aos sussurros. Eu me inclino para a frente e enfio a cabeça entre os joelhos. Não quero ouvir.

Sinto alguém tocar minha nuca. Harp. Ela mantém a mão ali, uma presença quente e familiar na minha pele.

Quando finalmente me ergo, a sala está bem mais vazia, pois a maior parte da milícia foi para o quarto onde está o corpo de Robbie. Das pessoas que restaram, reconheço rostos de Keystone: Estefan, com as maçãs do rosto bem marcadas e a cabeça raspada, que prometeu a Edie que ajudaria no parto; Daisy, com cabelo cor de mel preso em um rabo de cavalo frouxo e delineador rosa; Kanye, alto e de ombros largos, sacudindo a perna sem parar; e Eleanor, num canto da sala, com seu cabelo bem curto, franzindo a testa. Mas também há outros, desconhecidos, homens e mulheres de pé perto da janela da cozinha, mais velhos do que a maioria de nós, todos usando uniformes cinza-claros idênticos. Parecem inquietos e desconfortáveis. Gallifrey está com eles, murmurando coisas que não consigo ouvir.

— Quem são essas pessoas?

— Bem... — Harp parece nervosa. — Não sei como te dizer isso, mas tenho boas notícias. Muito boas. — Ela hesita. — Na verdade, talvez Edie é quem deva contar. Quer dizer... — Ela se corrige: — Umaymah. Ela agora se chama Umaymah.

— Ah, Harpreet! — exclama a garota que antes se chamava Edie, com um sorriso enorme. — Você lembrou! Mas é claro que você e Viv podem me chamar do que quiserem! Já nos conhecemos há muito tempo.

Harp está com aquela expressão desconfortável que me lembro das semanas que passamos na estrada com Edie, afinal, a franqueza de nossa antiga colega de turma dá nos nervos da minha melhor amiga. Mas eu a observo mais de perto quando Harp arrasta uma cadeira até nós e noto que tem alguma coisa estranha na sua postura: está mais cuidadosa e formal. Uma admiração respeitosa que nunca a tinha visto dedicar a outra pessoa. Edie faz uma mesura de agradecimento, afundando na cadeira com uma elegância típica da realeza. Os Novos Órfãos se aglomeram ao seu redor, se sentando a seus pés, como se ela estivesse prestes a lhes contar uma história. Olho para os adultos na cozinha, que nos encaram com o mesmo assombro. Edie para, observa o bebê junto a seu peito, dá um sorriso sonolento para ele e me encara com olhos arregalados e simpáticos.

— Ele só tem seis semanas. Se chama Naveen. Dá pra acreditar?

— Ele é lindo — respondo.

— Obrigada. Fiquei de coração partido por causa daquele garoto que trouxeram. Você disse que ele se chama Robbie? Acha que alguém se importaria se eu entrasse lá e orasse por ele, mais tarde?

Balanço a cabeça. Quem se oporia? Somos sua única família, e, pelo que sei, as orações de Edie Trammell são as únicas que Deus, se é que Ele existe, ouviria.

Ela se vira e pergunta:

— Alguém poderia fazer a gentileza de trazer meu livro de orações?

Eleanor é a primeira a se levantar, embora todos os Órfãos façam menção de ir buscar o livro, e os vejo resmungando quando ela sai correndo. Olho para Harp, que lança um olhar penetrante para o grupo na cozinha.

— Tanta coisa aconteceu nesses dois meses! — exclama Edie, e os Órfãos assentem, como se fosse uma pérola de sabedoria. — Mal sei por onde começar. Na última vez que vi vocês, estavam a caminho de Salt Lake City. E, é claro, já sabemos o que aconteceu depois, pois temos acompanhado o blog. Nós adoramos, Harp, é um feito e tanto. Mas não foram só vocês que andaram ocupadas. Muita coisa também aconteceu com a gente. Não sei bem se você viu, mas, há cerca de um mês e meio, estabelecemos uma "trégua" oficial com a Igreja Americana.

Um dos Órfãos resmunga, e em seguida os demais dão risadinhas. Edie não demonstra ter escutado, a não ser dando um breve sorriso tolerante, que é um gesto tão maternal que chega a me dar calafrios.

— Ficamos... surpresos. Para dizer o mínimo. Sabíamos que Golias não se interessava por violência, não como os outros grupos de Órfãos, mas ainda achávamos que ele queria ficar de fora da influência da Igreja. A princípio, quando relatamos a ele nossas preocupações, Golias respondeu com paciência... mas depois passou a ser irônico, dizendo coisas como: "Acham que dinheiro dá em árvore? Nenhum de vocês sabe se virar no mundo real!" Quando começamos a entender os verdadeiros motivos dele, não tivemos opção a não ser... — Edie une as palmas das mãos em prece, depois as afasta. — Nossas diferenças eram grandes demais. Golias ficou furioso quando descobriu que não éramos os seguidores dóceis que ele imaginava. Ele não fazia ideia de que éramos mais do que seguidores fiéis.

— Ele expulsou vocês de Keystone — comenta Harp, enojada.

Mas Edie parece surpresa.

— *Nos* expulsou? Ah, não. Como grupo, decidimos que os interesses de Golias não eram mais compatíveis com os dos Novos Órfãos. Então o convidamos a procurar uma nova residência. Pelo que sabemos, ele não foi para muito longe, ainda passa na frente dos portões de vez em quando, muito atrapalhado, e pede para o aceitarmos de volta. Mas ações têm consequências — explica ela, com a voz triste. — Ele nunca entendeu isso.

— E quanto à Igreja? — pergunto, quebrando o silêncio que se seguiu. — Eles não se importaram de vocês terem mandado o Líder da Juventude embora?

— A Igreja não faz ideia — responde Edie, com uma voz doce. — Nas últimas semanas, eu mesma tenho respondido toda a correspondência de Golias, me passando por ele. Sei que não é certo, mas... Sabe, Vivian, ainda me considero cristã. De verdade. E acho que é isso que me dá energia para me esforçar tanto contra a Igreja Americana. Porque eles apoiam muitas coisas, mas se tem algo que não representam, de jeito nenhum, é Cristo.

Naveen choraminga baixinho, e Edie começa a niná-lo para que volte a dormir. Eleanor entra correndo, segurando um grande caderno junto ao peito como se fosse uma relíquia preciosa. Ela abre caminho pelos Órfãos para se sentar aos pés de Edie. Noto que Harp ergue as sobrancelhas. Quando a deixamos em Dakota do Sul, fiquei tranquila depois de ver como Edie lidava com os Novos Órfãos. Eu sabia que ter o respeito deles a deixaria em segurança. Agora, observando-os se aproximarem dela, percebo que subestimei a afeição deles. Eu achava que a viam como uma presença agradável e acolhedora, não sabia que ela se tornaria uma fonte de força, que teria capacidade de liderá-los.

Encaro Gallifrey, que sorri quase como se conseguisse ler meus pensamentos.

— Antes de Umaymah vir até nós, achávamos que éramos livres, que Golias tinha nos dado uma casa fora do domínio da Igreja Americana. Mas nunca tínhamos percebido o que realmente faltava: amor. A verdadeira liberdade. Umaymah nos dá isso tudo e muito mais. Ela nos libertou.

— Obrigado, Umaymah! — exclamam os Órfãos, em perfeito uníssono.

— Foram essas duas que me levaram até vocês — retruca Edie, distraindo-se com Naveen. — Sem Vivian e Harp, nossos caminhos nunca teriam se cruzado.

— Obrigado, Vivian e Harp!

Em outras circunstâncias, talvez fosse engraçado ver Edie como uma sábia, e os Órfãos agarrados à barra da saia longa que ela continua usando da época que era Crente. Mas estou cansada, e a sensação de estar vivendo um pesadelo depois da morte de Robbie começa a sumir. Tudo ganha uma sobriedade muito real. Além disso, também estou intrigada com os adultos na cozinha, mantendo uma distância confusa de nós.

— Ainda não entendo... O que vocês estão fazendo *aqui*? E quem são eles? — Aponto para o grupo na cozinha, que se encolhe, se distanciando de mim, como se eu tivesse acendido um holofote cegante na direção deles.

— Bem, é justamente isso. — Edie dá um sorriso radiante para aquelas pessoas, que se inclinam um pouco para a frente. — São o ponto central da discussão, não é mesmo? São o milagre, Viv. São eles que vão mudar o mundo. — Ela ri de forma encorajadora, como se eu fosse uma criança prestes a resolver uma equação complicada.

Então Harp diz, simplesmente:

— Eles foram Arrebatados, Vivian.

Conforme a milícia começa a voltar para a sala, entorpecida e ainda fungando, Edie nos conta uma história. Em outra vida, ou se fosse outra pessoa contando, eu talvez me recusasse a acreditar. Mas é Edie, e apesar das recentes mudanças em sua moral, ela não mentiria. Ela começa revelando como solucionaram o mistério.

Sob sua liderança e instigados pela traição de Golias, os Novos Órfãos se comprometeram a diminuir o poder da Igreja Americana do jeito que conseguissem. Tiveram uma conferência virtual com outros Órfãos dos Estados Unidos e uniram os grupos em um único objetivo: o nosso. Com o blog, Edie ficou sabendo que Harp queria encontrar os Desaparecidos, e usou o dinheiro que a corporação da Igreja julgava estar pagando a Golias para mandar os Órfãos às doze cidades citadas pelos seguidores do blog. Os Órfãos locais ajudavam na investigação. Eles não faziam ideia do que estavam procurando ou de onde iriam encontrar essas pessoas. Só sabiam que Edie queria que eles procurassem. Os Novos Órfãos se misturaram aos Crentes, ouviram rumores, seguiram cada pista, e muitas não levavam a lugar algum. Nem mesmo a modesta Edie hesitou em nos contar como foi difícil. Os Crentes insistiam que os Desaparecidos tinham sido salvos, que estavam no céu. Descrentes se prendiam às mais diversas teorias, como Harp e eu bem sabemos, como abdução alienígena ou combustão espontânea. Leitores leais do blog de Harp estavam convencidos de que os três mil Arrebatados haviam morrido da mesma forma que os fiéis de Point Reyes, como meu pai. Mas os Órfãos continuaram procurando.

Foi Kayne quem encontrou o elo que trouxe até nós esse grupo de Desaparecidos, que consiste em doze homens e mulheres, que Gallifrey levou obedientemente até Edie quando ela pediu, todos parecendo assustados e um pouco constrangidos. Em Santa Fe, Kayne ouviu com compaixão uma viúva Deixada Para Trás contar sobre seu ex-marido, que era um Crente devoto, orgulhoso de seu trabalho para a fábrica de tecidos da Igreja Americana que ficava no deserto, fora da cidade. Era um bom emprego e pagava bem, mas, logo antes do Arrebatamento, anunciaram demissões em massa, alegando que havia funcionários demais. A viúva admitiu que eles deviam ter razão, porque, mesmo com as demissões, a fábrica parecia continuar bem produtiva: era a principal fornecedora de roupas femininas da Igreja Americana, uma das empresas mais lucrativas da corporação. Mas toda a comunidade foi afetada. Alguns tiveram a sorte de ir logo ao encontro de suas recompensas, mas outros, como o marido dessa senhora, não conseguiram suportar a agonia de serem abandonados por Deus e pela Igreja. Por isso, ele se matou.

Quando Kayne contou essa história a Edie, ela pediu para eles fazerem uma simples busca na internet: a corporação da Igreja divulgava, cheia de orgulho, suas doze principais fábricas espalhadas pela nação, e todas ficavam nessas mesmas doze cidades que os seguidores do blog tinham citado. Edie teve um pressentimento. Apesar de ter dado à luz apenas algumas semanas atrás, ela levou os Novos Órfãos remanescentes até Santa Fe. Por meios que ela não esclareceu muito bem, mas ninguém pediu explicações, os Órfãos localizaram a fábrica e conseguiram passar pelos Pacificadores. Viram que a Igreja tinha muitos funcionários, mas que havia algo errado. Os trabalhadores estavam famintos, confusos e à beira da morte. Eles se afastavam com medo quando Edie se aproximava. Ela tentou convencê-los a fugir dali, com ela. Prometeu que os protegeria. Mas apenas alguns — o grupo reunido ali — concordaram com isso. Como se tivesse sido instruída, uma mulher deu um passo à frente, saindo do anonimato do grupo para entrar em nosso campo de visão. Edie a apresentou como Joanna.

— Não sei como... — A voz dela sai incerta, mas estranhamente alta, como se estivesse tentando se fazer ouvir enquanto ainda falávamos. Mas estamos quietos, em choque, esperando ela continuar. — Minha família não era religiosa. Isso nunca importou pra eles. Ficavam felizes em não saber como nem por que, e estavam bem assim. Mas nunca foi o bastante para mim. Os últimos anos tinham sido difíceis, e então... encontrei Frick. Tudo o que ele falava fazia sentido, e eu Acreditei. E afastei os Descrentes da minha vida, como meus pais e meus amigos. Achei que não importava, porque minha hora estava chegando. Sabia que seria aceita por Deus, que seria salva.

"Meu pastor me chamou para conversar três semanas antes do Arrebatamento. Ele disse que eu tinha sido selecionada para ser abençoada pelo próprio Frick em um complexo secreto da Igreja, em Santa Fe. Fiquei toda alegre e orgulhosa. Arrumei as malas e peguei um avião para lá. Não contei a ninguém aonde ia, porque não tinha nenhuma pessoa na minha vida para quem contar. Minha família nem deve ter notado que eu tinha sumido até o dia do Arrebatamento. Talvez tenha sido a primeira vez que pensaram em me procurar.

"Uma van buscou um grupo de nove ou dez pessoas no aeroporto e nos levou para o deserto onde ficava a fábrica. Uma mulher nos mostrou o local. E senti que fazia parte de uma coisa maior, como se a Igreja e a corporação fossem uma máquina maravilhosa que trabalhava para a glória de Deus, e que eu era uma engrenagem nisso tudo. Então, no fim do turno, quando a mulher falou que estavam com poucos funcionários e perguntou se poderíamos ajudar por um tempo, só até o Arrebatamento, eu concordei. Todos nós, aliás.

"Então, quando continuamos lá depois de três semanas, a mulher disse para não nos preocuparmos. Ela nos mostrou um vídeo de Frick, um que eu nunca tinha visto, em que ele dizia que Deus fica alegre com os trabalhadores e reservaria um lugar para eles no glorioso banquete celestial. A mulher nos contou que haveria uma Segunda Balsa e que pessoas solidárias como nós com certeza ganhariam uma passagem. Vocês precisam entender: achei que ninguém me amava, apenas Deus e Frick. Achei que, quanto mais trabalhasse, mais me amariam. Por isso continuei trabalhando. Mas nunca tinha comida ou água o bastante. Eles nos colocavam em quartos lotados. Tinha mais ou menos quinhentos de nós naquela fábrica. Todos morando amontoados. Os corantes dos tecidos deixavam algumas pessoas doentes. O barulho era tão alto que até agora ouço um zumbido. E, em certo ponto, acho que foi como acordar de um sonho: percebi que não ia a lugar algum. Não havia céu me esperando, nenhuma vida para a qual voltar, e eu ainda acreditava do fundo do coração que o mundo fora das paredes da fábrica estava prestes a chegar ao fim. Sabia que outras pessoas haviam tentado escapar, mas não chegaram muito longe antes de serem encontradas pelos Pacificadores, e nunca mais as vimos. E tinha gente que era louca: achava que *estava* no céu, e citava passagens do Livro para provar. Depois de um tempo, me forcei a concordar. No que mais ia acreditar? Que tinha sido tão idiota e desesperada a ponto de deixar aquelas pessoas se tornarem minhas donas? Que eu só estava lá por não ter coragem de fugir?

"Foi só quando Umaymah apareceu", explica ela, virando-se para Edie com o olhar cheio de gratidão, "que me dei conta de que tinha alguém nos procurando. Então, quando perguntaram se eu queria ir embora, claro que respondi que sim. Eu faria qualquer coisa que ela me pedisse."

Joanna para de falar de repente, como se tivesse mais coisas para dizer, contudo não havia muito tempo. Edie se levanta e abre caminho entre os Órfãos a seus pés para abraçar a mulher. Ela sussurra palavras reconfortantes no ouvido da Crente. O restante de nós continua perplexo. Vejo Winnie chorando do outro lado da sala e percebo que estou fazendo o mesmo, e não sei há quanto tempo. Sinto uma tristeza horrível dentro de mim, cada pedaço do meu corpo dói, querendo desesperadamente que essa história seja mentira. Mas é verdade, claro que é. Não sei por que nunca pensei que a resposta para tudo fosse tão terrível e mundana quanto isso.

— Você estaria disposta a revelar ao mundo a história que acabou de nos contar? — pergunta Amanda, depois de um longo silêncio.

Joanna olha aterrorizada para Edie, mas a líder dos Novos Órfãos não encara a Crente. Em vez disso, inclina a cabeça para dar um beijo suave na testa de Naveen e assente. Reparo que Joanna se empertiga. Surge um brilho determinado nos seus olhos, e ela se vira para nos encarar.

— Cada palavra — responde ela.

# CAPÍTULO 17

— Ouçam, pessoal — pede Amanda, avançando em sua cadeira de rodas e assumindo um lugar de destaque no centro da sala. — A chegada desses Crentes muda tudo. Nosso ataque coordenado ao Chateau está cancelado. — As pessoas na sala parecem relaxar, há muitos suspiros aliviados que Amanda ignora. — Pelo menos *por enquanto*. O que vamos fazer é contar ao mundo o que aconteceu com essas pessoas. — Ela indica Joanna e os outros com a cabeça. — Harp, de quanto tempo você precisa para escrever a história de Joanna?

— Acho que eu não deveria escrever... A gente deveria filmar ela contando. — Harp puxa o braço de Julian e confere o relógio de pulso do rapaz. — É 1h15 da manhã. Consigo acabar tudo logo antes do amanhecer, se você me der uma câmera.

— Vou providenciar o que você precisa — responde Amanda. — Mas um post não vai ser o bastante. Diego, espere Harp divulgar o vídeo. Depois, reúna o máximo de gente possível e leve todo mundo ao Chateau Marmont às nove da manhã. Vou providenciar a presença de uma equipe de filmagem no prédio. Queremos uma demonstração, queremos que Joanna repita para uma multidão o que acabou de nos contar.

Todos parecem respirar fundo ao mesmo tempo e em seguida partir para a ação. Edie assente para Harp e eu, então vai com Naveen até o quarto onde está o corpo de Robbie. Eleanor a segue com o livro de orações e o restante dos Novos Órfãos. Winnie e Frankie abordam Joanna e os outros, oferecendo comida e água e verificando se precisam de cuidados médicos. Harp abre o laptop e começa a digitar. No meio de toda aquela comoção, me aproximo dela e digo baixinho:

— Vou ao Chateau.

— O quê? — Harp ergue a cabeça de repente, parecendo horrorizada. — Viv, não! Hoje, não. Ainda mais depois do que aconteceu com Robbie.

— Preciso contar a Peter o que aconteceu. Prometi a ele que entraria em contato quando soubesse se o ataque iria ou não acontecer.

— Ele vai descobrir de qualquer jeito hoje de manhã! — exclama minha amiga.

Olho para Winnie, com medo de que Harp tenha chamado sua atenção, mas minha irmã está distraída com os Arrebatados.

— Não quero que ele seja pego de surpresa. Sei que é perigoso, mas prometo... Só vou contar a ele o que houve e voltar correndo. É importante pra mim, Harp.

Ela respira fundo.

— Tá bom. Vou encobrir seu sumiço o máximo que der.

— Obrigada. Você está bem?

— Bem desesperada. E você?

— Também. — Faço uma pausa, sem saber bem como fazer a próxima pergunta: — Harp. Você sabe que talvez isso pode significar que seus pais ainda estão vivos, não é?

Ela assente depois de um tempo.

— É. Pensei nisso na primeira vez em que Edie me escreveu. Preciso conversar com Amanda sobre organizar uma missão de resgate pelas outras fábricas. Claro que existe a possibilidade de não terem sobrevivido. Podem ter ficado doentes ou tentado escapar e sido mortos. Mas, se *estiverem* vivos, vão ficar muito putos quando descobrirem que eu ajudei a desvendar o mistério. — Ela balança a cabeça e começa a rir, mas noto lágrimas reluzindo em seus olhos. — Já sei até o que vão dizer: "Harp, por que você *adora* enfiar o nariz onde não foi chamada?"

Já em Hollywood, refaço os passos até onde Robbie foi atingido mais cedo. Mantenho os olhos fixos no chão e, ao encontrar a mancha de sangue, paro. Continua ali na calçada, em um tom acobreado sob a luz do poste. Não posso demorar. Talvez a mulher que o matou ainda esteja de olho. Até onde sei, os Pacificadores podem patrulhar esta área. Mas me permito respirar fundo, tentando descobrir se o ar nesse local é diferente, se um pouco de Robbie permanece aqui. Quero sentir sua presença. Quero que me dê forças para seguir em frente. Mas só sinto medo e o peso opressivo por tê-lo perdido. Continuo andando.

Já escondida nas sombras atrás do muro do jardim do Chateau, me lembro da câmera de segurança. Entrar pela cozinha está fora de questão. Vou ter que subir pela escada de incêndio, por mais que seja arriscado. Arrasto uma lixeira até a calçada e subo nela, escalando a cerca fina atrás do Chateau. Balanço de leve, então paro e tento recuperar o equilíbrio. Poucos centímetros me separam do primeiro degrau da escada retrátil de incêndio. Não é impossível para alguém cheio de graciosidade, mas talvez isso seja exigir demais de uma garota cujo grande feito na aula de educação física dois anos atrás foi fazer meia flexão. Faço uma pequena oração ao Universo (*Por favor, não me deixe cair e quebrar o pescoço. Isso seria — acima de tudo —* muito *constrangedor nesta situação*) e pulo.

Consigo me segurar com o braço esquerdo, mas os dedos da mão direita ainda não estão cem por cento depois da distensão. Minha mão escorrega e — com o coração acelerado, sem saber o que mais posso fazer — jogo a perna para cima num ângulo estranho, enganchando o joelho na grade do primeiro degrau. A escada balança com meu peso, fazendo um terrível som metálico. Hesito, mas ninguém parece ter escutado. Subo as escadas, degrau por degrau, até chegar à plataforma na base das janelas do primeiro andar.

No sexto, me agacho perto da janela de Peter e dou uma leve batida no vidro. Nada acontece, então bato mais forte. Finalmente, vejo algo se mover do outro lado. Prendo a respiração e agarro os joelhos, pronta para sair correndo caso não seja ele. Mas, quando a janela se abre, é o rosto de Peter que aparece: pálido sob o luar, os olhos arregalados e quase prateados, uma expressão de total surpresa. Ele se afasta para que eu possa entrar.

— Meu Deus, Viv — sussurra ele. — Nunca ouviu falar em mensagem de texto?

Fecho a janela atrás de mim, e Peter acende o abajur da mesa de cabeceira. Os lençóis da cama estão embolados, e o ar do quarto parece pesado de sono. Ele está usando uma calça de pijama com listras azuis e mais nada. Desvio os olhos da curva protuberante dos ossos do seu quadril. Peter me encara, esperando, mas não consigo falar. Estou tão feliz e deprimida ao mesmo tempo. Sinto que estou prestes a gritar.

— Viv? — Ele avança um passo na minha direção. — Tudo bem? Você está tremendo.

Olho para baixo e percebo que é verdade. Peter se aproxima depressa de mim, passando um braço pela minha cintura, usando a outra mão para segurar meu cotovelo com firmeza. Ele me conduz até a cama e me senta. Minha mente está a mil com barulho, luz e medo. Nem sei por onde começar.

— O que aconteceu? — pergunta ele, mas não respondo. — Harp está bem?

Concordo com a cabeça.

— Peter. Encontraram os Desaparecidos.

Durante um instante de incompreensão, ele apenas me encara. Mas então se afasta de repente, com um olhar de surpresa, como se eu o tivesse espetado com alguma coisa afiada.

— O quê? *Quem* achou?

Conto tudo, mantendo um tom de voz baixo. Ele reage com uma animação pouco característica, pulando da cama para andar descalço de um lado para outro do quarto, passando as mãos pelo cabelo até deixá-lo arrepiado de um lado. Ele me pede para continuar sempre que faço uma pausa. Uma ou duas vezes, inspira com raiva. Mas não fala nada antes que eu acabe, então espera apenas um instante antes de correr até mim, segurar meu rosto entre as mãos e me beijar.

— O que foi isso?

— Você só pode estar brincando! — Ele parece alegre. — Nós vencemos. Viv, nós vencemos! Eles não vão ter como se recuperar depois dessa. É o fim da Igreja Americana!

Estremeço. Não quero ouvi-lo falando isso. Da mesma forma como fazemos um desejo ao apagar as velas do bolo de aniversário, não podemos falar em voz alta ou não vai se realizar. Não entendo por que não estou me sentindo tão extasiada quanto ele. Peter repara no meu desconforto, e seu sorriso desaparece. Ele se senta ao meu lado outra vez e segura minha mão.

— O que foi, Viv? Qual é o problema?

Balanço a cabeça. Não quero dizer. Ele apenas aperta minha mão, em expectativa.

— Não sei. Estou me sentindo muito vazia. Como se eu devesse estar feliz porque descobrimos o paradeiro dessas pessoas e conseguimos encontrar algumas vivas. A maioria, na verdade. — Minhas lágrimas começam a escorrer. — Mas não paro de pensar: por que meu pai foi escolhido para ir a Point Reyes? Por que não podia ter sido mandado para outro lugar? Como todas essas pessoas podem estar vivas, se ele não está? Quer dizer, o que tem de errado comigo? Que tipo de monstro sente uma coisa dessas?

— Isso é normal, Viv — responde Peter, com a voz gentil. — Eu me sinto assim o tempo todo, desde que minha mãe morreu. *Até hoje*. Vejo uma mãe com seus filhos e penso: por que *ela*? O que a faz ser tão especial? Não é um sentimento bonito, mas é humano.

Assinto, ainda sem me convencer.

— Essa não é a única coisa que está me incomodando. Um amigo meu foi morto esta noite. Ele fazia parte do grupo de Winnie. Estávamos vindo pra cá, na verdade. Foi a poucas quadras daqui. Ele levou um tiro. Não tinha como salvá-lo. Eu... eu nunca tinha visto isso acontecendo. Ele estava tão assustado... Embora a gente estivesse com ele, quatro pessoas, incluindo eu mesma, apesar de a gente estar segurando ele, conversando, enchendo-o de amor... mesmo com a gente lá, ele estava sozinho. E meu pai também estava sozinho. Tinha outras pessoas lá com ele, mas não *nós*. Não sua família. — Mal consigo falar, de tanto que estou chorando. — Ele teve que passar por isso sozinho.

Sei que, se Peter me puxar mais para perto, vou parar de falar e apenas chorar. Mas ele não faz isso e, depois de um instante, fico muito grata. Tem alguma coisa especial em apenas ficar ali sentada, com as mãos de Peter segurando as minhas com firmeza. Assim vou me sentindo mais forte a cada segundo que passa. Depois de alguns minutos, as lágrimas param de escorrer e minha voz não está mais trêmula. Só então, quando fico em silêncio, é que Peter se aproxima mais. Ele passa a mão no meu cabelo.

— Isso é horrível, Viv. Sinto muito pelo que aconteceu.

— Mas esse é o problema, não é? Isso não *aconteceu*, foi alguém que *fez*. Não foi um erro. A Igreja sabia o que estava fazendo. A mulher que matou Robbie sabia o que aconteceria quando puxasse o gatilho, mas decidiu fazer isso mesmo assim. E nem era uma Crente! — Fecho os olhos. — Que prova nós temos de que acabar com a Igreja vai mudar alguma coisa? E se não for a Igreja que faz as pessoas agirem desse jeito? E se for simplesmente a natureza delas?

— Não sei — admite Peter. — Não temos provas. Mas você precisa acreditar que somos capazes de coisas melhores. Porque a Igreja não acredita. Eles se aproveitam do fato de estarmos fracos e assustados, esperam que a gente se jogue uns contra os outros. E alguns *fazem isso mesmo* — acrescenta, ao perceber que estou quase protestando. — Mas tem milhões de pessoas neste país, Viv. Gente que assusta você, como meu pai, Frick, os Anjos, os Crentes que mataram o irmão de Harp, a mulher que assassinou seu amigo... Eles são só os que gritam mais alto, têm acesso a telas e microfones e estão contando que o restante de nós vai continuar submisso, com medo demais para revidar. Mas só porque não gritamos tão alto quanto eles, não quer dizer que estamos sozinhos.

Passamos mais um tempo sentados enquanto tento absorver as palavras de Peter. Se for mentira, é uma agradável. Se for nisso que ele realmente acredita, só me faz amá-lo ainda mais. Não acho que acredito, não ainda, mas quero, e isso basta para preencher o abismo de desespero que sinto no meu estômago. Eu me inclino para beijá-lo.

— Seus discursos são mesmo muito bons, Ivey — digo, ao me afastar. — Deve ser hereditário.

Peter tenta parecer surpreso, mas não consegue evitar um sorriso. Ele me empurra para a cama, segurando minhas mãos acima da cabeça, me beijando com intensidade. Fecho os olhos e sinto Peter traçar uma linha de beijos pelo meu pescoço até minha clavícula. O prazer parece uma coisa tangível dentro de mim, uma linha reta dos pés à cabeça, como uma corda de violão vibrando ao ser tocada. Ele se afasta para abrir o zíper do meu casaco, e toco a pele quente e nua dos seus ombros. Sinto um estranho desejo de mordê-lo.

— Olhe, não me leve a mal... — fala ele.

— Já começou bem...

— ... você sabe que eu já te achava bonita e tudo o mais, né? Mas realmente gosto dessa Vivian vestida de preto, andando pelo território inimigo com toucas brancas e escalando escadas de incêndio.

Eu o empurro para longe, ele ri e se deita na cama. Hesitando um segundo diante da minha recém-descoberta coragem, subo nele.

— Você sabe, é claro, que acabar com a Igreja significa que não vou mais escalar escadas de incêndio depois desta noite, não é? — pergunto. — Quando eu deixar de ser uma fugitiva, provavelmente voltarei a usar roupas coloridas e a entrar pelas portas.

Peter arregala os olhos.

— Então talvez a gente deva adiar a revelação por enquanto. Ainda não estou pronto para dar adeus à Vivian Ninja.

Passamos quase uma hora assim, nos beijando, parando apenas para fazer o outro rir. É o máximo de privacidade que já tivemos. Uma sensação inquietante me invade, e a pergunta fica no ar: será que vamos fazer agora? Mas decido relaxar. Já é bom o bastante para mim estar aqui com ele e saber que, depois de amanhã, vamos ter sabe Deus quantas horas em particular para passar juntos. Finalmente, Peter faz uma pausa e abre uma gaveta na mesa de cabeceira. Então pega o pingente de marreta lá de dentro e o coloca na minha mão.

— Fique com isso — diz. — Você vai precisar, mesmo quando a Vivian Ninja se aposentar.

Eu o enfio no bolso.

— Preciso ir — digo.

— Mas a gente se vê amanhã. — Ele se inclina para trás e pisca, sonolento, sorrindo para mim. — E em público. À luz do sol!

O espaço entre o braço e o ombro dele parece muito convidativo. Mesmo sabendo que preciso ir, me aconchego ali, apoiando a cabeça em seu peito. Ouço as batidas ritmadas e reconfortantes do seu coração.

— Você tem noção de que a partir de amanhã vamos poder sair pra namorar? Teoricamente podemos até fazer uma refeição juntos. Vamos poder nos sentar em público e comer.

— Ah, nossa. — Peter boceja. — Isso seria muito bom. Devíamos ir ao cinema. Você gosta de cinema, né?

— Quem não gosta, Peter? — Eu o ouço rir. Sinto as pálpebras pesadas. Tento me obrigar a me levantar. *Só mais cinco minutinhos.*

— Você ficaria surpresa, Viv. De qualquer forma, é isso que vamos fazer. Depois de amanhã.

E o peito dele começa a subir e descer devagar. Sinto que estou temporariamente livre de tristeza e medo. Sinto uma dormência sonolenta e agradável nos meus membros. *Vou só fechar os olhos um pouquinho*, digo a mim mesma. E, aquecida e confortável, com o braço de Peter ao redor do meu corpo, acabo dormindo.

Quando acordo, de repente, instintivamente sei que já é muito tarde. Ainda me lembro da última imagem do pesadelo que estava tendo: o rosto de Robbie, coberto de sangue, sua boca aberta, gritando. O teto está iluminado pela luz do sol, e percebo, com uma terrível sensação de horror, que fui acordada por um barulho alto: pele contra pele e um gemido rouco. Eu me levanto e os vejo ao pé da cama, sorrindo para mim com curiosidade: Ted Blackmore e Michelle Mulvey. Suas expressões são uma mistura perfeita de malevolência e prazer genuíno, como se eu fosse uma refeição deliciosa que estão doidos para atacar. Eu os encaro, estendendo o braço para o lado, querendo acordar Peter, que está deitado ali. Mas não o encontro: a cama está vazia. Sinto uma onda de horror ao não vê-lo sob os lençóis, mas então Mulvey dá um passo para o lado, revelando a cena que se desenrola atrás de si: Peter está ajoelhado diante da janela e dois Pacificadores seguram seus braços num ângulo doloroso às suas costas. Tem sangue escorrendo da sua boca. Quase grito, mas Peter balança a cabeça. Já passou da hora de berrar.

— Vivian Apple! — exclama Mulvey, deleitando-se com cada sílaba. Seu cabelo loiro está preso em um coque tão apertado que dá para notar o formato do seu crânio. — Você parece *muito* angelical enquanto dorme! Ela não parece um anjo, Ted?

— Que Frick a abençoe — concorda Blackmore, caindo na gargalhada. — Parece mesmo. Um verdadeiro anjo.

# CAPÍTULO 18

Não falo. Não me mexo. Fico lá, sentada na cama, esperando os Anjos pararem de rir da própria piada. Quando isso finalmente acontece, Mulvey segura meu antebraço com força, enfiando as unhas pintadas de rosa-claro na minha pele, lixadas para ficarem com pontas que mais parecem garras. Ela me puxa para fora da cama. *Não lute, não grite*. Olho para o relógio quando caio no chão: pouco depois das sete. Harp já deve ter postado a história de Joanna, e ela logo estará aqui. Talvez Peter e eu consigamos fugir durante a confusão, mas só se não dermos motivo para que nos machuquem. Mulvey chuta um local sensível entre minhas costelas com a ponta do escarpim.

— Levante-se — exige.

Fico de pé. Outros dois Pacificadores chegam. Um é mais velho e parece ansioso e amigável. O segundo, percebo, com desagrado, é Derrick, o Pacificador enorme que costuma ficar de guarda na cozinha. Sob as ordens de Blackmore, ele e o outro me conduzem pelo corredor. Peter é arrastado atrás de nós.

— Não machuquem ela! — grita ele, em um tom de ameaça pouco convincente que faz todos os Pacificadores darem risada.

As portas se abrem alguns milímetros quando somos arrastados pelo corredor, e vejo funcionários curiosos espiando pelas frestas, desaparecendo assim que Mulvey e Blackmore passam, fechando a comitiva. Os Anjos entram no elevador, mas os Pacificadores arrastam Peter e eu escada abaixo. Sinto Derrick desacelerar um pouco, e percebo, com uma onda de pânico, que ele quer deixar Peter e os outros tomarem distância.

— O que você está fazendo? — grita Peter, tentando se soltar dos Pacificadores. — Viv!

Mas simplesmente o carregam escada abaixo, aos berros. Perco a compostura quando Derrick me empurra contra a parede da escadaria estreita. Perco o equilíbrio e escorrego um pouco, gemendo, mas ele pressiona seu corpo no meu.

— Temos que ir, meu filho — avisa o Pacificador mais velho, parecendo nervoso.

— Está tentando levar o abençoado filho de Taggart para o mau caminho? Foi isso que você fez? — Sinto a voz de Derrick, úmida e quente, no meu ouvido. — Sabe o que acontece com as putas, garotinha?

— Derrick, não vamos...

— Fique quieto, Wilkins! — retruca ele para o outro Pacificador. Depois volta a encostar a boca na lateral do meu rosto. — *Arderá nas chamas divinas*, garotinha. É o que vai acontecer com você quando chegar o Dia do Julgamento Final.

— Vamos logo. — Wilkins soa firme. Ele puxa Derrick para trás. — Estão nos esperando. Depois você se diverte.

Derrick hesita, mas cede. Wilkins segura meus braços, mas eu estava errada ao achar que ele seria mais gentil. O Pacificador me puxa com ainda mais força, me arrastando pelo salão ornamentado e com painéis de madeira onde servi champanhe disfarçada, e me carrega por mais degraus, passando por uma porta que reconheço como a entrada principal. Dois carros impecáveis esperam na entrada. Olho esperançosa para os portões onde Harp e os outros vão se reunir. Será que já estão ali? Será que vieram atrás de mim? Mas, no breve momento antes de ser enfiada no carro mais próximo, não vejo ninguém. O portão está aberto, antecipando nossa saída, e o lugar que Harp deve ocupar daqui a pouco parece reluzir em ondas de calor. Porém está vazio.

Está frio dentro do carro por causa do ar-condicionado, e Michelle Mulvey digita alguma coisa num smartphone.

— Vamos — diz ela ao motorista, e seguimos o outro veículo preto pelas colinas de Los Angeles.

Passamos por um labirinto de ruas comerciais ladeadas por palmeiras pontilhadas pelos sinais da perdição iminente: vidro quebrado nas vitrines das lojas; famílias famintas empurrando seus pertences em carrinhos de compras; placas enormes diante de fachadas de restaurante, com o aviso NÃO TEMOS ÁGUA; algumas coisas amontoadas na calçada, que depois percebo serem corpos; e uma picape vermelha em chamas bloqueando um cruzamento. Ergo os olhos e leio um outdoor da Igreja — "*A estrada para o Reino dos Céus é estreita e está cheia de condenados*" — e reparo na forma agourenta das nuvens pesadas, no tom sépia do céu.

As largas ruas logo dão lugar a avenidas residenciais estreitas, com assustadoras mansões vazias. Por fim, Mulvey enfia o celular na pasta e se vira para mim, unindo as mãos sobre um dos joelhos, numa pose muito elegante.

— Então, Vivian. — Sua expressão é animada e esperançosa. — Sabe, vai parecer engraçado, considerando nossa situação, mas, de certa forma, admiro você. É preciso ser uma mocinha muito corajosa para se rebelar contra algo capaz de esmagá-la feito um inseto. É isso que você é, Vivian. Uma mocinha muito corajosa, quer dizer. Mas, em tempos como este, talvez seja mais seguro enfatizar a parte do "mocinha", e não do "corajosa".

"Se quiser um conselho, acho que você deveria considerar... *um redirecionamento* dessa sua energia tão maravilhosa. Você com certeza consegue entender que a situação não é tão simples quanto o blog da sua amiga faz parecer. Por exemplo, já reparei que Harp nunca mencionou as organizações de caridade da Igreja Americana. Só no ano passado, doamos dez milhões de dólares aos famintos!" Ela ergue uma sobrancelha para mim, fazendo uma pausa para que eu possa absorver a informação. "E mesmo se, teoricamente, contamos uma mentirinha ou outra, você não consegue perceber como mentiras assim dão sentido ao que não faz sentido? Não entende como seria um caos se as pessoas não entendessem o que está acontecendo, nem por quê?

— A situação parece bem caótica, *mesmo* com as mentirinhas — retruco, me lembrando dos corpos na calçada, mas Mulvey balança a cabeça.

— Pode acreditar Vivian: seria pior. Qualquer idiota vê que o planeta está morrendo. Consegue imaginar o que aconteceria se disséssemos a nós mesmos que foi tudo culpa nossa, em vez do plano de um Deus irritado? A culpa seria insuportável, Vivian. Como país, estaríamos acabados. O governo acabaria. Haveria suicídios em massa. Assassinatos também. Seria o fim da civilização que conhecemos.

— Mas... a culpa *é* nossa! — protesto. — E essas coisas *já estão* acontecendo, afinal, vocês convenceram todo mundo que não temos tempo para desperdiçar.

Mulvey resmunga, desapontada.

— Mais um conselho: acho que você devia considerar como as pessoas interpretam o que você fala. Está sendo *muito* negativa. Talvez você ache interessante saber que fizemos pesquisas internas e descobrimos que cerca de 67 por cento dos Crentes que não acredita na sua história porque você e Harp parecem "garotinhas nervosas". Devia pensar melhor na imagem que passa para o mundo.

Fico impressionada. Dá para perceber que ela não é idiota — parte dela acredita no que está me dizendo e quer que eu faça o mesmo —, mas sua falta de noção me irrita.

— Deve ser bem legal — começo, me virando para a janela — poder repetir essas coisas para si mesma nas noites em que não consegue dormir e fica pensando em todas as pessoas que matou.

Sinto uma pontada aguda de dor na bochecha. Em seguida minha cabeça começa a latejar. Mulvey me acertou, e a força do golpe me faz bater a cabeça na janela. Toco o maxilar, e meus dedos ficam sujos de sangue. As unhas dela me cortaram.

— Você é uma criança — fala ela com um tom de voz calmo, mas sinto sua raiva aumentar e, mesmo machucada, percebo que *toquei na ferida*. — Fui otimista ao esperar que você seria capaz de entender o que está muito além da sua maturidade.

Então, muito calma, como se tivéssemos conversado apenas sobre amenidades, Mulvey pega o celular na bolsa e começa a digitar algo depressa. Quando ergue os olhos outra vez, exibe um sorriso cruel.

— Aliás, embora, é claro, você vá dizer que não é da minha conta, mesmo a sociedade mundana considera uma terrível falta de classe passar a noite com um garoto que você mal conhece num quarto de hotel. Pega muito mal, Vivian. Você devia se dar ao respeito.

O carro entra numa área arborizada, subindo ainda mais pelas colinas verdejantes. Apoio o rosto na janela, tentando decorar o caminho. Por entre as árvores, vislumbro uma paisagem de tirar o fôlego: a cidade surge bem diante de nós, uma fumaça densa subindo de mais de um bairro. Será que estamos muito longe do Chateau Marmont? Daqui a pouco meus amigos vão aparecer lá com os Arrebatados. Quando isso acontecer, será que Mulvey e Blackmore serão chamados para enfrentá-los? Será que Peter e eu vamos conseguir nos livrar dos Pacificadores? Eu me lembro do hálito de Derrick no meu rosto e tento acalmar a náusea.

Finalmente surge diante de nós um prédio de tijolos brancos com um domo dourado. Um gramado verde bem-cuidado na entrada serve de estacionamento. Nosso carro se aproxima da entrada do edifício, e fico observando um número alarmante de Pacificadores sair lá de dentro. O grupo se divide em dois, e um deles marcha até minha porta. Antes que eu consiga reagir, abrem e me tiram do carro.

— É lindo, não é?

Olho para o outro lado, onde Peter está sendo tratado da mesma maneira. Ele fica boquiaberto ao ver que há sangue no meu rosto. Blackmore, logo atrás, continua falando como se estivéssemos apenas retomando uma conversa casual.

— Antes de o comprarmos no ano passado, este lugar era um observatório. — Ele anda ao lado dos guardas que me empurram pelos degraus da frente até o interior do prédio. — Devo dizer que me sinto um pouco culpado por termos negado o acesso do público a um local como este. Mas é uma metáfora boa demais para deixar passar, não acha? Esta vista direta para o céu? Dá vontade de chorar.

Os Pacificadores nos levam para dentro, e consigo parar um instante para admirar a enorme rotunda de mármore. Logo acima, dentro do domo, há pinturas de estrelas, luas, deuses e deusas. Mulvey me empurra para a esquerda, passando por portas pesadas com os dizeres SALÃO DO OLHO. Blackmore puxa Peter, logo atrás de nós. É uma velha exibição imersa em uma luz azul: uma parede iluminada com imagens do cosmos. Observo as paredes ao redor, buscando possíveis saídas. Então sinto o toque de Peter, seus dedos quentes no meu braço. Quando me viro para ele, reparo que seus olhos estão fixos no centro do cômodo.

Pierce Masterson está sentado diante de uma mesa de carvalho comprida. Ele abre um sorriso ao nos ver. Ao seu lado, parecendo cansado e magro, perdido atrás de uma pilha de papéis e o que parecem ser inúmeras cópias de suas palavras incoerentes, está o Profeta Beaton Frick.

— Cheguem mais perto — ordena Masterson, muito simpático. — A gente não morde.

Mulvey e Blackmore nos empurram para a frente, nos obrigando a nos sentar nas cadeiras vazias diante de Frick. Na última vez que o vi, ele estava maltrapilho, sujo e sem os remédios.

Hoje, parece calmo e pacífico, embora ainda esteja longe de ser a figura imponente que vi nos vídeos do YouTube. Ele tem uma barba rala preta e grisalha, e seus olhos estão vermelhos e injetados. Dou uma olhada nos papéis espalhados pela sua mesa e leio as seguintes palavras: *Nova Edição do Apocalipse*. Quando ergo os olhos, percebo que Masterson está me observando.

— Estamos trabalhando em uma nova versão do livro para lançar nos dias seguintes ao Apocalipse — explica ele, num tom muito calmo. Outra vez, me lembro de um gato, mas um que se espreguiça preguiçosamente ao sol. — Corrigindo alguns erros e omissões da versão original. Sem ofensas, Srta. Apple, mas eu estava torcendo para que conseguíssemos pegar primeiro a Srta. Janda. Pelo visto ela é o cérebro da operação. Ótima escritora. Adoraria colocá-la para registrar algumas das novas visões do Profeta. — Ele indica Frick e, para minha surpresa, o velho homem cora sob a barba, como se não quisesse receber atenção.

— Bem, se ela for que nem essa daí — murmura Mulvey, pegando alguns papéis para examiná-los —, vai precisar de uma boa dose de convencimento. Pierce, você se lembrou de incluir aquela parte sobre o slogan da loja de departamentos, né? "O Senhor nos abençoa com artigos de luxo a preços acessíveis", ou o seja lá como era?

Masterson a ignora. Mulvey fica num silêncio contrito e se senta ao lado de Blackmore, que está usando um tablet. Começo a entender o que Peter queria dizer quando confessou que Masterson o deixa nervoso. Não tem nada particularmente ameaçador nele: é um homem alto e magro, muito elegante com um terno de linho com flor na lapela e um sorriso fixo. Mas, de algum jeito, ele parece emanar um poder sobre todo o local.

— Convencimento? — Ele sorri para mim. — Gosto de desafios. Mas admito que sempre fiquei surpreso com a quantidade de pessoas que descarta a história de Beaton. Não me entenda mal, é óbvio que ele é louco. — Ele dá um tapinha condescendente no ombro de Frick. — Mas, mesmo assim, sempre considerei sua visão de mundo muito bonita, à sua maneira. É simples. Todos têm um papel, e Deus só pede que cada um desempenhe o seu. Homens são homens e mulheres são mulheres. Os ricos prosperam, e os pobres passam fome. O bem triunfa sobre o mal. Sacrifícios são feitos pelo bem de todos. Tudo preto no branco. Muito comovente.

"Mas também acho que essa nova versão vai melhorar um pouco as coisas. Acho impressionante Beaton ter deixado um Messias de fora. Essa é a melhor parte! O suspense vai crescendo e, de repente... surge um salvador milagroso. Não acha que é um final bem *satisfatório*?"

Encaro seus olhos claros e divertidos. Sacrifícios, foi o que disse... Será que era isso o que meu pai significava para ele? Só mais uma parte da história de Frick? Algo que tinha que desaparecer para fazer tudo parecer verdade? Acho que Masterson percebe meu desconforto.

— Explique por que não gosta da Igreja Americana, Vivian.

Todos se voltam para mim, inclusive Frick. Hesito. Da última vez que falei algo, Mulvey me deu um tapa. Só pode ser uma cilada, mas o tom de Masterson é gentil e curioso. Respiro fundo e tento parecer o mais calma possível.

— Não gosto que vocês se sintam no direito de decidir quem pode levar uma vida razoável e quem não. Acho que são descuidados com as pessoas. Só permitem que uma pequena fração se considere humana.

Masterson assente, pensativo.

— Muito bem colocado. Entendo seu ponto de vista. Para ser bem sincero, acho que não está nem um pouco errada. Ainda assim, é possível encontrar essas diretrizes em várias religiões e culturas ao longo de toda a história da humanidade! A Igreja Americana não inventou esse conceito.

— Mas são vocês que estão lucrando com isso — retruco.

A expressão de Masterson é engraçada, exprime surpresa, mas não desagrado, como se estivesse gostando do debate. Ele encosta um dedo no nariz e depois aponta para mim.

— Bom. Muito bom. Ainda que extremamente ingênuo, é claro. Agora entendi o que você disse, Michelle, ela é mesmo difícil de persuadir. Ainda assim, talvez a gente tenha mais sorte com a Srta. Janda. Ted, pode dar uma olhada no blog para ver se teve alguma atualização?

— Acabei de fazer isso — responde Blackmore, sem erguer os olhos do tablet. — Nada.

— Que horas são? — pergunto.

Mas me arrependo assim que as palavras saem da minha boca, pois percebo que soei muito desesperada e ansiosa. Os três Anjos de Frick direcionam seu olhar atento para mim. Ao meu lado, Peter fica tenso. Masterson vira o pulso para conferir o relógio.

— 9h07. Por quê?

— Não sei! Por nada! — Mas minha voz sai trêmula. Todo mundo tem razão. Sou mesmo a pior mentirosa de todos os tempos.

Tomo o cuidado de manter o rosto inexpressivo, para passar a impressão de estar me sentindo como eu deveria neste momento: confusa e assustada. Mas, por dentro, meus pensamentos estão a mil. Por que não postaram a história de Joanna? Harp disse que conseguiria colocar no ar logo de manhã. O ato na frente do Chateau já deveria ter começado. Então por que nenhuma dessas três pessoas tão importantes — a cúpula da Igreja Americana — recebeu sequer um telefonema?

— Vivian, querida — a voz de Mulvey sai amável mais uma vez, como se ela não tivesse atacado meu rosto com as unhas ainda há pouco —, você tem alguma coisa para nos contar? Harp está com algum problema? Podemos ajudar — assegura ela, quando desvio os olhos. — Mas só se você nos revelar o que está acontecendo. Não se daria mal por isso, prometo.

Observo o outro lado da mesa. Frick folheia as páginas de seu livro com uma expressão neutra, como se tentasse fingir que não está ouvindo a conversa.

— Sabe o que eu acho? — comenta Blackmore, depois de uma longa pausa, baixando o tablet e dando a volta na mesa para ficar atrás de mim. Ele coloca a mão pesada e gorducha no meu ombro. — Acho que Vivian pode fazer alguma ideia do que Amanda Yee planeja.

Devo ter parecido assustada, porque Masterson sorri e diz:

— Ah, Vivian. Você achava mesmo que não sabíamos sobre a Srta. Yee? Deve achar que somos *idiotas*. Nenhuma outra pessoa teria recursos suficientes para esconder vocês duas tão bem, e mais ninguém teria ocultado sua presença on-line com tanto esmero. Quem você acha que imaginamos que resgatou vocês duas de São Francisco, quando finalmente as encontramos? Se tem uma coisa em que a Srta. Yee é boa, e acho que seja só uma coisa mesmo, é em se esconder. Nos últimos três anos ela e seus companheiros já fizeram diversas tentativas desastrosas de atacar a Igreja. Eu me lembro do que aconteceu na Flórida, quando ela contratou um jovem para assassinar o pobre Beaton. Só que o coitado entrou no escritório errado e quase matou de susto o coitado do Phyllis, nosso contador. — Os Três Anjos riem com a lembrança. — Amanda Yee tem coragem, sim, mas nenhuma ideia de como conduzir as coisas.

Troco olhares de soslaio com Peter. Isso é verdade? Será que o plano dela de revelar tudo hoje de manhã era menos infalível do que parecia? Alguma coisa deu errado e impediu que tudo acontecesse? Do outro lado da mesa, Masterson franze a testa.

— Por favor, não me diga que apostou suas fichas em Amanda Yee! Você é mais inteligente do que isso. Escute — insiste, inclinando-se para a frente, em um tom conspiratório —, estou falando sério. Sei o que pensa de nós, mas precisa entender que estamos tentando fazer o melhor *para você*. Para o país. A

Srta. Yee tem fortes convicções, mas é perigosa. Sinto muito, mas qualquer pessoa de quem você goste e esteja envolvida nos planos dela está correndo perigo. E é claro que estou me referindo a Harp. Amanda não se importa se gente inocente acaba se ferindo por acidente ou de propósito, desde que atinja seu objetivo.

Eu me lembro do que ela disse a Winnie no mês passado: *Quando você morrer, não vou mais cuidar delas.* Como se esperasse que minha irmã morresse realizando seus desejos, como se quisesse que isso acontecesse. Masterson não está errado sobre ela. Ainda assim, delatá-la seria o mesmo que delatar Harp e Winnie, e também Diego, os soldados, Edie, os Novos Órfãos e todos com quem me importo neste mundo destruído. Respiro fundo e encaro Masterson.

— E você sabe muito bem como é ferir inocentes, não é? Seu babaca engomadinho, cruel e amoral.

Apesar de tentar passar despercebido, Frick faz um barulho de surpresa. Peter cai na gargalhada, mas para de rir quando Blackmore agarra meu braço e me joga no chão. Peter parte para cima dele e dá um soco na cara do Anjo, mas Blackmore é rápido em revidar, e Peter vai cambaleando até Mulvey, que pula nas costas dele para segurá-lo. Masterson dá a volta e se agacha ao meu lado. Blackmore apoia um pé pesado na minha barriga. Vejo a arma que Masterson tirou do coldre escondido. Ele a apoia no joelho, em um gesto casual, e pergunta:

— Você sabe o que o Livro de Frick diz sobre menininhas de língua afiada?

Eu me lembro da mãe Crente na multidão de fãs de Dylan, no Pomar.

— A voz das moças alegra Satã e entristece Jesus — repito, tentando não soar sarcástica demais.

Ele ergue as sobrancelhas.

— Muito bom! Capítulo vinte e três, versículo sete. Você sabe o versículo seguinte? — Como não respondo, ele continua: — Se uma moça insistir em dizer maledicências, é melhor cortar sua língua do que ouvir a risada do Demônio. É isso que você gostaria que eu fizesse, Vivian?

Balanço a cabeça, com os olhos fixos na arma.

— Imaginei. Então vamos trabalhar juntos. Você não precisa me dar todos os detalhes do plano de Amanda. Só quero o endereço. Simples, né? Só o endereço de onde ela estava escondendo você, e aí podemos virar amigos. Aceito até que você diga só a rua.

Olho para Peter, no chão, com o joelho de Mulvey entre suas omoplatas. Não quero morrer. Se conseguir sobreviver a este momento, ainda terei a chance de passar algumas horas preciosas com ele, Harp e Winnie. Não sei como, onde nem quando, mas isso ainda pode acontecer. Ao pensar dessa forma, parece tão simples. O nome da livraria está na ponta da minha língua. Mas então algo me vem à mente: Robbie. Não o pesadelo em que ele aparece gritando, depois do qual acordei de manhã. É a lembrança dele dançando semana passada, balançando a cabeça e os braços, daquela energia gloriosa desperdiçada.

— Foda-se — respondo, do jeito mais educado possível.

Blackmore passa o peso para o outro pé. Masterson se levanta, parecendo desapontado.

— Você, minha cara, não tem muito amor à própria língua. Mas talvez esse seja o problema.

Segue até onde Peter está e aponta a arma para a cabeça dele.

Grito algo ininteligível, como "não" e "por favor", então percebo que não sou a única. Mulvey se joga em cima de Peter para protegê-lo com o corpo, e Blackmore dá um pulo para se aproximar da cena.

— Pierce, não! — exclama ele, parecendo horrorizado.

Masterson parece impaciente.

— Se o garoto morrer, você vai ser promovido, Ted. Seja sensato.

— O público adora Peter! — insiste Mulvey. — Vamos precisar dele depois do Apocalipse, para ajudar na transição! Pierce, não se precipite!

— Isso é ridículo! — Masterson baixa a arma. — Ele é tão inútil quanto o pai. Nenhum dos dois será necessário depois que o Messias surgir com Frick no Dia do Julgamento Final! E não me lembro desse drama todo quando matei Taggart!

Faz-se um longo silêncio. Vejo Peter erguer a cabeça para encarar Masterson, absorvendo aos poucos as palavras dele. Blackmore não está mais me segurando, por isso fico de joelhos e começo a percorrer a distância entre nós, na intenção de chegar até Peter e abraçá-lo. Acho que os Anjos vão tentar me impedir, mas percebo que nenhum deles está olhando para mim. Todos estão voltados para Frick, que se levanta, trêmulo, com os olhos arregalados e lágrimas escorrendo pelo rosto, as mãos desembaraçando seu cabelo comprido e embolado.

— Adam? — pergunta ele, num gemido baixo e primitivo. — Você sacrificou Adam?

Ele se joga na mesa, chorando, então Mulvey e Blackmore se apressam para perto dele, dando tapinhas ineficazes em suas costas, fazendo o possível para confortá-lo.

— Por que você tinha que contar desse jeito? — sibila Mulvey. — Ele é muito sensível, Pierce, você pode ter traumatizado o homem de um jeito horrível.

— Isso tudo é *uma vergonha*. — Masterson olha para seus colegas, então atravessa a sala, passando por mim, e segue até a porta, de onde chama os Pacificadores a postos. — Podem levar esses dois para fora enquanto Michelle e Ted se recompõem? Meu Deus, quanto drama.

Tento ir até Peter, mas os Pacificadores são rápidos e me alcançam antes que eu consiga me levantar sozinha.

— Peter!

Noto que ele olha para mim quando os Pacificadores o colocam de pé. Peter parece não entender o que está acontecendo, parece não me reconhecer. Repito seu nome, mas minha voz não sai. Uma coisa pesada me atinge na nuca. Minha visão embaça nos cantos e vai sumindo até tudo ficar preto.

# CAPÍTULO 19

Acordo muito mais tarde em um quarto pequeno e sem janelas. Ouço passos ecoarem acima de mim. Minha cabeça lateja, mas, quando toco o corte no meu rosto, sinto que o sangue está seco. Eu me levanto do colchão onde me largaram e paro, pois tenho a impressão de que o quarto está girando. Tento abrir a porta na parede oposta e descubro que está trancada, óbvio. Jogo o corpo contra ela, várias vezes, gritando até ficar rouca. Onde Peter foi parar? Será que está perto o bastante para me ouvir? Levaram ele de volta para o Chateau? Ou... será que Masterson convenceu os outros de que a Igreja não precisa mais dele? Pensar nisso me faz literalmente passar mal de pavor. Caio de joelhos e vomito no chão de concreto. *Ele está vivo*, digo a mim mesma. Tento acreditar que estou declarando um fato, e não fazendo uma prece. *Peter está vivo. Ele está bem. Você não chegou tão longe para perdê-lo agora.*

Acho que os Anjos vão aparecer daqui a pouco para me pressionar por mais informações sobre Amanda. Tento pensar em algum detalhe que possa dar, algo pequeno o bastante para não comprometer a segurança de Harp, mas grande o suficiente para que me digam o que fizeram com Peter. Mas horas se passam e nenhum sinal deles. Não sei que horas são. A única luz vem de uma lâmpada fluorescente no teto. Será que Amanda levou o plano adiante e usou Joanna para confrontar a Igreja? Isso explicaria o desaparecimento dos Anjos, mas também significaria que meus amigos estão lá fora, lutando por suas vidas... sem mim.

Eu me deito no chão, em um estado entre a vigília e o sono, e, bastante tempo depois, ouço a fechadura girar. Espero a porta se abrir. Quando isso acontece, dou um passo para a frente, passando pelo Pacificador que a abriu e saindo para o corredor largo e branco. Hesito por uma fração de segundo, tentando decidir em que direção correr, mas alguma coisa pesada me dá uma rasteira, me fazendo perder o equilíbrio e cair no chão.

— Por que está fazendo isso? — pergunta uma voz familiar, e quando ergo os olhos me deparo com Wilkins, o menos sádico dos guardas do Chateau Marmont, me arrastando pelo pé de volta para a cela. — Você só vai dificultar ainda mais as coisas para você, quando chegar a hora.

— Estou cagando e andando — retruco, um pouco envergonhada por ter sido tão fácil me imobilizar. — Masterson pode fazer o que quiser comigo.

Wilkins balança a cabeça, me colocando de volta na cama. Antes de sair, empurra com os pés uma bandeja de metal para dentro do quarto, onde vejo um pequeno prato com ervilhas, pedaços de pão e um copo d'água. Ele tranca a porta, mas ainda assim ouço sua voz abafada:

— Não estou falando de agora, menina. Estou falando do Dia do Julgamento Final. Você *não quer* ser salva?

O tempo passa, e os dias se transformam em semanas. A cada doze horas, abrem a porta para servir refeições ridículas, e, a cada doze horas, tento escapar. Nenhum dos Pacificadores é tão compreensivo quanto Walkins, então começo a colecionar hematomas nos braços e nas costelas. Depois de dez tentativas, os Pacificadores finalmente notam um padrão e colocam vários guardas para bloquear a porta, mas só depois de um deles, irritado por ter que correr atrás de mim, me dar meu primeiro olho roxo. Ainda assim, continuo tentando. Não é como se eu realmente esperasse passar por eles. Já estou fraca, e a cada dia fico mais e mais. Só que vou enlouquecer trancada neste quarto, sem ter acesso à voz de Harp, ao rosto de Peter e à fé que Winnie tem em mim. Quanto mais tempo passo sem vê-los, mais eles começam a parecer sonhos bons que me esforço para não esquecer.

Ainda assim, sei que estão vivos. Pelo menos uma vez por dia, um dos Anjos aparece para me interrogar. Por isso sei que ainda não encontraram a milícia de Amanda. E Mulvey deixa escapar que Peter também está bem. Ela me mostra um vídeo no celular, gravado durante a conferência de imprensa mais recente que ele participou, quando, com um tom de voz triunfante, anunciou minha captura.

— Abençoados sejam os Pacificadores por neutralizarem a ameaça do terrorismo espiritual! Crentes do mundo inteiro não precisam mais temer os desejos libidinosos e a falta de pudor dessa oferecida!

A relutância dele fica evidente para mim — a voz trêmula e o cabelo nas têmporas molhado de suor —, mas a multidão vibra. No vídeo, Masterson e Blackmore estão ao lado dele, observando-o com cuidado. Os dois o levam para fora no instante em que Peter termina o discurso. Mulvey olha para o celular com satisfação.

— Viu só, Viv — comenta ela, animada —, seu namorado sabe brincar com os coleguinhas. Por que você não tenta imitá-lo?

Não respondo. Sei como continuam manipulando Peter, afinal, enquanto eu estiver trancada aqui, ele vai fazer tudo o que pedirem.

— Se você nos desse uma pequena dica sobre o que Amanda Yee planejou — continua ela — já seria de grande ajuda. Pense nas vidas que poderia salvar. Pense em Harp! Masterson tem grandes planos para ela, quer colocar seus talentos a serviço da nação! Você não quer apoiar sua amiga com uma oportunidade incrível como essa?

— Se eu dissesse para Harp que considero escrever o novo Livro de Frick uma oportunidade incrível — respondo, pensativa, depois de um instante —, ela vomitaria na minha cara.

— Bem — responde Mulvey, séria. — Isso é nojento.

Blackmore, por sua vez, parece convencido de que sou uma Crente enrustida e que estou fazendo isso para garantir um lugar no esplendor eterno.

— Digamos que você, sem sombra de dúvida, tem um lugar garantido na Segunda Balsa. Nesse caso, nos diria o endereço? Está bem, digamos que você, sua mãe, seu pai, qualquer bichinho de estimação que você tenha, Harp, Peter, todo mundo... Que tal agora? A procura por esses lugares é grande, sabia? — acrescenta ele, muito sério, quando não respondo, como se não estivesse falando de algo imaginário. — O mínimo que você poderia fazer é agradecer.

Cada um desses dois me interroga meia dúzia de vezes, mas Masterson nunca aparece. Então, um dia, quando a porta do quarto se abre e me preparo para minha corrida habitual em direção ao mar de Pacificadores, deparo com ele ali sozinho. Masterson está segurando um vaso cheio de margaridas amarelas e uma garrafa d'água. Fico tão chocada que não consigo me mover. Ele me entrega a água, e afundo na cama, bebendo com avidez. Observo-o colocar as flores no chão, arrumando-as um pouco para exibir melhor o arranjo. Quando fica satisfeito, puxa a cadeira do canto e se senta, deixando nossos joelhos na mesma altura.

— Como vai, Vivian? Há quanto tempo. Sabe quanto? — Baixo a garrafa e nego de leve com a cabeça, com medo da resposta. — Três semanas.

Masterson olha para a manga da sua blusa e puxa um fio solto invisível, como se não quisesse ver minha expressão de horror. Eu não tinha ideia de que fazia três semanas que estava trancada neste quarto. Passo a mão trêmula pelos olhos e enxugo as lágrimas que se acumularam ali.

— Quero pedir desculpa em nome dos meus colegas — continua ele. — Sei que a incomodaram sem parar. Eles parecem abismados com a falta de respostas. "Ela não fala nada! Quer morrer!" — Masterson balança a cabeça. — Eles não conseguem compreendê-la. Mulvey não entende por que você não quer ser protegida pela corporação, e Blackmore é burro demais para reconhecer um verdadeiro Descrente. Você deve se sentir muito ultrajada por eles. Mas eu, por outro lado, acho que a entendo bem. Suas crenças são incorruptíveis. E não necessariamente são baseadas em um poder supremo, mas na bondade dos seus amigos e da sua causa. Está convencida disso. Duvido que eu poderia oferecer qualquer coisa capaz de motivar você a dedurá-los. Admiro essa sua qualidade, Vivian. Não tenho mais interesse em pressioná-la por informações. Para ser sincero — ele pega o celular —, perdi o interesse.

Demoro um pouco para absorver o que ele disse.

— Ahn?

Masterson ergue os olhos.

— Não quero mais ir atrás da Srta. Yee. É óbvio que você não está disposta a ajudar, e não faz sentido ficar perdendo tempo. E por que deveríamos, se eles pareceram tão dispostos, quase desesperados, a retirar o que disseram?

— Sobre o que você está falando? — pergunto, tentando manter a voz firme.

— Ah, é mesmo. — Masterson indica o quarto com as mãos. — Você não tem internet! Não viu o último post da Srta. Janda!

Ele volta a mexer no celular, e fico aguardando, rangendo os dentes. Masterson me entrega o aparelho que está na página do blog de Harp.

*ESTÁ NA HORA DA VERDADE, SEUS PUTOS.*

*Bem, eu teria que contar mais cedo ou mais tarde, e, com a Segunda Balsa se aproximando alegremente da minha porta, achei que seria melhor esclarecer isso antes que as coisas saiam de controle:*

*ESTE BLOG É PURA FICÇÃO.*

*Ficaram surpresos, não foi? Isso é por causa da minha habilidade invejável de criar tramas mirabolantes. Verdade seja dita, sempre fui meio William Shakespeare. Ou melhor, o equivalente feminino de Billy Shakes (quem seria? Beatrix Potter? Gente, preciso ler mais). Continuando: isso tudo — nossas viagens doidas pelo país, a tensão mela-cueca de Viv Apple e Peter Taggart e, O MAIS IMPORTANTE, as alegações de que a Igreja Americana forjou o Arrebatamento e matou/sequestrou milhares de pessoas — é mentira. Sinto muito! Tenho uma imaginação fértil e tempo livre demais, agora que o mundo está prestes a acabar. Minha melhor amiga, Vivian, sempre me disse que o tiro sairia pela culatra. "Harp", falava ela, "você não acha que nossa abençoada Igreja não vai gostar muito dessas suas HISTÓRIAS TOTALMENTE FICTÍCIAS? O Livro de Frick diz: 'Não mentirás'." Como sou mais idiota e muito mais perniciosa do que ela, eu só respondia: "Claro que vão perceber que essa doideira não passa de uma fantasia elaborada!" Mas agora tenho mais leitores do que nunca — atingimos a marca de 2 milhões ontem, gente. Uau! —, e achei que talvez Deus não veja com bons olhos minhas habilidades tão maravilhosas para histórias. Na verdade, ele deve estar todo "Harp, deixe disso ou vou jogar um raio na sua cabeça".*

*Então, queridos leitores, este é meu último post. Obrigada por terem tolerado minhas histórias doidas, e desejo sorte e paz enquanto o Apocalipse se aproxima. Vamos nos permitir uma lata de Aureolinhas de Cristo em penitência por consumir essas mentiras como forma de entretenimento. E, mais importante: Vivian Harriet Apple, você tinha razão! Eu nunca deveria ter começado este blog sozinha, sem sua ajuda. Espero que, antes de seus dias na Terra chegarem ao fim, você consiga me perdoar.*

*Que Frick abençoe todos vocês.*

*Harp Janda, a Mentirosa.*

*Confidencial para VHA: Winnie falou que você pode dizer o que for preciso para eles. Não importa o que for, amamos e escolhemos você.*

Faço um pedido ao Universo para que esse post diga qualquer outra coisa. Mas as palavras não mudam, não importa quanto tempo eu fique encarando o texto, e logo começam a ficar embaçadas quando meus olhos se enchem de lágrimas. Dessa vez, não tento escondê-las de Masterson.

— É óbvio que é um blefe — comenta ele, com delicadeza. — Mas admiro o esforço. Acho que ela pensou que, se declarasse publicamente que era tudo mentira, não precisaríamos mais manter você presa. O otimismo da sua amiga é inspirador, mas, é claro, agora é tarde. Com isso, acho que as forças de Amanda estão com medo de dar o próximo passo, pois isso pode acabar machucando você. Ah, Vivian, não chore. — Ele pega um lenço do bolso e o estende para mim, mas não aceito. Quando ergo os olhos, noto uma tristeza genuína em sua expressão. — É o fim da revolução, mas veja pelo lado bom: seus amigos estão dispostos a perder a guerra para salvar você.

Então Masterson se levanta, recolocando educadamente a cadeira no lugar. Antes que ele consiga alcançar a porta, esfrego o rosto com a manga.

— Quando vocês vão me matar? — pergunto. Não aguento mais não saber. — Se não tenho mais utilidade, se vocês já ganharam, por que não me matam logo?

Masterson dá um sorriso agradável antes de sair e trancar a porta.

— Tenha paciência, Vivian. Tudo a seu tempo.

Choro a noite inteira, gritando no travesseiro. Choro até meus olhos ficarem vermelhos. Estou com medo por Peter. Sinto falta de Harp. Eu me lembro de quando ela apertou minha mão machucada, numa ladeira de São Francisco, da promessa que fez de diminuir a dor que ameaçava acabar comigo. Choro porque ela se enfiou em um buraco, e não estou lá para segurar sua mão. Penso em Winnie. Penso na minha mãe e no meu pai, em Wambaugh, Raj e Robbie. Penso em todo mundo que, de um jeito ou de outro, perdi e nunca mais vai voltar. Choro por ter levado tanto tempo para me tornar a pessoa que fui esses últimos meses: cheia de raiva e coragem e tentando, apesar de tudo, ser realmente boa. Choro porque sinto orgulho dessa pessoa, mas veja só como ela terminou: trancada no porão de um observatório de Los Angeles, sem ter a chance de rever seus amigos e sua família.

Na manhã seguinte, sinto uma dor excruciante na cabeça com a ressaca do luto. Wilkins aparece na minha porta. Mas em vez de uma bandeja com comida, ele trouxe um par de algemas.

— Ande logo — comenta, irritado. — Tem visita para você.

Eu me levanto e deixo ele me algemar, cansada e confusa demais para questioná-lo. Os Anjos nunca me encontram fora do quarto, mas são os únicos visitantes que consigo imaginar. Eu me permito me iludir por um instante imaginando que é qualquer outra pessoa — Harp usando uma fantasia absurda, Winnie com uma arma, Peter interpretando o porta-voz da Igreja —, mas deixo a ideia de lado. Ficar muito esperançosa dói. Wilkins me conduz por uma escada escura, por onde subimos até passar por uma porta aberta que dá para uma varanda de pedra, com vista para a cidade. Estreito os olhos quando a claridade me cega, mas o sol não está a pino, ainda tem o mesmo tom marrom-escuro do dia que me trouxeram para cá. Sinto um cheiro fraco e ácido de fumaça no ar. Michelle Mulvey está ali parada, olhando para mim.

— Vivian! Você parece ótima! — Ela dispensa Wilkins e me leva para uma mesa comprida servida com o café da manhã: maçãs verdes e uvas suculentas, croissants com três sabores de geleia e um tablete de manteiga maravilhoso, além de um prato de linguiças douradas e fumegantes. Fico tonta ao ver toda essa comida, o brilho doloroso do céu e a recepção estranhamente amigável de Mulvey... Por causa de tudo isso, demoro um pouco a reparar que não estamos sozinhas. Do outro lado da mesa, um rapaz se levanta e afasta os cachos dos olhos. Ele abre um sorriso branco e brilhante.

Dylan Marx estende o braço para apertar minha mão algemada.

— É um prazer conhecê-la. Vivian, não é? Michelle me falou muito sobre você.

Olho para Mulvey, que me dá um sorriso encorajador.

— Oi...? — Espero que minha confusão seja interpretada como timidez.

Eu o encaro. Meu coração fica acelerado. Vou conseguir dar o fora daqui, vou ficar bem! Dylan apenas sorri. Depois de bastante tempo, olha para Mulvey.

— Ah! — exclama ela. — Vou lá para dentro. Tenho muita coisa para fazer, muita mesmo. Mas por que vocês dois não se sentam e conversam? Volto daqui a pouco.

Ela vai saltitando até a porta. Com um tom de voz alto e falso, Dylan comenta:

— Então, você é mesmo de Pittsburgh? Que engraçado, eu também sou de lá! Em que bairro você morava?

Ouvimos a porta se fechar. O sorriso de Dylan some.

— Shhh — sibila ele, antes que eu possa falar alguma coisa. Ele para perto da porta e observa as janelas. Satisfeito, volta para a mesa e puxa uma cadeira para mim. — Meu Deus, Apple, você está a cara da derrota. Não estão te dando comida? Coma alguma coisa. Não sei quanto tempo temos. Isso é um olho roxo?

Dylan se senta ao meu lado e coloca salsichas e croissants no meu prato. Depois, corta uma maçã para mim. Toco a pele inchada ao redor do meu olho. Eu já tinha quase me esquecido dos hematomas no rosto. Mordo a salsicha com voracidade e me sinto aquecida.

— Qual é o plano? Como você os convenceu a entrar?

Dylan ri com amargura.

— Michelle Mulvey confia muito nos meus poderes de persuasão. Eu a vi no Chateau ontem à noite, e ela me contou que não estava conseguindo lidar com a Inimiga da Salvação... Uma garota novinha e muito teimosa, que era uma das blogueiras pecaminosas que estavam causando tanto problema. Perguntei se eu poderia ajudar, se ela achava que valia a pena tentar usar meus inúmeros talentos para dobrar sua vontade. Ela *adorou* a ideia. Ela é uma cobra, mas acho que gosta de você. Pareceu muito chateada com a ideia de que você ia passar seus últimos dias aqui no observatório. Então marcou este encontro e me disse para usar todo o meu charme. "Ela tem namorado", avisou. "Mas não é tão fofo quanto você!" Aquela mulher é doida.

— Está bem — respondo. — Você veio dirigindo? Talvez poderia dizer a eles que quer me levar para dar uma volta... Tipo, me mostrar a glória de Deus na natureza. Eles confiam em você, não é?

— É — responde Dylan, passando manteiga em um croissant. — Talvez. Vivian, coma alguma coisa. Eles prepararam esse banquete inteiro só para nós dois.

Há uma tensão em sua voz, o que me deixa um pouco insegura. Eu me esforço para engolir a comida que coloquei na boca. Mas depois empurro o prato para longe.

— Você não está aqui para me ajudar.

— Estou, sim! — A voz de Dylan fica aguda quando ele usa um tom insistente. — Quando acabarmos aqui, vou dizer a Mulvey que você é uma ótima menina, que acho que está mudando para melhor. Mas você precisa colaborar. Diga a eles que está começando a mudar de ideia. Peça um Livro de Frick para estudar. E, pelo amor de Deus, pare de fazer o que quer que seja para arranjar esses hematomas! — Dylan estende o braço para tocar meu rosto, um gesto de amor fraternal ao mesmo tempo preocupado e completamente exasperado, mas me afasto. Ele suspira. — Você não precisa ser salva por mim. Pode salvar a si mesma, se fizer um esforço.

— Mentindo.

— Mentindo, sim. Meu Deus, Viv, para uma Descrente tão fanática, você tem um enorme apego aos dez mandamentos. Pode muito bem mentir para salvar a própria pele.

— Que nem você faz? — Mantenho a voz baixa. Pelo que sei, Mulvey pode estar escondida atrás da porta, ouvindo. Mas fico furiosa comigo mesma por ter achado que Dylan tinha vindo aqui me resgatar. — Como vai essa vida, aliás? Tem dormido bem? Nunca acorda exasperado no meio da noite imaginando o que Raj pensaria de você?

— Por favor — responde Dylan, cerrando os dentes —, pare de usá-lo contra mim. Pare de achar que o conhecia melhor do que eu. Sei muito bem o que Raj pensaria de mim e sei o que faria. Ele esconderia você e a colocaria de novo em segurança. Seria o herói. Nem pensaria duas vezes. Mas também acabaria morrendo ao fazer isso. Eu o amava, está bem? Mas parte do motivo de ele não estar mais aqui é que não conseguia priorizar a própria vida nem por um segundo.

Dylan parece à beira das lágrimas. Não quero que Mulvey apareça aqui e o encontre chateado, então sinto um pouco de culpa. Eu me lembro da Festa da Véspera do Arrebatamento na mansão abandonada, de Dylan e Raj se divertindo na pista de dança, cochichando e rindo.

— Desculpe. — Coloco as mãos sobre as dele. — Você tem razão. Fiquei esperançosa quando vi você, só isso. Não tem obrigação nenhuma de me salvar.

— Mas eu faria isso! — Ele me assegura. — Não sou uma má pessoa, Viv! Se não tivesse que me preocupar com Molly, se não estivesse tentando sair dessa merda de cidade, eu tentaria salvar você sem pensar duas vezes.

— Você vai embora?

Dylan assente.

— Por isso vim te ver. Queria me despedir. Não é mais seguro aqui. Tem uma queimada gigantesca na fronteira de Los Angeles. Começou em San Bernardino na semana passada e está se espalhando depressa. Dezessete mil acres já foram destruídos. Não vão conseguir acabar com o fogo antes que alcance a cidade. — Dylan franze a testa diante da minha expressão confusa. — Você não estava sabendo? Viv, olhe.

Nós nos levantamos, e ele me leva para a beira da varanda. Estamos bem acima de Los Angeles, e percebo por que o ar está denso e tive a impressão de ter sentido cheiro de fumaça quando cheguei aqui. Bem ao longe, mas não longe o suficiente, uma nuvem negra paira sobre uma luminosidade laranja e quente. Quase dá para ver o fogo se aproximando. Dylan estremece ao meu lado.

— Não posso ficar preso aqui. E, de qualquer forma, tenho que ir embora antes de amanhã. Quando eu partir, daqui a pouco, vou pegar o carro e dirigir até o Colorado. Vou buscar Molly lá e iremos encontrar um lugar para nos escondermos, onde a Igreja não consiga nos encontrar. Não quero ser vítima da próxima matança.

Estou tentando seguir sua linha de raciocínio, mas o fogo e a fome deixaram meu cérebro confuso. Não consigo entender.

— O que vai acontecer amanhã? — Dylan parece chocado.

— Meu Deus, Viv, há quanto tempo você está aqui? A Segunda Balsa. Amanhã é o próximo Arrebatamento.

O chão sob os meus pés parece sumir. Masterson me disse que eu estava aqui há três semanas, mas eu não tinha absorvido muito bem a informação. O Segundo Arrebatamento é amanhã. O que quer dizer que o suposto Apocalipse — a chegada do Messias da Igreja — é daqui a apenas dois dias.

— Blackmore deixou *bem claro* que todos os funcionários da Igreja têm passagem garantida na Segunda Balsa. Não consigo acreditar que ele nos mataria, afinal, por que faria isso? De que vale a Igreja sem Crentes? Mas não quero correr esse risco. É o fim do mundo. Quero morrer nos *meus* próprios termos. E isso quer dizer que vou proteger Molly até não dar mais.

Mantenho os olhos fixos nas chamas ao longe. Os Anjos sabem sobre o fogo. Não vão permanecer muito mais tempo num lugar tão perigoso como este. Em algum momento das próximas 24 horas, vão dar o fora de Los Angeles. Vão reaparecer no dia 24, nas televisões de todo o país, com Frick e seu Messias, então a Igreja Americana continuará existindo, possivelmente para sempre, por mais que ninguém saiba quanto isso vai durar. Se os Anjos conseguirem fazer com que seus funcionários desapareçam amanhã — seja matando-os ou escondendo-os —, isso quer dizer que Peter só continuará nesta cidade por um período curto. E quer dizer que não tenho mais tempo. Quando perguntei quando ia morrer, Masterson me pediu para *ter paciência*. Ele sabia que me deixariam aqui para morrer queimada.

— Dylan — digo. — A não ser que tenham se mudado, Harp está num apartamento acima de uma livraria chamada O Bom Livro. Não sei o endereço completo, mas fica em Silver Lake.

— Pare. — Ele balança a cabeça e tapa os ouvidos com os dedos. — Não me conte. Não quero saber. Se a Igreja me interrogar... Não posso saber essas coisas, Viv!

— Preciso que você passe lá antes de ir embora — insisto, como se não tivesse escutado sua reclamação. — Diga a ela onde estou. Dylan, pare de ser infantil! — Ele tapou os ouvidos de novo, como uma criança. Ergo as mãos algemadas e puxo um de seus braços. — Isso é importante! Diga a ela que precisa postar a história de Joanna. Agora mesmo. Assim que possível. Diga que precisa postar a história e vir me buscar, se der tempo. Se o fogo se espalhar antes de ela conseguir chegar... — Balanço a cabeça. — Mande-a fugir.

Ouço um rangido.

— Está tudo bem aqui fora? — pergunta Mulvey do batente da porta, com a voz doce.

— *Tudo ótimo!* — Ele baixa a voz para um sussurro, mantendo o sorriso. — Viv, não tenho tempo. É muito perigoso.

— Por favor, Dylan, me ajude! — Então ouço Mulvey se aproximando em seus saltos altos e fico quieta. Tento parecer feliz e apropriadamente deslumbrada com a atenção que estou recebendo dele.

— O que você acha, Sr. Marx? — Ao meu lado, Mulvey me encara cheia de animação, avaliando meu comportamento. Então entrelaça o braço no meu. Sinto seu perfume doce e enjoativo, mas me obrigo a não me afastar. — Nossa garota pode voltar para o bom caminho?

Dylan sorri e coloca a mão no meu ombro esquerdo. Um instante antes de ele pegar meu outro braço para ajudar Mulvey a me levar de volta para o observatório, dou uma última olhada por cima do ombro, observando a cidade enorme e cheia de fumaça, com chamas crepitando ao longe. *Por favor, Dylan*, penso. *Por favor.*

— Na minha opinião — responde ele, com a voz quase falhando —, Vivian Apple tem um futuro brilhante pela frente.

Depois que Dylan vai embora, tento não perder a noção do tempo. Conto até sessenta. Depois até 360. Perco a conta e recomeço. Tento imaginar o trajeto que ele vai fazer. *Deve estar entrando no carro*, penso. *Deve estar indo para a livraria O Bom Livro*. Depois do que parece bastante tempo, a porta se abre. É Wilkins, como sempre, deslizando a bandeja pelo chão: pão da Igreja Americana e carne-seca ("O favorito de Sansão", anuncia o slogan da embalagem. "Fique mais forte."), três fatias de maçã já um pouco escurecidas e mais um pequeno copo d'água. Eu deveria me matar por não ter comido até explodir hoje de manhã, quando tive a chance. Fico observando Wilkins dar um passo à frente para fechar a porta e, antes de saber exatamente o que pretendo, falo:

— Amanhã será um grande dia.

Wilkins me olha desconfiado. Como não saio correndo na direção dele, em vez disso, pego a carne-seca e dou uma mordida triste e salgada, ele relaxa um pouco. E sorri.

— É mesmo! Rezo para Deus e Frick quererem me salvar. — Noto que ele estreita os olhos, me analisando. — Você também poderia rezar. Não estou dizendo que é garantido, mas se perceberem que está arrependida, ou pelo menos *tentando* ser uma devota...

— Não tem problema, Wilkins. — Tento não parecer estar achando graça. Fico estranhamente tocada por esse último esforço em me converter. — Acho que sou uma causa perdida, mas é bom ver você se esforçando.

Ele assente, mas não se afasta da porta. Eu me pergunto se está pensando em alguma conversa motivadora.

— Você tem filhos, Wilkins?

Sua expressão neutra desaparece.

— Por quê?

— Calma, cara — dou outra mordida —, não vou amaldiçoá-los. Só estou querendo conversar um pouco antes de você ascender ao Reino dos Céus. Depois que você se for, ficarei esperando o Apocalipse no mais absoluto silêncio, então talvez seja bom bater um papo casual enquanto ainda tenho a chance.

— Não tenho filhos — responde ele, depois de uma longa pausa. — Nunca me casei. Se não fosse pela Igreja Americana, eu estaria sozinho no mundo. — Há um grande pesar em sua voz que me faz sentir uma pena horrível dele.

Eu queria, e não pela primeira vez, que a Igreja fosse uma religião como qualquer outra. Eu queria que desse essa noção de comunidade aos Crentes sem causar mal a ninguém.

— Wilkins — digo, depois de um tempo. — Posso pedir um favor?

— O quê?

— Gosto muito do seu relógio. — Indico seu pulso, com um relógio de ouro falso. — Posso ficar com ele?

— É sério?

— Você não vai precisar disso lá em cima! — retruco. — Não tem *tempo* lá.

Ele para, e reparo nas emoções mudando em seu rosto: o ceticismo vira confusão. Olha para o relógio e passa carinhosamente o dedo pelo visor. Então, diz:

— Eu... Não tenho certeza do que o senhor Masterson acharia disso.

— Acho que ele não se importaria. — Preciso ter cuidado, porque ele parece estar quase cedendo. Depois de uma longa pausa, pergunto com gentileza: — Vamos lá, Wilkins, pense em Frick. O que Frick faria?

Ele passa um tempo refletindo. Depois fica sério.

— Frick provavelmente diria para você comprar seu próprio relógio.

Faço uma careta, mas ele está certo. Eu não devia ter usado o nome de Frick para apelar para sua caridade e boa vontade, porque os escritos de Frick não falam de nada do tipo. Eu estava pensando em Jesus. Mas mesmo assim fico chateada porque queria ter como ver essas últimas horas passando. Eu me deito na cama, de costas para Wilkins. Por um momento, sinto ele se aproximar e quase grito para que vá embora e me deixe em paz. Então, ouço um som metálico. Não me atrevo a olhar até ele fechar a porta. Deixou o relógio na minha bandeja, brilhando feito um diamante ao lado das fatias de maçã passada. Coloco-o no pulso e olho a hora: 19h36, na véspera do Segundo Arrebatamento.

No meio da noite, acordo e fico escutando com atenção.

Sei que estou dentro de um prédio, trancada num quarto no subsolo, o mais longe possível de qualquer ser humano em Los Angeles. Mas tenho certeza de que sinto algo mudar. Aconteceu alguma coisa. O Segundo Arrebatamento. Está tudo diferente. O ar parece outro. Quase dá para sentir o grito agoniado da cidade lá fora: a essa altura, devem ter percebido que estão presos aqui. Acham que têm menos de 48 horas de vida. Sinto cada átomo do meu corpo vibrando de antecipação pelo fim: o fim desse falso apocalipse, o meu fim. Ainda não tenho certeza do que virá primeiro.

Ninguém aparece pela manhã, não que eu esperasse que alguém fosse surgir. Os Pacificadores são os membros mais leais dos seguidores devotos da Igreja, portanto faz sentido que sejam levados para onde os Anjos forem. Ainda existe a chance de Dylan ter conseguido falar com Harp a tempo e que meus amigos venham me resgatar. Uma hora se passa, depois duas, várias. Quando anoitece, começo a entrar em pânico. Bato sem parar na porta trancada, jogando meu peso nela. Uso o ombro direito, porque o esquerdo ainda está um pouco dolorido por causa da minha primeira tentativa.

— Tem alguém aí? — grito. — Por favor, alguém me ajude!

A noite passa, e continua assim até o final da manhã seguinte. Achei que o relógio de Wilkins fosse me proporcionar algum conforto, que ver as horas passando daria forma a elas, as deixaria mais sólidas. Mas, em vez disso, ver o tempo correr tão depressa é uma prova de que estou sozinha neste prédio, de que a morte está se aproximando. Não sinto mais meu ombro, então me ajoelho diante da porta e remexo a fechadura com os dedos, deixando as unhas em frangalhos. Minhas mãos começam a sangrar. Não adianta. Sinto vontade de vomitar, mas não tem nada no meu estômago. Eu me deito no chão de concreto, fraca, exausta. Vou morrer aqui. Eu já devia saber, afinal, me trancaram, mas é como se eu finalmente entendesse. Nunca mais vou ver Harp, Peter ou Winnie. Vou morrer aqui, e não vai ser rápido. É só uma questão do que vai me matar primeiro: a fome, a sede ou o fogo. Enfio a mão machucada no bolso e pego o pingente de marreta que Peter me deu. Isso bastou para me fazer sentir forte no passado. Eu o aperto junto ao peito e espero sua mágica funcionar outra vez.

Tenho um sono agitado, incapaz de relaxar meus membros rígidos, incapaz de ignorar a dor que sinto nos braços, na garganta, nos dedos. Depois de um tempo, reparo que tem alguém na cadeira junto à parede, me observando. Não consigo olhar diretamente para a pessoa, mas sei quem é. Reconheço a forma de se sentar, com o tornozelo por cima do joelho. Quero que ele vá embora. Não por não sentir sua falta, mas porque não quero que me veja nesse estado. Queria que tivesse me visto nos poucos meses em que fui forte. Quando o chamo, minha voz sai rouca:

— Papai.

— Você sabe o que fazer se suas roupas pegarem fogo, não é, querida? — pergunta ele, e sua voz fica ecoando na minha cabeça. — Precisa se jogar no chão e rolar.

— Eu sei. É o que vou fazer.

— Muito bem. E tome cuidado para não encostar na maçaneta, está bem? Se o corredor estiver pegando fogo, vai queimar sua mão.

Tento me levantar para vê-lo melhor, mas minhas mãos afundam no chão. Tenho a sensação de que ele está sorrindo para mim, esperando que eu descubra como fazer isso, de que vai ficar muito orgulhoso quando eu conseguir me sentar direito. Sinto uma dor muito forte. Acabei de me lembrar de um segredo horrível sobre ele. Sei que tenho que contar, mas não quero.

— Pai. — Obrigo meus olhos a se fixarem nele. — Você não devia estar aqui. Está morto.

E, naquele momento, consigo vê-lo de verdade pela primeira vez: as sardas nas bochechas, as sobrancelhas despenteadas e a pequena cicatriz no lábio superior, que não sei como se formou nem nunca vou saber. Vejo o sorriso sumir e ele franzir a testa, confuso e pesaroso.

— Ah, é mesmo — responde ele, e depois desaparece.

Sonho que a maçaneta está girando. Há alguém na porta do meu quarto, alguém que tem a chave. Tento me levantar. Digo “estou aqui!”, mas me sinto tonta de sono, dor e fome. O quarto gira ao meu redor, por isso preciso me apoiar na cama, com o coração acelerado.

A porta se abre. Derrick, o parceiro Pacificador de Wilkins, enfia a cabeça dentro do quarto. Quando me vê, começa a rir.

Então não é um sonho, é um pesadelo. Penso em me beliscar, mas, ao olhar para baixo, noto que minhas mãos estão arranhadas e sangrando e sei que o que está acontecendo é real. Eu me obrigo a me levantar enquanto Derrick entra no quarto.

— O que você está fazendo aqui?

— A cidade *está pegando fogo*, mocinha. — Ele é enorme e parece ameaçador sob a luz fluorescente. Reparo em seus olhos vidrados e no cheiro forte de uísque. Ele está bêbado. — Você não sabia? O Dia do Julgamento Final chegou e, graças a você, cada um de nós está sentindo as chamas do inferno queimando nossa bunda. Até eu. Você não podia aceitar que era verdade. *Tinha* que deflorar o filho do Profeta Taggart. *Tinha* que se meter e espalhar sua história nojenta.

Não entendo, mas sinto raiva, que é um sentimento mais forte que o medo e a fome. É uma simples irritação por ele ter vindo até aqui só para me culpar pelas atrocidades da Igreja. Se alguma vez já tive paciência com Crentes que tentavam me convencer de que eu era uma menina má, está oficialmente esgotada.

— É tão estranho que Deus não tenha levado você lá para cima com Ele — digo. — Você é *maravilhoso*. Ele não deve ter se perdoado por ter comido uma mosca dessas.

De repente tudo fica branco. Derrick me bateu e, antes que eu pare de enxergar apenas pontinhos brilhantes, ele me bate do outro lado do rosto. Sinto a forte dor da pele se rompendo no local do meu antigo ferimento no maxilar. Ele vai me machucar mais do que qualquer pessoa já me machucou. Derrick me agarra pelo pescoço e me joga na parede de concreto. Grito, chutando com força, tentando acertar seu saco. Mas ele aperta ainda mais. Com o outro braço, enfia o cotovelo na minha barriga. Estou ficando sem ar, minhas pernas vão enfraquecendo e uma sombra negra se assoma acima de mim. Percebo que vou desmaiar. Vou morrer. Até que tenho uma visão. Vejo nós três — Harp, Peter e eu — em Point Reyes, justo no instante em que encontramos a trilha para o complexo de Frick. Nós nos unimos e colocamos os braços nos ombros um do outro, cansados e triunfantes. Formamos um triângulo. Eu me agarro a essa lembrança, a essa imagem, a esse resquício de consciência. Eu morreria assim mil vezes, desde que pudesse ter vivido aquele momento.

Mas então ouço um baque alto, e Derrick cambaleia para a frente, o peso do seu corpo me pressionando na parede. Ele é pesado, mas tremo de alívio. Inspiro, enquanto minhas lágrimas escorrem. Alguém tira Derrick de cima de mim e, quando consigo focar a visão, tenho certeza absoluta de que *estou mesmo* morta, porque não tem nenhuma explicação lógica para o que vejo: a mulher parada diante de mim, com a parte de trás do rifle ainda erguida no ar, preparada para dar outro golpe na cabeça de Derrick, seu cabelo comprido e acobreado caindo pelas costas e os olhos com uma fúria ardente que eu nunca tinha visto. Então ela olha para mim.

Minha mãe.

# CAPÍTULO 20

— Mãe? — Meu corpo treme de dor e choque, e, quando falo, percebo que estou chorando.

Minha mãe se inclina para a frente e encosta sua mão macia na minha testa. É um gesto que reconheço da infância, que ela fazia quando eu ficava doente. Por algum motivo, minha mãe está conferindo se estou com febre. Os olhos dela ficam marejados.

— Ele ia *matar* você! — exclama, como se não conseguisse acreditar. Ela olha para baixo, para o corpo de Derrick, imóvel no chão, e, pela primeira vez, percebo que Winnie e Kimberly vieram com ela, parecendo incrivelmente intimidadoras carregando rifles às costas e com cintos de munição. Winnie segura o pulso de Derrick para verificar os batimentos cardíacos, e minha mãe leva a mão à boca.

— Ai, meu Deus, Winnie, ele...? Diga que eu não...?

— Ele está vivo, Mara. — Minha irmã ergue os olhos e me encara. Sua expressão preocupada se transforma num sorriso. — Acho até que você pegou leve com ele.

Minha mãe suspira. Ela se volta para mim e me puxa para um abraço, me apertando contra o peito. Meu corpo dói e não consigo parar de chorar. É um alívio como jamais senti, mais forte até do que quando descobri que ela estava viva no apartamento de Winnie. Porque, dessa vez, ela veio me buscar. Foi atrás de mim, me encontrou e me salvou.

— O que você está fazendo aqui? — consigo perguntar, baixinho.

Minha mãe não responde, pois fica imóvel ao ouvir alguém vindo a toda pelo corredor. Vejo uma pessoa pequena passar correndo pela porta, mas então o som dos passos para, mas recomeça quando ela volta pelo mesmo caminho e entra de novo no meu campo de visão. Harp estala a língua ao me ver, como se estivesse desapontada. Está carregando uma mochila nos ombros.

— Vivian Harriet Apple, sua filha da puta! — exclama ela, observando o quarto com ceticismo. — Você some, não manda notícias... Agora está sempre com o rosto sangrando, no porão de observatórios com homens desconhecidos caídos inconscientes a seus pés. Sério, cara, você não é mais a mesma.

Eu me afasto da minha mãe e me agarro a Harp.

— Achei que fosse morrer aqui — murmuro em seu ombro. — Pensei que fosse morrer.

Harp me dá um abraço apertado.

— Pode acreditar: a gente teria vindo muito antes se soubesse onde você estava. Ainda mais se soubesse que você estava trancada num quarto, parecendo um zumbi que acabou de levantar do túmulo ou coisa assim. Meu Deus, Viv — ela me afasta um pouco, para me avaliar melhor —, eles fizeram você passar por poucas e boas, hein?

— Estou bem. Juro! — insisto, ao ver a expressão de dúvida de todas. Ver aquela porta se abrir, ver Harp, minha irmã guerreira e até a presença maravilhosa e confusa da minha mãe... tudo isso fez minha cabeça parar de latejar e a dor da fome sumir. — Como vocês descobriram onde eu estava?

Harp revira os olhos de forma exagerada — um sinal da longa história que está por vir —, mas Winnie dá um passo à frente e coloca a mão no meu ombro.

— Contamos no caminho.

— Ah, merda, é verdade. — Harp dá um tapinha na própria testa e olha para mim. — Temos que correr se quisermos salvar seu namorado da morte certa.

— Por quê? — Meus joelhos fraquejam, e Harp e minha mãe precisam me segurar pelos cotovelos para que eu consiga ficar de pé. — Onde está Peter? O que fizeram com ele?

— A gente explica depois — responde Winnie. Ela lidera o grupo pelo corredor, e Kimberly, Harp e eu seguimos correndo logo atrás. Minha mãe fica na retaguarda, talvez para dar mais uma olhada em Derrick, que começou a gemer, mas ela logo nos alcança.

Tudo dói. Minhas pernas estão doloridas, pois não são usadas há muito tempo, e meus pulmões ardem. O observatório às escuras parece ter sido completamente abandonado às pressas: as portas foram deixadas abertas; há papéis espalhados pelo chão; armas, porretes e versões de bolso do Livro de Frick foram deixados para trás, largados onde quer que os donos estivessem na hora. Se eu não soubesse a verdade, diria que o Segundo Arrebatamento aconteceu como Frick afirmou que seria: uma hora os Crentes estavam aqui e, um instante depois, não mais. Do lado de fora, saímos para os degraus da entrada sob o sol poente e vejo os rastros dos pneus dos carros na grama, marcada pela velocidade com que os Crentes fugiram. A Igreja correu para deixar o observatório, mas partiu em seus próprios termos.

Winnie nos leva até um dos carros de Amanda. Assim que entramos — com Harp e minha mãe de cada lado meu, no banco de trás —, minha irmã liga o motor e sai em disparada pela longa estrada curva. Minha mãe precisa se apressar para fechar a porta, que ainda estava aberta quando demos a partida.

— Então — começa Harp, ansiosa —, não tínhamos a menor ideia de onde você estava. A gente imaginou que a Igreja tivesse conseguido te capturar. Para ser sincera, meio que torcemos para que esse fosse o caso. A pior das hipóteses era você ter sido atacada na rua e... — Ela não termina a frase. Sei que está pensando que poderia ter acontecido o mesmo que houve com

Robbie. — Fiquei com medo. E Winnie também não estava muito calma.

— "Não estava muito calma" é pouco. Tipo, quase nada calma — comenta Kimberly.

Minha mãe remexe na bolsa pendurada em seus ombros e começa a catar comidas aleatórias: uma banana manchada, uma barrinha de cereais, um saquinho plástico cheio de nozes. Meu estômago ronca, e a encaro, agradecida, devorando tudo enquanto as outras continuam contando a história.

— Eu devia ter imaginado que você ia querer ver Peter aquela noite. — Winnie dirige bem acima do limite de velocidade, mas sua voz sai tão firme quanto suas mãos ao volante. — Devia ter convencido você a me levar junto.

— Eu sempre achei que estaria presente quando você morresse. Que bateríamos as botas juntas, num momento glorioso digno de um filme. — A voz de Harp sai tranquila, mas sei que ela está falando sério. — Então você imagina como ficamos alegres e saltitantes por um bom tempo. Logo depois que você sumiu, Peter apareceu na TV e fez um discurso muito animador para contar que você tinha sido capturada. Achei que ele havia te dedurado. Quase falei para Amanda explodir logo a droga daquele Chateau, mas, pelo que a gente sabia, você estava lá. Citavam você todos os dias no noticiário. Não paravam de te chamar de bruxa. Disseram que a estavam mantendo num local secreto e faziam interrogatórios para descobrir os planos que Satã tinha para a América, no dia do Apocalipse. Até chegaram a dizer que uma vez você abriu a boca e uma cobra saiu lá de dentro, cuspindo veneno em quem fazia as perguntas. — Harp faz uma pausa, incapaz de conter o riso. Quando nota meu olhar de reprovação, ri ainda mais, se inclinando para a frente e dando um tapa no próprio joelho. — Ah, meu Deus, desculpe, mas foi bom demais. Não consigo... Ah, minha nossa. Bem, voltando: estávamos tão desesperados que até postei no blog que era tudo mentira, que eu tinha inventado...

— Masterson me mostrou.

— Sério? — Harp não consegue evitar sentir orgulho.

— Ele falou que era um blefe óbvio.

Ela bufa.

— Bem, claro que era. Mas tínhamos que tentar. Esperávamos que eles afrouxassem um pouco a barra, que talvez liberassem você ou, no mínimo, pegassem mais leve. De qualquer forma, *claramente* não funcionou. E Amanda não ficou muito feliz por termos feito isso sem o consentimento dela...

Kimberly ri.

— Retiro o que disse. "Não ficou muito feliz" é que é *mesmo* um eufemismo.

Winnie assume a narrativa:

— Amanda queria seguir em frente com a revelação, levar Joanna a público. Mas pedimos para que esperasse. Achávamos que, se divulgássemos a história dos Desaparecidos enquanto a Igreja ainda estivesse te mantendo prisioneira, eles a matariam em retaliação. O que não era exatamente um impedimento para Amanda. Mas Diego ficou do meu lado, e o restante da milícia também. E é óbvio que Umaymah não queria que você morresse. Ela foi embora com Joanna e os outros Crentes e contou só a Harp para onde estavam indo.

Minha amiga sorri.

— Eles ficaram em Los Angeles, mas Amanda não sabia onde. E dei um pen Drive com a cópia do vídeo da história de Joanna para Edie e deletei a versão no meu laptop. Amanda não tinha acesso ao meu computador nem tinha como usar os Crentes Arrebatados.

— Eles aumentaram bastante a quantidade de Pacificadores que ficavam policiando o Chateau — continua Winnie —, então não tínhamos como fazer uma busca lá sem um plano. Decidimos esperar a Segunda Balsa para ir atrás de você. Achávamos que iam esvaziar o Chateau e a cidade, então poderíamos fazer uma verdadeira missão de resgate. Estávamos contando com o fato de que você estaria viva, que a deixariam para trás. E então, há dois dias, começou um caos.

— Dylan apareceu — explica Harp. — Na noite anterior ao Arrebatamento. Ele estava quase mijando nas calças de medo, mas contou que a mantinham presa no observatório.

— Harp e eu estávamos prontas para entrar no carro e sair naquela mesma hora — intervém Winnie —, só que a Igreja fez uma transmissão especial. E agora estão passando em todos os canais.

Harp volta a contar:

— Blackmore começa falando, puxa um "Salve Frick", encoraja todos a ficarem calmos, independentemente do que aconteça. Então Peter sobe para falar e... Ah, Viv! — Comovida com a lembrança, ela leva a mão ao peito. — Foi incrível. Ele começou lendo o discurso escrito, toda aquela história de Inferno e danação, morais seculares, coisa e tal. Até que ele para, olha diretamente para a câmera e fala: "Estão mentindo para vocês. Mentiram sobre o primeiro Arrebatamento e estão mentindo agora. Vão matar as pessoas que levarem, então não deixem que levem vocês." Aí a transmissão foi cortada. Os âncoras surgem de novo na tela, muito confusos, dizendo que o filho de Taggart foi possuído por Satã, pedindo para Frick ter piedade da sua alma...

— E essa foi a pior justificativa do mundo — comenta Winnie. — Porque, mesmo para os Crentes, uma possessão demoníaca do porta-voz da Igreja Americana na véspera da Segunda Balsa não inspira muita confiança. Todo mundo ficou em pânico. Harp entrou em contato com Umaymah, e postaram a história de Joanna na mesma hora, enquanto a Igreja ainda estava ocupada, e a resposta que tivemos foi...

— Recebemos mil comentários nos primeiros *cinco minutos*! — exclama Harp. — O site ficava o tempo inteiro fora do ar, porque tinha gente demais acessando! Mas compartilharam o vídeo. Compartilharam sem parar.

— E agora está tudo um caos, basicamente. *Todas* as grandes dioceses da Igreja Americana estão sendo atacadas. Nova York, Boston, Chicago, Minneapolis, Seattle... E adivinha só o motivo? No meio de toda a confusão, a Igreja não conseguiu forjar o Segundo Arrebatamento. Não teve um único desaparecimento. Os Crentes se sentiram traídos, sem conseguir entender por que a Igreja prometeria um Segundo Arrebatamento, para início de conversa, e passaram a exigir respostas. No noticiário da Igreja estão divulgando que os Crentes não fizeram por merecer. Ou pelo menos as pessoas que restaram no noticiário, porque aparentemente metade dos âncoras fugiu para as montanhas depois que Peter se rebelou. Disseram que os Crentes deixaram suas mentes ficarem cheias de mentiras e tentações mundanas. Mas isso só irritou ainda mais as pessoas!

— Além do mais, os Descrentes ouviram a história de Joanna — acrescenta Kimberly, com um sorriso — e estão *putos*. Treze lojas de departamento da Igreja Americana foram incendiadas no centro-oeste.

— E os Novos Órfãos do país inteiro estão planejando ataques de peso contra as fábricas onde os outros Arrebatados estão escondidos. A Igreja está com o fiofó na mão. — Harp parece incrivelmente satisfeita.

Tento sentir o mesmo que ela, mas é muita informação para absorver, e minha cabeça ainda está latejando. Olho para a frente, tentando me concentrar no borrão da cidade, enquanto nos aproximamos rapidamente do centro. Harp e Winnie não comentaram um detalhe importante, e estou me segurando para não vomitar.

— O que fizeram com Peter? — Minha voz sai rouca. — Acho que não o deixariam vivo depois dessa. Como sabem que ainda dá para salvá-lo?

Há um silêncio pela primeira vez desde que entramos no carro. Sinto um peso horrível no estômago, como se tivesse engolido uma pedra. Levo minhas mãos sujas de sangue ao pescoço.

— Não sabemos. Não houve mais nada depois daquela justificativa inicial, quando disseram que ele estava possuído — explica Harp. — Só sabemos que, se estiver vivo, deve estar no Chateau. É lá que os Anjos estão escondidos, e é para onde estamos indo. Mas acho que devíamos nos preparar para a possibilidade de...

— Ele *ainda pode* estar vivo — interrompe Winnie. — A Igreja andou muito ocupada nessas últimas 24 horas. Está ocorrendo um levante enorme ao redor do Chateau. Crentes, Descrentes... todos querem respostas. Os Pacificadores estão tentando conter a multidão, mas já abriram fogo contra as pessoas duas vezes, só que tem mais gente chegando o tempo inteiro. O que é bem idiota, na verdade, porque qualquer um em sã consciência deveria estar fugindo da cidade neste exato momento. Tem um incêndio chegando por West Hollywood, e essas pessoas vão morrer queimadas se não derem o fora logo.

Pela primeira vez, consigo prestar atenção no que está acontecendo fora do carro. O outro lado da estrada está todo parado, e, quando passamos, vejo pessoas abandonando os veículos, segurando crianças no colo e seguindo pelo meio da fila de automóveis parados. Mais de uma vez, um carro vem na nossa direção, na contramão, desesperado para escapar. Winnie desvia habilmente todas as vezes. O vento continua abafado e forte, e joga uma tempestade de poeira e vidro quebrado no para-brisa. Vários quarteirões estão sem energia elétrica, e bairros inteiros estão submersos numa escuridão ameaçadora. Em algum lugar lá fora, chamas gigantescas se aproximam de nós. Mas, ainda assim, estamos indo para o Chateau. Não estamos em sã consciência. E, mesmo fraca desse jeito, não me importo. Se Peter estiver vivo, vamos encontrá-lo. Caso contrário, vou matar quem tirou a vida dele. Diego tem razão: também tenho um monstro dentro de mim, uma fagulha de loucura que torna a destruição possível. Nesse momento, esse sentimento é maior do que o choque e do que a tristeza. Ele me transforma em algo inumano, como um pilar de fogo justiceiro pronto para consumir Masterson e os Anjos, e os reduzir a pó.

— Vivian — chama uma voz à minha esquerda, me dando um susto. Tinha quase me esquecido de que minha mãe estava no carro. — Você está com sede?

Ela me dá uma garrafa d'água. Bebo tudo de uma só vez e, mesmo quente, mesmo com um leve gosto de plástico, é a coisa mais maravilhosa que já coloquei na boca. Quando acabo, observo minha mãe encarar a paisagem lá fora, ansiosa, como uma turista procurando por casas de celebridades.

— Mãe. O que você está fazendo aqui?

Ela olha para mim, mas logo desvia o rosto, parecendo tímida.

— Depois... Depois que você foi embora, fiquei me sentindo horrível. Achei que você tivesse morrido. Eu não saía da frente do computador, não parava de atualizar o site, em busca do seu nome. Procurava "Vivian Apple capturada", "Vivian Apple morta", ou às vezes "Harp Janda capturada" e "Harp Janda morta". Não fazia ideia de que Winnie conhecia seu paradeiro e que você estava viva. Depois que ela se foi, tive a impressão de estar delirando. Comecei a ficar irritada com a Igreja. Que direito eles tinham de caçar meninas tão novas quanto vocês? Transformá-las em fugitivas? Comecei a entender que, se pegassem você, seria tudo culpa minha. E se isso acontecesse, eu nunca os perdoaria.

"Então, um dia pesquisei seu nome e encontrei o blog de Harp. No começo, achei que ela fosse uma péssima influência. Imaginei que fosse perturbada ou coisa assim. Mas odiei a história que eu li. Achei que fosse uma mentira horrível. Tive que me afastar depois de ler. Mas depois voltei e reli. Não conseguia parar. Demorou, e provavelmente demais, até que alguma coisa fizesse sentido. O que eu pensava que tinha acontecido, afinal de contas? Tentei imaginar Ned subindo aos céus como ele disse que aconteceria, e essa ideia de repente me pareceu muito doida. Quase uma ficção científica. Então tudo mudou: a mentira era a história horrível. E a verdade era só a verdade.

"Ainda estavam atrás de você, mas eu sabia que, enquanto Harp continuasse postando, significava que você estava bem. Mas entrei em depressão. Não conseguia dormir. Passava o dia lendo o blog. Antes de ler a história de Harp, não achava que Ned tinha morrido. Não pensava no que nós dois tínhamos feito com você.

Ela hesita.

Finalmente, um dia, procurei "Vivian Apple capturada" e achei o resultado. Sabia que era algo inevitável, então de início pensei que não houvesse nada que eu pudesse fazer. Chorei sem parar. Não conseguia sair da cama de manhã. Fiquei doente. Mas, um dia, pouco tempo atrás, foi como se eu tivesse acordado. Sabia que você precisava de mim. Eles tinham dito que você estava em Los Angeles, então peguei um carro e vim para cá. Quer dizer, tecnicamente — corrige ela, parecendo constrangida —, *roubei* um carro e vim para cá... Dirigi até aqui e só parei quando liguei para Winnie. Achei que não fosse conseguir falar com ela, porque ela tinha me falado que ia sair do país. Mas ela atendeu. Aí, eu disse: "Vivian precisa da nossa ajuda."

— Não — corrige Winnie, na lata —, você disse: "Vou salvar Vivian, e é bom você me ajudar."

Minha mãe sorri, constrangida.

— Tá bem, tá bem. Acho que foi assim mesmo. Ela me deu o endereço onde podia encontrá-la. Cheguei hoje à tarde e, para minha surpresa, descobri que não pari só uma, e sim duas garotas duronas. Sei o que deve pensar de mim. — Ela fala essa última frase depressa, e seus olhos ficam marejados. — Sei que te desapontei demais. E sinto muito. E talvez não signifique muita coisa vindo de mim, mas você precisa saber que estou orgulhosa de você, Vivian. Muito orgulhosa, e se seu pai estivesse aqui agora, sentiria o mesmo. Você não é nem um pouco como imaginamos que seria.

Sinto o carro diminuir a velocidade e arrisco olhar pela janela. À nossa frente, num tom branco imponente, em contraste com o céu cor de fogo, está o Chateau Marmont. Uma multidão lota a Sunset Boulevard, pessoas inquietas avançando e se retraindo feito as ondas de um mar revolto. Elas ocupam a entrada de carros do Chateau, se atrapalham para subir nas árvores que bloqueiam os chalés de vista. Mais atrás, há a consequência dos tiros dos Pacificadores: corpos ensanguentados, abandonados pela multidão que abre caminho insistentemente. Helicópteros sobrevoam a área, direcionando os holofotes para as pessoas. Vários repórteres saem das vans estacionadas nos arredores e se acotovelam para chegar mais perto. Por trás do Chateau, a muitos quilômetros, mas perto o bastante para me encher de um medo paralisante, uma nuvem espessa e negra de fumaça se aproxima.

— De carro só vamos conseguir chegar até aqui — diz Winnie, estacionando e abrindo a porta.

De repente, sinto cheiro de sangue, suor e fogo. Sinto uma tensão raivosa no ar. Meu coração fica acelerado, porque é tudo muito terrível, mas ao mesmo tempo muito bonito. Vamos abrir caminho por essa multidão. Vamos entrar naquele prédio. E vamos pôr um fim ao Apocalipse.

Sigo minha mãe pela noite quente e brilhante, e em seguida ouço Harp me chamar:

— Viv, espere!

Quando me viro, ela está agachada no banco de trás, pegando alguma coisa no chão do carro. Ela estende o objeto para mim com um sorriso fabuloso e aterrorizado. Minha marreta.

— Achei que você ia querer isso.

# CAPÍTULO 21

Nós vamos em direção à multidão — Winnie e Kimberly seguem na frente, confiantes, e Harp, minha mãe e eu estamos logo atrás. Quando chegamos mais perto, minha irmã ergue a mão, e vejo Diego acenando de volta a cerca de dez metros. Quando abrimos caminho por entre as pessoas, noto que ele não está sozinho. Junto dele estão os membros restantes da milícia de Amanda, além de Edie e os Novos Órfãos. Edie está de braços dados com Joanna, que parece diferente da última vez que a vi: mais firme, determinada e com o rosto menos pálido. O outros Crentes Arrebatados estão espalhado pelo grupo. Eles portam armas e parecem assustados, mas prontos para o que der e vier. Analiso a expressão dos meus amigos, registrando seu assombro ao me ver. Então grito de surpresa, porque atrás de Diego, à vista de todos, mas tão surpreendente que meus olhos haviam passado direto por ele, está Dylan.

Ele dá um passo à frente, sorrindo meio sem jeito, para me abraçar.

— Dylan. Obrigada. Você salvou minha vida. Harp disse que você contou a ela onde eu estava, mas eu não tinha entendido que continuava aqui... Achei que você tivesse ido embora!

— É, bem... Como já falei, você tem um jeito especial de fazer as pessoas se sentirem culpadas, Apple. De qualquer forma, imaginei que a Igreja já tivesse que lidar com muita coisa para se preocupar com Molly agora. Falei com ela hoje de manhã, e a escola tem um abrigo antibombas onde todos vão ficar escondidos pelas próximas horas. Tenho certeza de que ela vai ficar bem sem mim.

Mantenho a mão em seu braço, para confortá-lo.

— Vai, sim, Dylan. Estamos aqui para consertar as coisas para ela. Amanhã tudo será diferente.

— É, eu sei. — Ele tenta parecer tranquilo, mas seus olhos percorrem ansiosamente a multidão, e ele ergue a mão trêmula para afastar o cabelo dos olhos.

Não consigo falar mais nada. Diego dá um passo à frente e me encara, depois me puxa para um grande abraço.

— Fico feliz por você estar bem — murmura ele, e percebo que está à beira das lágrimas. — Queria que tivéssemos conseguido resgatar você antes. Mas não tínhamos a menor ideia de onde procurar...

— Tudo bem — respondo. — Sério, estou ótima.

Ele me aperta tão forte que chega a doer. Mas, por cima de seu ombro, vejo Winnie abrir um enorme sorriso e levar a mão ao peito ao nos ver. Reviro os olhos para ela, mas não consigo evitar uma breve sensação de paz. Diego faz parte da minha família agora. Todas essas pessoas, aliás. Só está faltando Peter.

— Qual é o plano?

Diego se vira para Edie, que estende o braço para tocar minha bochecha.

— Estávamos esperando você chegar para bolar um. Ah, Viv, olhe só pra você! — Fico preocupada, achando que ela está prestes a chorar, mas, em vez disso, Edie abre um sorriso incrédulo. — Porra, você parece a Joana D'Arc!

Ao meu lado, Harp ri e seus olhos se iluminam, sem acreditar, porque nunca tínhamos ouvido Edie falar um palavrão. Rio das duas.

— Onde está Amanda? O que ela quer que a gente faça?

Diego indica a multidão com a cabeça.

— Ela está em algum lugar ali no meio e já desistiu de nós. Estamos por conta própria agora.

Essa informação deveria me reconfortar, mas não é isso que acontece. Não tenho ideia do que fazer. Ainda perdida, me viro para Harp, que está nas pontas dos pés, tentando ver a extensão da multidão. Quando ela se volta para nós, reparo no seu olhar determinado, e todos — soldados, Órfãos, Crentes — se aproximam. Sinto orgulho dessa garota, que sempre, *sempre*, tem um plano, ser minha melhor amiga do mundo inteiro.

— De nada adianta ficarmos aqui — diz ela. — Temos que entrar lá, precisamos confrontar Masterson com Joanna e transmitir isso ao vivo. Que horas são?

Julian, ali perto, confere o relógio obedientemente.

— Dez e quinze.

— Dez e quinze? — repito, incrédula. Olho para cima. O céu está cor de tangerina.

— Ah, nos esquecemos de mencionar isso... — comenta Winnie, fazendo uma careta de desgosto. — O Sol está se pondo cada vez mais tarde nas últimas semanas. Os cientistas dizem que provavelmente está morrendo.

Abro a boca para fazer mais perguntas sobre o assunto, horrorizada, mas Harp me interrompe:

— Vamos nos preocupar com isso depois, está bem? A Igreja vai ter que apresentar o Messias em breve, antes da meia-noite. Mas parece idiota levar isso adiante com essa multidão aqui fora. E do outro lado do mundo já faz muito tempo que é amanhã. O que eles estão esperando?

Começo a me sentir mais forte, cercada por essas pessoas e por essa multidão. Meus pensamentos fluem com mais facilidade.

— Masterson vai esperar até o último segundo — explico. — Se ainda for 24 de setembro nos Estados Unidos, a história continua servindo. Ele quer esperar até que os Crentes percam as esperanças. Mas você tem razão: precisamos entrar no Chateau e encontrar Masterson e o Messias antes que ele tenha a chance de apresentá-lo. Vamos logo.

Diego e Winnie abrem caminho pela multidão. À distância, parecia uma massa uniforme, movendo-se com certa harmonia frenética, mas ali no meio é uma loucura. Crentes de braços dados cantam "Jesus (Obrigado por me fazer americano)" em um tom agudo e assustador. Há vários grupos de Descrentes espalhados por ali. Alguns parecem ter vindo apenas para se aproveitar do caos, pois estão bêbados, drogados ou parecem insanos. É ainda mais difícil passar por eles: nos acotovelam, gritam na nossa cara. Quando tentamos empurrá-los, nos empurram de volta. Fico perto de Harp. A multidão está suada e barulhenta, e me sinto claustrofóbica. Ouço um zumbido nos ouvidos e preciso fechar os olhos. Uma mão agarra a parte de trás do meu casaco e grito, alarmada, mas, quando me viro, vejo que é apenas minha mãe, um pouco pálida, tentando não se perder de mim naquela confusão.

Ouço um tumulto à esquerda: uma briga entre dois meninos de calça jeans rasgada e um Crente grandalhão.

— Você é tão ingênuo, seu velho! — provoca um dos Descrentes. — Não estaríamos nesta merda se não fosse por gente como você!

O homem ri, sem realmente achar graça, e responde:

— Gente como *eu*? É por causa de *vocês* que Frick nos condenou!

Eu me viro para Edie, Joanna e todo mundo que vem atrás de mim e grito:

— Mais depressa!

Não quero ficar presa aqui. O número de pessoas conhecidas ao nosso redor começa a diminuir: não encontro mais Colby, e Dylan está a alguns metros de distância, com os braços erguidos, cercado por um grupo de meninas adolescentes que se agarrou a ele. Vejo um lampejo prateado: um dos Descrentes está com uma faca. Mas o Crente que ele ameaça é mais rápido e joga o menino no chão. O outro Descrente impulsiona o corpo para a frente, e o homem o empurra de volta, então a multidão ao redor dos dois começa a gritar, e alguém surge brandindo um taco de beisebol. Observo, horrorizada, a madeira atingir o rosto de Gallifrey. Ouvimos um barulho horrível de algo se quebrando. Ele cai no chão, e Harp, ao meu lado, grita o nome dele. Mais gente se espreme ao redor da briga. Com um movimento rápido, Elliott se abaixa e tira Gallifrey do chão e joga o corpo do Órfão por cima do ombro.

— Continuem! — grita.

Quero ir na direção deles, me certificar de que Gallifrey está bem, mas há gente demais entre nós, e não tenho escolha. Por isso sigo em frente.

Restam poucos metros entre nós e o Chateau Marmont, mas há uma corrente humana de Crentes bloqueando nossa passagem. Diego tenta passar, mas as mulheres e os homens estão de braços dados, gritando e chorando. Ele é incapaz de separá-los. Olho para trás da corrente, em busca de outro caminho, até que de repente ouço uma voz baixa e firme no meu ouvido:

— Sua maldita!

Tento ignorar, me segurando a Harp. Diego se esforça para seguir em frente e dar a volta pelo coral de Crentes. Então ouço de novo a voz, desta vez mais alta:

— Sua *maldita*! — O tom de voz é tão alto que ecoa em meus ouvidos.

Sinto uma mão no meu braço, me virando com força e me obrigando a encarar o tal sujeito. E me deparo com um Crente poucos anos mais velho do que eu, acho, suando em bicas. Ele me empurra com força, e caio em cima de Harp. Eu me adianto para bloqueá-lo com a marreta, mas Diego e Winnie já entraram na minha frente. Nem suas armas bastam para desencorajá-lo. Ele resiste, olhando feio para nós por cima do ombro de Diego.

— É tudo culpa *delas*! — grita ele. — Se não tivessem espalhado aquela história idiota, não estaríamos nessa situação.

Teríamos sido salvos! Mas Frick nos deixou aqui para morrer, e tudo por causa *delas*!

Noto, apreensiva, que as pessoas mais próximas se viram para assistir à cena. O coral de Crentes para no meio do refrão, e uma onda inimaginável de murmúrios se espalha cada vez mais longe. Eles sabem quem somos. Estamos presos no meio de uma multidão desesperada, e finalmente nos viram. É como se todos os pesadelos que tive nos últimos dois meses se realizassem no momento mais inoportuno de todos.

— Continuem andando — grito para Winnie, que faz o possível para me proteger. — Apenas continuem andando!

Mas então uma coisa estranha acontece. A corrente de Crentes se separa, abrindo-se como um portão, e cada um sussurra para a pessoa ao lado, até que a multidão se afasta — a princípio, relutante, depois cada vez mais rápido —, praticamente abrindo um caminho para nós até o Chateau. Diego e Winnie se posicionam ao meu lado e ao de Harp, para que ninguém consiga tocar em nós duas. Quando passamos, pessoas gritam:

— Vocês tinham que abrir essas bocas enormes, piranhas! — grita uma Crente, que se joga na nossa frente. Harp acena quando Diego empurra a mulher para longe.

No entanto, a maioria apenas nos encara um pouco espantada. Bem na parte da frente da multidão, vejo um grupo de gente da nossa idade aplaudindo animadamente.

— É isso aí! — berra uma menina. — Admiro muito!

Sorrindo, Harp se vira para mim.

— Podemos repetir isso sempre?

No fim da multidão, encontramos uma fileira resoluta de Pacificadores vestidos para combate, com escudos à prova de balas e rifles automáticos nas mãos. Paro um pouco para recuperar o fôlego. Suas expressões continuam neutras, enquanto observam a gente se aproximar, o que só os torna mais assustadores: inumanos. Mecânicos.

Diego suspira.

— Droga, eu estava torcendo para não ter que atirar em ninguém hoje — murmura. Em seguida acrescenta, por cima do ombro: — Casa do Penhasco? Estão comigo?

Nossos amigos passam para a frente, com as armas em punho, formando um semicírculo protetor à nossa volta. Kimberly me protege com o próprio corpo.

— Abaixe-se — instrui. — Comece a abrir caminho pela lateral.

Harp se agacha, obediente, mas eu entro em pânico. Ninguém na milícia de Amanda está com trajes à prova de balas. Se abrirem fogo contra os Pacificadores, vão morrer no mesmo segundo. Tem que haver outro jeito. Então, sem mais, encontro a saída.

— Wilkins! — grito.

Mal consigo reconhecê-lo por trás dos óculos de sol espelhados, mas ele se sobressalta ao ouvir o próprio nome. Seus colegas, perplexos, viram-se para encará-lo. Abro caminho entre Kimberly e Diego.

— Wilkins. — Aceno. — Ei, Wilkins, sou eu!

— Viv, o que é isso? — pergunta Diego, no meu ouvido, mas eu apenas continuo acenando.

Depois de um instante, o Pacificador vem na minha direção, hesitante. Dou um passo à frente para encontrá-lo, ignorando o ofego de surpresa da minha mãe e a tentativa de Winnie de segurar meu braço. Wilkins abaixa a arma. Ele me encara, com uma expressão indecifrável, então tira os óculos de sol.

— Vivian, o que você está fazendo aqui? — Ele parece preocupado.

— Só vim dar um oi. Senti sua falta esses dias. Você tirou folga ou...?

Ele dá outro passo à frente, desta vez um pouco mais agressivo. Ouço uma movimentação atrás de mim, quando a milícia de Amanda avalia a ameaça. Mas ergo a mão para acalmá-los. Confio em Wilkins.

— Cheguei aqui bem tarde, na noite passada — explica ele, baixinho. — Todos nós viemos para cá. Eles disseram que tínhamos um lugar garantido na Segunda Balsa. Fiquei sentado lá, perto da *piscina*, esperando para ser Arrebatado. Mas nada aconteceu. Aí, ontem de manhã, nos acordaram dizendo que estava ocorrendo um levante aqui fora e que era melhor darmos um jeito nisso. Não nos deram nenhuma explicação sobre por que ainda estamos aqui. O que é muito legal, né, considerando que meu salário está atrasado há dois meses.

— Estão mentindo pra você, Wilkins. Estavam mentindo o tempo todo.

Ele ainda parece em dúvida.

— Talvez. Não vou fingir que as coisas não parecem suspeitas. Por exemplo... eles disseram que você era uma bruxa, não é? Mas uma bruxa não conseguiria escapar da cadeia? — Ele balança a cabeça, considerando os fatos. — Só que, como você explica este céu? Como justifica os incêndios, os ventos e tudo o mais? Tem alguém muito irritado lá em cima, Vivian. Você não pode negar isso.

— Talvez tenha mesmo — respondo, me sentindo desesperada. — Mas não acho que Ele esteja do lado da Igreja Americana. E você?

Wilkins passa a língua nos dentes da frente, pensativo. Dá para perceber que ele está em dúvida, mas parece determinado a não me responder.

— Olhe — ouço passos, e Harp para ao meu lado —, precisamos entrar. Não vamos machucar ninguém, só queremos encontrar Masterson, Mulvey e Blackmore. Se eles ainda estiverem aqui, vamos exigir uma explicação.

Wilson fica muito tempo me encarando, e tenho certeza de que está prestes a recusar. Mas então indica um ponto à sua direita, para os Pacificadores que nos observam logo atrás.

— Está bem, mas o que vamos dizer para aqueles caras?

Dou de ombros.

— O que você achar que eles precisam ouvir.

Wilkins pensa um pouco, então faz sinal para o seguirmos. Ele nos leva até um Pacificador no meio da linha de defesa. O sujeito se empertiga quando nos aproximamos e cospe no chão.

— Ei, Bob — começa ele —, sei que isso é meio incomum, mas essas meninas aqui... Você reconhece as duas, não é? Então, elas querem se entregar. Admitem que são inimigas da salvação e querem consertar as coisas com a Igreja.

— Achei que *essa aí* já tivesse se entregado. — Bob franze a testa ao olhar para mim.

— É — respondo. — Mas fugi. E quero me entregar por causa disso também.

Bob nos encara demoradamente, e me preparo para algo horrível. Depois dá de ombros. Tenho a impressão de que Wilkins não é o único que está perdendo a paciência com os Três Anjos da Igreja Americana.

— Tanto faz. Eu diria para levar as duas até Masterson, mas ninguém sabe onde *ele* está. Talvez seja melhor levá-las para o chalé onde estão mantendo aquele garoto, o Taggart. — Agarro o braço de Harp para me equilibrar. — Oliver está de guarda lá. Ele vai saber o que fazer.

Percebo que Bob fica em alerta. Ele ergue o rifle e aponta para alguma coisa atrás de nós. Quando me viro, entro em pânico. Vejo Winnie e minha mãe se aproximando com as mãos erguidas.

— Elas também querem se entregar! — grito, correndo para protegê-las com meu corpo.

Winnie escuta minha desculpa e assente, entendendo na mesma hora.

— Nós a ajudamos a fugir da cadeia da Igreja, o que foi errado. Por favor, só queremos pedir desculpa nessas últimas horas que nos restam.

Dá para reparar que Bob não está totalmente convencido, mas ele balança a cabeça.

— Leve todas elas para longe daqui — ordena ele para Wilkins, que começa a nos levar na direção do portão aberto, até que ouvimos um grito.

— Ei! — Nós nos viramos e vemos Bob indicando a marreta em minhas mãos e o rifle nos ombros da minha mãe e da minha irmã. — Tire as armas delas primeiro, seu idiota! Quer que todo mundo morra?

Wilkins obedece em silêncio, mas percebo que ele cora com o insulto. Quando termina de nos desarmar, nos guia pela longa entrada de carros. Vou andando com cuidado, com medo de Bob mudar de ideia. Ouvimos um rugido raivoso vindo da multidão quando os portões se fecham atrás de nós. Wilkins cumprimenta com a cabeça o Pacificador na entrada dos chalés.

— Não vai demorar muito para aquela rapaziada conseguir entrar — comenta, parecendo nervoso, e o guarda resmunga em resposta. Então Wilkins nos conduz para o jardim murado.

Quando saímos do campo de visão do Pacificador, Wilkins para. Ele entrega um rifle para minha mãe e outro para Winnie. Em seguida, com uma expressão confusa, coloca a marreta em minhas mãos estendidas. Ele nos guia pelo jardim seco e marrom, devido ao verão eterno de Los Angeles, passando por uma piscina que já deve ter parecido muito convidativa, mas que agora está quase vazia e cheia de pássaros mortos. À frente, vemos um monte de chalés pitorescos envoltos na mais completa comoção. As portas estão abertas, e pessoas entram e saem em pânico. Olho para o interior das construções ao passar por elas, observando cenas do mais completo caos: um casal discute, jogando toalhas dentro de uma mala malfeita; há duas mulheres sentadas no chão diante da cama, uma chorando e a outra tentando consolá-la ("Mas é claro que não vão nos matar! Somos da ralé!"); vejo um homem encolhido na soleira da porta, ao telefone ("Só diga a ela que papai a ama muito e que ele estará em casa assim que puder. Não, não tenho ideia de quando será isso, Judith, estamos no meio do Apocalipse, caramba!"). Vejo casais rolando na grama, dando um último abraço romântico enquanto os momentos finais se aproximam; pessoas bêbadas tropeçam neles sem querer, chorando, agarradas a garrafas de champanhe. Sinto calafrios ao reparar em um corpo boiando na piscina de barriga para baixo.

Finalmente, no fim dos chalés enfileirados, encontramos um Pacificador diante de uma porta ainda fechada. Há barras de metal nas janelas. Ele nos olha desconfiado quando nos aproximamos, reparando nas armas e reconhecendo nossos rostos famosos. Ele segura sua arma com mais firmeza. Deve haver um meio de distraí-lo, penso, algum jeito de convencê-lo a nos deixar entrar e sair do perímetro. Talvez Wilkins consiga ter alguma ideia. Mas, quando estendo o braço para chamar a atenção dele, Winnie me contém e me olha como se dissesse *deixa comigo*. Ela segue em frente, confiante, até o Pacificador guardando a porta. É algo tão inesperado que ela consegue apagá-lo com um único soco.

Wilkins fica surpreso.

— Meu Deus! — grita ele, quando Oliver, o Pacificador, cai no chão. Ele nos encara com medo, depois sai correndo por onde viemos.

— Temos que impedi-lo. — Winnie não parece muito feliz com isso. Ela coloca o rifle nos ombros, mas toco sua arma e a empurro para baixo.

— Deixa pra lá — digo.

— Viv...

— Ele não vai contar para ninguém — prometo. Não sei se é verdade, mas quero acreditar que sim. Ainda estou usando o relógio de pulso dele. Winnie parece duvidar, mas baixa a arma.

Eu me viro e olho para a porta. Está trancada. Deve ter um jeito mais fácil, porém sinto meu corpo formigar de antecipação e consigo ouvir o barulho da multidão daqui. Não temos muito tempo. Eu me jogo contra a porta, socando-a.

— Peter! Peter! Você está aí?

A princípio, não ouço nada, só um murmúrio distante, o clamor baixo e longínquo da multidão. Mas então escuto a voz dele por trás da porta, um sussurro sonolento:

— Viv?

— Se afaste da porta! — grito.

Recuo um passo e ergo a marreta acima da minha cabeça. Quando Winnie, Harp e minha mãe percebem o que estou prestes a fazer, correm de costas para o gramado. Abaixo a marreta com força, mas o objeto apenas passa de raspão pela maçaneta, arrancando um pedaço bem grande da moldura da porta. Tento outra vez, amassando a madeira.

— Você sabe que esse cara deve estar com as chaves, não é? — comenta Harp, chutando de leve corpo inconsciente de Oliver.

Eu a ignoro, baixando a marreta outra vez, e finalmente acerto o alvo. A maçaneta fica bamba como um dente mole. Continuo tentando. Meus braços ainda doem por causa das minhas tentativas de escapar da prisão, e eu nunca fui forte, mas meu gesto é impulsionado por algo que vem do amor e do desespero do tempo passando. Parece que vai ser possível. A maçaneta finalmente cede, fazendo um ruído metálico, e dou um passo à frente. Vejo os dedos de Peter no buraco deixado pela maçaneta. Ele abre a porta, olhando com cautela para nós quatro. Ele arregala os olhos ao se virar para mim, pois estou suada, em pânico e machucada.

— Nossa — comenta ele, quase sem fôlego.

É o melhor elogio que recebi nos últimos dias. Peter vem na minha direção e me beija com delicadeza. Ele segura meu queixo entre os dedos e levanta meu rosto com todo o cuidado para poder ver melhor meus ferimentos sob a luz do céu brilhante. Ele vira minha cabeça de um lado a outro.

— Não está tão ruim quanto parece — comento. Na verdade, quase não sinto mais dor. Estou embriagada de felicidade. — *Você* está bem?

Peter assente. Tirando as olheiras profundas, ele parece mais ou menos o mesmo de sempre: bonito, gentil e com um leve ar de quem acordou há pouco.

— Mulvey falou para não baterem no meu rosto. Ela acha que tenho futuro, está imaginando uma história de redenção, pelo que me disse. Tenho certeza de que Masterson teria me matado depois do que falei na TV... Você ficou sabendo? — Apenas sorrio em resposta, e ele retribui meu sorriso. — Bem, pois é. Acho que eles não ficaram muito felizes com isso. Mas Mulvey e Blackmore me esconderam aqui. Acredito que ainda se sintam um pouco culpados pela morte de meu pai. E não vejo Masterson desde então.

Fico na ponta dos pés para beijá-lo outra vez. Quando ele se afasta, olha para Winnie e para minha mãe, que o encara com educação. E, de repente, mesmo estando no meio de Hollywood com um falso apocalipse pairando sobre nós, minha vida parece totalmente comum.

— Ah. — Minhas bochechas coram, apesar dos ferimentos, e Harp, ali perto, olha para o céu, assobiando em disfarce. — Peter, essa é minha irmã, Winnie Conroy, e minha mãe. Mãe, Winnie, esse é Peter Ivey. Meu namorado.

Peter aperta as mãos das duas, um pouco tímido.

— É um prazer conhecê-la, Sra. Apple.

Harp dá risadinhas. Winnie dá uma cotovelada nela, mas um sorriso se forma no canto da sua boca. Minha mãe parece nervosa, e seus olhos estão estranhamente brilhantes.

— Ora! — responde ela, alto demais. — Mas que coisa! Sempre achei que, quando conhecesse o primeiro namorado de Viv, seria antes da festa de formatura, quando estivéssemos revendo suas fotos de bebê.

Cubro o rosto, torcendo para ficar invisível.

— Ai, mãe, fala sério. Nada disso.

— Adoraria ver essas fotos algum dia, Sra. Apple. — Peter sorri.

— Se tudo der certo, Pittsburgh está pegando fogo neste exato momento — comento —, e nossa casa vai ser destruída.

— Você acha que eu não guardei as fotos na nuvem? — Minha mãe ri, e parece tão ela mesma que não consigo me conter e me junto a ela na risada. — Vamos lá, Viv. Reconheça a sagacidade tecnológica da sua velha mãe.

— Sabem... — Harp indica sua mochila com o polegar. — Acreditam que eu trouxe um laptop? Posso ligar rapidinho! Vamos viver esse momento maravilhoso em família agora mesmo!

Parto para cima dela, e Harp cai na gargalhada, tentando abrir a mochila com uma mão e me afastar com a outra. Minha mãe e Peter riem juntos enquanto assistem à cena, e é um instante perfeito: minha melhor amiga, meu namorado, minha mãe e eu. Então Winnie pigarreia, me fazendo cair na real. Sinto todo o pânico de uma vez. Ainda há muito a ser feito, e não sei por quanto tempo essas pessoas que tanto amo continuarão em segurança.

— Desculpe — começa minha irmã, quando ficamos quietos —, mas não podemos demorar. Até onde sabemos, os Anjos planejam divulgar a chegada do Messias. Precisamos confrontá-los antes que tenham essa chance. Só que... Ah, merda!

Entendo na mesma hora que Harp.

— Joanna! — murmura ela.

Os Crentes Arrebatados, o ponto central de todo o nosso plano, ainda estão atrás dos portões com o restante da multidão. Sem poder contar com Joanna para confrontar os Anjos ao vivo, o vídeo de Harp não vai passar de uma filmagem e os três vão negar tudo — isso se conseguirmos encontrá-los — e nossas mortes sangrentas serão meras consequências.

— Precisamos da presença de um dos Arrebatados para que nosso plano funcione — digo. — Vou lá fora buscar Joanna.

Começo a seguir para o portão, mas Winnie segura meu braço.

— Os guardas não vão te deixar passar — insiste ela. — E, até onde a gente sabe, Wilkins já deve ter contado a eles que batemos em um Pacificador. Podem estar vindo para cá agora mesmo. Porra, não consigo acreditar que não trouxe Joanna comigo!

— E se encontrarmos Frick? — sugere Peter. — Se o colocarmos na frente de uma câmera antes de revelarem o Messias... Isso funcionaria, não acham? Se ele dissesse alguma coisa como a que falou em Point Reyes naquela noite...

— Se conseguirmos fazer Frick dizer que o Arrebatamento foi forjado, já bastaria — concordo.

— Frick? — repete minha mãe, parecendo um pouco apavorada. — *Beaton* Frick?

— Mas onde você acha que ele está? — pergunto a Peter.

— Não faço ideia. Devem ter levado ele para um quarto legal, como sinal de respeito... — Ele para de falar, dando uma olhada nos chalés próximos.

— Ele deve estar dentro do Chateau — comenta Winnie. — Devem querer mantê-lo por perto e o mais distante possível da multidão.

Peter assente.

— Olhe, vamos começar pelo sexto andar e ir descendo. Não é o ideal, mas é o melhor que podemos fazer. Não temos tempo a perder.

Corremos de volta pelo jardim e passamos pelo guarda no muro de pedra. Winnie acerta o rifle na têmpora dele, para se certificar de que o cara não vai atrás de nós. Seguimos juntos pela entrada principal e vamos até a escadaria, subindo depressa, abrindo caminho pela multidão de funcionários da Igreja tentando fugir. Alguns olham para mim, e noto o brilho temerário de reconhecimento em seus olhos, mas ninguém tenta nos impedir. Os empregados conhecem os diversos pecados da Igreja Americana, sabem mais que os Crentes lá fora, e estão fugindo enquanto podem. Subimos até o último andar do

Chateau, e os gritos dos Crentes em pânico chega até a escadaria: são uivos ininteligíveis, e, no quarto andar, ouvimos um único tiro alarmante. O sexto andar está mais silencioso do que os outros, com todas as portas fechadas. Os funcionários aqui são do nível mais alto. Sabem sobre o Messias ou acreditam que Masterson vai tirá-los dessa. Confiro o relógio de pulso de Wilkins: dez para as onze.

— O que vamos fazer? — sussurra minha mãe. — Bater nas portas gritando o nome de Frick?

Harp, Peter e eu nos entreolhamos.

— Sra. Apple — responde Harp —, é *exatamente* isso o que vamos fazer.

Vou para um lado, e Peter segue para o outro. Harp sai correndo na frente. Winnie está com a arma preparada para o caso de Masterson ou os outros aparecerem. Bato em todas as portas com minha marreta.

— FRICK! — berro. — BEATON FRICK!

A voz de Peter, rouca, também grita o nome dele. As portas se abrem, e os ocupantes olham para fora, alarmados. Reparo que as pessoas trocam olhares sombrios, e percebo que sabem onde ele está. Mas ninguém indica a direção correta.

Então, virando a esquina do corredor, surge a voz de Harp:

— Ei!

Peter olha para mim, e saímos correndo juntos. Vemos Harp diante do último quarto, no fim do corredor. Ela está com o pé enfiado no vão da porta, mantendo-a aberta, e as mãos pressionadas na madeira, empurrando com toda a força. Mas há alguém lá dentro determinado a fechar a porta. Peter a alcança e joga o corpo contra a madeira. Ouvimos um gemido quando a pessoa do outro lado cai para trás, e a porta se abre sem resistência. Winnie e minha mãe já nos alcançaram, e entramos juntos no quarto.

Beaton Frick está lá dentro. Ao vê-lo, minha mãe solta uma exclamação de surpresa e cai de joelhos. Ele está muito mais apresentável do que da última vez que o vi, de barba feita e cabelo cortado. Mas ainda resta um pouco do velho Frick: todo confiante e pronto para os negócios. Ele acena para mim, em reconhecimento, seus olhos ao mesmo tempo alegres e alarmados, e sei que sua mente continua insana. Em qualquer outra ocasião, sua presença seria a coisa mais notável no quarto. Mas esta noite nossa atenção se volta para outra pessoa ali dentro.

Tem alguém sentado no chão, todo esparramado, tentando ficar de pé, mas se embolou todo nas longas vestes de linho. Ele é jovem — deve ter a idade de Winnie —, tem cabelo castanho-avermelhado na altura dos ombros e barba da mesma cor. Lembra tanto Jesus, o que é ao mesmo tempo incrível e hilário. E olha feio para nós, apoiando a cabeça no cotovelo e falando a um celular colado ao ouvido, com um tom de voz irritado:

— Obrigado pela preocupação, Jeremy, mas estou bem. Não, não são eles. São uns adolescentes meio doidos. Sim, eu *me lembro* do que estava no contrato. *Muito* obrigado. E o que eu deveria fazer? Eles invadiram o quarto! Perguntar o quê? Ah, está bem. Só um segundo. — O Messias fixa o olhar em mim, irritado. — Vocês vieram aqui me matar?

Ficamos espantados demais para responder. O Messias estala os dedos para nós, como se achasse que somos surdos. Então nego com a cabeça.

— Eles disseram que não, Jeremy. — O cara se levanta e continua falando, como se não tivéssemos interrompido. — De qualquer forma, a questão é que você me *garantiu* que seria em horário nobre. Você me prometeu que eu estaria nas mãos de pessoas capazes. Mas a verdade é que faz cinco horas que me enfiaram num quarto com um — ele baixa a voz a um sussurro dramático: — *maluco*, e me disseram que eu não podia ser visto. Ninguém aparece para falar comigo há horas! — Depois de uma breve pausa, ele começa a gritar: — É, eu sei sobre o levante! Além de tudo não podem oferecer um ambiente de trabalho seguro! Quero que você ligue para Masterson *agora mesmo* e o lembre que sou da guilda!

Atrás dele, Frick está sentado na cama, muito paciente, sorrindo com educação para nós, como se o Messias fosse um netinho malcomportado que ele não conseguisse controlar.

— Quer mesmo falar comigo nesse tom, Jeremy? Talvez você tenha se esquecido de que trabalha para mim. Só tem aquela casa de veraneio nova em Boca Raton por *minha* causa!

Winnie passa por mim e vai até o Messias. Ela arranca o celular das mãos dele e grita no aparelho:

— Daqui a pouco ele te liga de volta! — Ela desliga e se vira para o ator, que se encolhe de leve. — Qual é o seu nome?

Embora o medo ainda assombre seus olhos, o Messias parece lembrar a que veio. Ele se levanta, unindo as mãos diante do peito.

— Ora — responde ele, num tom de voz muito diferente, mais suave e com um leve sotaque britânico —, você sabe meu nome, minha filha.

— O cara é *bom* — comenta Harp, depois de uma pausa. — Não dá pra negar.

Winnie parece enojada e, mesmo sendo uma cabeça mais baixa do que o Messias, o faz encolher quando volta a falar, com uma voz baixa e mortal:

— Espero que estejam te pagando muito bem para isso. Espero que você consiga comprar uma mansão onde nunca vai morar e um carro novo que nunca vai dirigir. Espero que isso te deixe bem satisfeito, porque agora você *pertence* à Igreja. Entendeu? Sabe o que acontece com as pessoas de que eles não precisam mais? Sabe o que fizeram com os Crentes Arrebatados?

O Messias faz uma careta, como se preferisse que ela não tivesse tocado nesse assunto. Winnie se vira para Frick.

— E você, entende quem é essa pessoa? Tem uma noção de quem os Anjos alegam que ele é?

— Acho que sim — responde Frick, baixinho. — Acho que entendo.

— E concorda com isso?

Frick balança a cabeça, e Winnie parece satisfeita. Mas então ele acrescenta, de repente, com a voz retumbante:

— Não há alento para o tormento eterno que a América vai sofrer! Deus condenou todos nós a um mundo forjado em fogo, e vai rir de nós, sem piedade, enquanto queimamos! Esse homem é um impostor, e vamos dá-lo de comer aos cães do inferno quando vierem das profundezas da terra de Satã!

Atrás de mim, minha mãe murmura, chocada:

— Ai, meu Deus.

Winnie me encara e sorri.

— Está bem. Acho que vai funcionar — diz ela.

Minha irmã é a primeira a sair, para ver se a barra está limpa. Harp e eu vamos atrás, acompanhadas de Frick. Minha mãe nos segue, e Peter fecha o comboio, quase que arrastando o Messias.

— Escutem só, se acontecer alguma coisa com a fantasia, não é do *meu* pagamento que vão descontar — murmura ele.

Harp se inclina para a frente e olha para mim, então contemos o riso.

É assim que acontece: estou olhando para a frente e dando um sorriso largo. Um Pacificador surge no fim do corredor com a arma já apontada para nós. Demoro um tempo para entender. Como é que isso pode acontecer enquanto estou rindo, quando a gente já ganhou? Mas então ouço um estampido romper o silêncio do sexto andar, seguido de outro, depois de um terceiro. A última bala partiu de Winnie, que acertou o alvo. Pessoas gritam, entre elas minha mãe e o Messias, mas também os funcionários da Igreja à nossa volta, que decidiram sair dos quartos justo neste instante. Eles veem um corpo no corredor e Winnie do outro lado, com o rifle ainda a postos, e saem correndo e gritando, como se estivessem sendo perseguidos. Um homem parte para cima da minha irmã e tenta imobilizá-la no chão. Ela o joga para longe, mas com dificuldade. Depois olha para mim por cima do ombro.

— Corra, Viv! — grita ela. — Leve eles lá para baixo!

Frick fica tenso com o choque, e dou um puxão em seu braço para obrigá-lo a continuar andando, passando por Winnie, que caiu no chão. O corredor está cheio, o homem que partiu para cima da minha irmã agarra o tornozelo de Harp, e minha amiga tropeça. Vejo o Messias passar correndo por mim, e Peter vai atrás dele. Frick finalmente se mexe, e abrimos caminho pela multidão. Olho para trás depressa, para me certificar de que Harp conseguiu se levantar, e fico feliz que sim. Mas então percebo que minha mãe não parou de gritar. Não desde que ouvimos o segundo tiro. Paro no mesmo instante e olho para ela, por meio da massa de pessoas fugindo dali. Ela está de joelhos no corredor, berrando. Tento descobrir o que houve: será que ela levou um tiro? Onde está o sangue? Então vejo Winnie.

Ela está deitada de costas no chão, de frente para a minha mãe. Uma mancha enorme e preta se espalha em seu peito. Ela pisca, confusa, para o teto. Minha mãe engatinha para a frente, e solto o braço de Frick.

— *Fique onde está* — grito para ele, ou pelo menos é o que eu acho que faço.

Então tiro o casaco dos ombros e saio correndo aos tropeços. Aperto o casaco com força no peito dela. Winnie olha para mim, dando um sorriso fraco.

— Fale para Mara que ela precisa se recompor — diz.

Suas pálpebras tremem por alguns longos segundos e então se fecham.

# CAPÍTULO 22

Foi tão rápido que parece até que não aconteceu. O tempo ainda está passando. Para reverter a situação, basta voltar pelo mesmo caminho, pé ante pé, e refazer um gesto de modo ligeiramente diferente. Por onde começar?

A cabeça de Winnie descansa nos joelhos da minha mãe, que chora com o rosto inclinado para trás. Noto uma mancha cor de ferrugem se espalhar pelo meu casaco. Harp senta-se do outro lado da minha irmã e coloca uma das mãos em seu braço. De lá de baixo ouço uma barulheira enorme — gritos e uma baderna, além de diversos berros de gelar o coração —, e registro no fundo da mente que a multidão ali fora conseguiu passar pelos portões e entrar no Chateau. Quero me encolher ao lado do corpo da minha irmã, ser tomada pelo caos. Mas, em vez disso, penso em Winnie, que era ao mesmo tempo tão forte e vulnerável, tão madura. Tento imitá-la.

— Mãe. Você precisa se acalmar. Winnie ainda está respirando.

Minha mãe respira fundo e vê o peito de Winnie subir e descer de forma irregular. Lágrimas escorrem pelo seu rosto, mas ela consegue parar de chorar. Harp olha para mim, esperando para ver o que vou fazer. Precisamos de um médico, precisamos saber atirar, precisamos de mais *tempo*. Sinto alguém surgir perto de mim, e, depois de um instante, Frick se ajoelha junto de Harp, do outro lado da minha irmã.

Ele segura a mão dela. Não há hesitação em seu rosto, nenhuma demonstração de saber que perdeu a última chance de escapar. Minha mãe o observa com uma expressão que não consigo decifrar. Harp se inclina um pouco para longe.

Frick começa a rezar.

— Senhor...

— Não! — grito.

Horrorizada, agarro o pulso da minha irmã e liberto sua mão das dele. Posso conhecê-la há poucos e breves meses, posso ter descoberto há pouco tempo que ela existia, mas tenho certeza de que a última coisa que Winnie iria querer em seus momentos finais é um falso profeta ao lado de seu corpo murmurando palavras vazias.

Minha mãe estende a mão e toca meu rosto.

— Por favor, Viv. Deixe ele terminar. — Os olhos dela estão vermelhos e irradiam sofrimento. Penso em meu pai. Talvez minha mãe também tenha se lembrado dele.

Então não sinto mais que está na hora de defender meus princípios. A oração de Frick não é para Winnie. É para minha mãe, que, apesar de tudo, precisa se agarrar à pequena esperança de que Frick — ou de que alguém como ele — vá conseguir contar uma história capaz de lhe trazer um pouco de paz.

Abaixo a cabeça, e Frick, depois de uma pausa, continua:

— Senhor, por favor, olhe por Tua filha. Se for Tua intenção chamá-la para Sua casa esta noite, então a guie com sabedoria e paz. Estamos gratos por ela ter sido enviada para nos proteger hoje. Amém.

— Amém — repete minha mãe, e Harp e eu fazemos o mesmo.

O rugido que vem lá de baixo aumenta, ficando frenético e alarmante. Logo vão conseguir invadir os últimos andares, e seremos engolidas pelo tumulto. Temos que seguir em frente — é o que Winnie gostaria, é o que ela *quer* —, mas fico apavorada ao pensar em deixá-la aqui. Enquanto estiver respirando, por mais fraco que seja, não sei como ir embora.

— Eu fico — oferece minha mãe. — Vá fazer o que veio fazer. Vou cuidar de Winnie.

— Tem certeza? — Sinto uma pontada imediata e surpreendente de ciúme. Não é o velho medo de São Francisco, de que, no fundo, minha mãe prefira minha irmã. É o fato de que Winnie agora pertence *a mim*. Escolhemos uma à outra, e ela é minha.

— Winnie nunca se perdoaria se você perdesse a oportunidade de derrubar os Anjos por causa dela. — Minha mãe sorri com tristeza. — Ficaria furiosa.

Concordo com a cabeça. Harp se levanta e puxa o braço de Frick, que também fica de pé, obediente. Minha mãe coloca a cabeça da minha irmã no chão e vai até onde estou ajoelhada. Sua mão toma o lugar da minha no casaco.

— Vamos mandar ajuda — prometo a ela. — Não vai demorar.

Minha mãe apenas assente, com os olhos fixos no rosto de Winnie. Eu me levanto, pegando a marreta que larguei na pressa de chegar até minha irmã. Olho para Harp.

— Viv...

A voz dela falha, insegura, mas minha melhor amiga oferece a mão, e eu a seguro. Ela aperta uma vez, depois outra, como se para me lembrar de suas palavras: *você não vai deixar que isso acabe comigo, e vou segurar sua mão e fazer o mesmo por você quando for preciso*. Aperto de volta, lembrando que ela sabe exatamente como me sinto, e que, antes de qualquer pessoa, escolhi Harp como irmã. Os olhos dela me questionam, mas não sei como responder, então apenas digo:

— Fique por perto.

Seguro o outro braço de Frick, e, juntos, saímos em disparada pelo corredor, passando pelo corpo caído do Pacificador que atirou em Winnie. A multidão fica mais densa conforme nos aproximamos, e estamos apenas na metade dos degraus que levam ao quinto andar quando os primeiros sinais dos ataques surgem, e a escada está cheia de gente que deseja escapar do Chateau. Não quero machucá-los, mas estão formando uma parede impenetrável. Empurro com insistência as costas das pessoas com a marreta. Aqui em cima parece haver majoritariamente funcionários da Igreja subindo com medo da mistura furiosa de Crentes e Descrentes lá embaixo. Eles abrem espaço sem protestar quando percebem quem somos, e pulam para o lado para nos deixar passar. Ouço alguns gritos surpresos de "Frick!". O velho reage com desconforto, e, assim que chegamos ao terceiro andar, ele puxa meu braço com um desprazer quase infantil.

— Acho que eu não deveria estar aqui — comenta ele. — Os Anjos vão ficar muito chateados se souberem que saí do meu quarto. Talvez eu devesse voltar.

— Mais tarde — respondo. — Agora você está indo lá para baixo falar com essas pessoas. Vai contar a elas o que os Anjos te obrigaram a fazer. Vai revelar que o Messias é falso.

— Mas... — Frick franze a testa, e fico preocupada com a possibilidade de que esteja confuso demais para entender o que está acontecendo, de que acabe sendo inútil lá embaixo. — Mas eles já estão irritados demais!

— Ah, pelo amor de Deus! — Harp dá um suspiro exasperado. — Será que *eu* posso dar um soco nele?

— Frick — tento soar gentil. — Essas pessoas são Crentes em busca da sua sabedoria. Você se lembra da parábola da Starbucks? "Você é meu filho. Eu sou seu Pai." Esses são *seus* filhos, Frick. Ouça como estão chamando por você.

Ele faz uma pausa para me obedecer, embora, é claro, não tenha ninguém gritando seu nome. Mesmo assim, Frick parece tocado pela barulheira, e, por fim, estende o braço para mim, dizendo:

— Não foi uma parábola, sabe? Realmente aconteceu.

O terceiro andar parece ser o mais longe que a multidão conseguiu chegar. Vemos uma massa fervilhante de corpos arrombando as portas e arrastando pelos cabelos os funcionários da Igreja aos berros. Pacificadores enfrentam os Descrentes, que lutam contra Crentes, que afrontam os Pacificadores. No fim do corredor, vejo Daisy, dos Novos Órfãos, subir nas costas de um Pacificador enorme para dar uma mordida vampírica em seu pescoço. O homem grita e se sacode violentamente para jogá-la no chão. Abro caminho para olhar por uma janela aberta no fim do corredor. Lá embaixo, a multidão continua avançando, e há mais gente dentro do prédio do que fora. O céu ganhou um tom alaranjado agourento. Reparo as nuvens negras ameaçadoras do incêndio se aproximando, ainda mais próximas do que antes.

— Precisamos ir! — grito para Harp, e arrastamos Frick conosco.

Encontramos Diego na escada, empunhando uma arma, com uma expressão ansiosa. Atrás dele estão as pessoas que mais quero ver: Estefan, o enfermeiro dos Novos Órfãos, e Frankie, carregando seu kit de primeiros socorros às costas.

— Diego! — berro, agarrando seu braço. — No sexto andar, Winnie...

— Peter nos contou. — Ele não para de andar, passa direto por mim e faz a curva pelo corredor para subir o próximo lance de escadas. Estefan e Frankie vão logo atrás. — Viv, você sabe o que precisa fazer?

— *Não!* — grito em resposta, mas ele já se foi.

Nós nos embrenhamos cada vez mais pela multidão, passando o segundo e o primeiro andar. Frick continua firme, feito uma boia salva-vidas no meio do mar, mas seu rosto está tomado pelo medo, e me preocupo com a possibilidade de ele se descontrolar diante de toda essa confusão. Mais à frente, duas mulheres Crentes se estapeiam; um Descrente saca uma enorme espada da bainha do seu quadril, empunhando-a de qualquer jeito; funcionários da Igreja rastejam, desesperados, para a saída, até que são vistos por Crentes furiosos, que os agarram pelos tornozelos, fazendo-os voltar para o combate. Quando finalmente chegamos ao saguão de entrada, noto que Kimberly e

Birdie estão num canto, dando golpes sem piedade num Pacificador que tenta se defender com seu escudo à prova de balas. A multidão se divide um pouco, e grito, horrorizada, quando um homem acerta um bastão na cabeça de Kanye. Há câmeras por todos os lados, filmando o caos, e repórteres sobem em cadeiras para evitar se machucarem, gritando:

— Não, você pegou a pessoa errada! Sou só um jornalista!

*Precisamos encontrar os Anjos.* Dou uma olhada na multidão em busca de Masterson, embora tenha certeza de que não o encontrarei ali. Ele só entraria no meio dessa bagunça se fosse ao lado do Messias, e — se Peter foi rápido o bastante — não vamos deixar aquele ator escapar. Tem um palco do outro lado do cômodo. A multidão diante dele forma um nó impenetrável, mas, se conseguirmos passar por ali, se formos capazes de colocar Frick lá em cima, onde todo mundo possa vê-lo... seria o fim de tudo. Nós ganharíamos.

Do outro lado de Frick, ouço um som que gela meu sangue: um grito de Harp. Eu me viro. Dois homens no meio de uma briga a atingiram, as mãos agarrando o pescoço um do outro. Harp cai no chão, e vou ajudá-la, mas algo bate com força no meu ombro machucado, e a dor me faz vez estrelas. Cambaleio, me apoiando no braço de Frick para não cair. Quando ergo a cabeça, desorientada, não encontro minha melhor amiga em lugar algum.

— Harp!

Solto a mão de Frick e empurro as pessoas para o lado com a marreta, sem me importar se vou machucá-las ou não. Mantenho os olhos fixos no chão. Se Harp estiver caída, será pisoteada. Empurro uma mulher, tirando-a do caminho, mas ela apenas quica no mesmo lugar e continua assustadoramente parada. Seus braços esticados estão apontando para alguma coisa. Nem penso no que pode ser até notar que o homem ao seu lado também está imóvel. Percebo que estão olhando para Frick. Ele os encara de volta, atarantado. Eu me jogo para a frente, para ficar ao seu lado.

— Frick! — grita um Crente, com a voz rouca. — É Beaton Frick!

As pessoas ao nosso redor passam a prestar atenção. A luta continua por todos os lados, exceto nessa pequena área, que cai num silêncio atônito. Uma mulher cai em cima de mim, chorando.

— Ah, aleluia, meu bom Deus! Estamos salvos!

— Esse não é Frick — rosna alguém em meu ouvido, e me deparo com um dos jovens Descrentes que iniciaram a briga lá fora. Ele encara Frick, cético. — É só um holograma, porra.

Como se para provar seu ponto, ele estica os braços e empurra Frick com força, fazendo-o cambalear para trás. Os Crentes mais próximos ficam surpresos. Chego mais perto e protejo o corpo de Frick com o meu, buscando Harp com o olhar. Uma idosa abre caminho e segura a mão dele.

— Sua Santidade. — Ela treme de emoção, e olha através de mim. — Não me deixe morrer no meio desses animais. Eu me esforcei tanto para ser boa. Pode me salvar, por favor?

— Nosso bebê! — grita outra voz, a de um homem. Ele empurra a mulher para a frente, e noto que ela está carregando um bebê aos berros enrolado num pano grudado ao peito. Eles chegam tão perto de mim que consigo sentir o doce cheiro de leite da pele do neném. — Falhamos com você, mas, por favor, ele acabou de nascer! Deus vai salvá-lo, se você pedir! Deus vai ouvir você!

Atrás de mim, ouço Frick gaguejar. Ele está confuso.

— Sinto muito... Eu... É tarde demais!

— Não é um holograma — diz o menino Descrente —, mas com certeza é um ator...

— Por que você nos condenou, Frick?

— Fizemos tudo o que você pediu. Compramos tudo o que nos mandou comprar. Tudo!

Cada vez mais Crentes vêm na nossa direção, esticando-se para encostar nas roupas de Frick, para tocar sua pele, implorando por respostas. O bebê grita tanto que chega a dar pena, roçando no meu ombro. A mãe dá um berro, em pânico, quando a multidão se aproxima ainda mais. Descrentes também tentam abrir caminho à força. Os olhares furiosos das pessoas e armas sendo brandidas acima da cabeça.

— Por que está protegendo ele? — Uma mulher Descrente puxa meu braço com força, tentando alcançar Frick. — Ele merece tudo o que vai sofrer. *Saia da frente!*

Mas não posso fazer isso, não posso deixá-lo morrer antes de falar, antes que os outros entendam. Não é suficiente que os Crentes se sintam abandonados, eles precisam saber das mentiras. Senão alguém vai tentar outra vez.

Agarro a mão de Frick. Cada vez mais pessoas descem a escada ou entram pela porta da frente, e o círculo se aperta ainda mais ao nosso redor. Começo a gritar "Por favor, se afastem!", pensando na mulher com o bebê em pânico tocando meu ombro. Às minhas costas, uma mão pesada atinge minha cabeça com força e me joga para baixo. Fico tão surpresa que caio no chão. Não tenho forças suficientes para me levantar. Alguém dá um chute forte na minha lombar e eu tombo para a frente, derrubando outra pessoa, um garoto Descrente que reage instintivamente, me dando uma cotovelada na boca enquanto rolamos juntos pelo chão. Minha marreta cai, e a perco de vista em meio ao mar de pernas. Sinto gosto de sangue, e a multidão avança mais uma vez, me pisoteando. Alguém pisa no meu tornozelo, torcendo-o. Outra pessoa usa meu ombro como apoio para se erguer. Grito por socorro. Tento agarrar alguém para conseguir levantar, mas alguém me empurra para baixo toda vez, me acertando no peito e na cabeça. É como morrer afogado: os braços e gritos das pessoas vão se fechando acima da minha cabeça como ondas, e sinto uma necessidade desesperada de voltar à superfície. Por fim, de um jeito horrível, meu corpo fica mais fraco, vai amolecendo, perdendo a força ou a habilidade de resistir, sabendo que, quando isso acontecer, acabou. Será meu fim.

— Meus filhos, por que estão lutando uns contra os outros? — A voz de Frick ecoa pelo Chateau, ampliada tantas vezes que faz meus dentes rangerem.

Todo mundo fica imóvel, toda a massa fervilhante acima de mim, toda a multidão que se aproxima de cada lado. Naquele silêncio curioso, na lenta busca pela origem do som, sinto uma mão agarrar meu braço e me erguer. Olho para cima, querendo ver quem me ajudou, e encontro uma Crente de meia-idade com uma daquelas toucas brancas.

— Você está bem? — sussurra ela, quando fico de pé.

Assinto, tonta, e limpo a boca com as costas da mão, sujando-a de sangue. Quando sigo os olhares da multidão, encontro o Messias banhado em luz dourada no palco onde eu tinha esperança de conseguir levar Frick. Ele parece surpreendentemente convincente. A multidão emite um murmúrio de incompreensão, e os Crentes começam a perder a compostura: eles caem de joelhos, assombrados, gritando e se remexendo. A maior parte das pessoas parece espantada demais para lutar contra essa onda de fé instantânea. Vejo uma mulher Descrente fazer o sinal da cruz e olhar para a própria mão com uma expressão confusa.

— Aproximem-se, meus filhos — fala o Messias, com uma voz estrondosa.

A multidão se move sem jeito, como se estivesse se aproximando de um animal selvagem. Só conseguem chegar até certo ponto, por causa da barreira de Pacificadores diante do ator, mantendo todos a uma distância segura. Logo atrás, vejo Masterson, Blackmore e Mulvey. Eles parecem exageradamente surpresos e gratos, segurando as mãos uns dos outros. Ouço Masterson exclamar, incrédulo:

— Estamos salvos! Estamos salvos!

As câmeras de reportagem se voltam para capturar a visão.

— Vocês foram muito fiéis — continua o Messias —, muito bons e verdadeiros em suas crenças, durante um período muito incerto. Sua força parece sobre-humana a meu Pai no Céu. Ele quer recompensá-los pela fé inabalável.

— LOUVADO SEJA — exclama uma voz na multidão, e os outros ecoam. — LOUVADO SEJA! LOUVADO SEJA!

No fundo, ouço um murmúrio esperançoso e ininteligível. Observo os braços dos fiéis se erguerem em uma onda cambaleante, com os celulares erguidos para gravar a cena. Mais acima, vejo Julian. Ele está curvado para baixo e, quando se empertiga, meu coração se sobressalta. Reparo que Harp está sentada em seus ombros, segurando uma câmera.

Está na hora. Abro caminho até Frick. Ele está parado no meio da multidão que tentava alcançá-lo, algumas pessoas ainda seguram suas mangas e seu casaco. Ele olha para o Messias, parecendo ultrajado e surpreso.

— Meus filhos — continua o Messias, acima das vozes agradecidas dos fiéis —, vocês não vão morrer esta noite.

Os Crentes na multidão comemoram e avançam com as mãos estendidas, tentando tocá-lo. Pego o braço de Frick e o arrasto para a frente.

— Abençoada seja a Igreja — diz o Messias — por abrir seus olhos para o erro de seus caminhos. Abençoado seja o Profeta Frick, que está no céu, por levar vocês para o Reino da Glória. Abençoado seja — o Messias ergue uma cópia brilhante da edição de Apocalipse do Livro de Frick — por nos deixar este livro milagroso, esta nova edição da Palavra Sagrada, que custa apenas 19,99 dólares nas lojas da Igreja Americana do mundo inteiro.

— Olhem! — grita uma voz perto do meu ombro. — Abençoado seja Deus! O Profeta Frick retornou para nós! Amém!

Nós dois abrimos caminho dando cotoveladas. Quando nos veem, os Crentes comemoram, surpresos. Os Descrentes parecem furiosos.

— Não! — exclamam dois Descrentes adolescentes, ao ver o profeta ressuscitado.

Sinto vontade de confortá-los, pois consigo imaginar este momento do ponto de vista deles: a nova história entrando em cena, deixando-os para trás, sem saber o que fazer. Mas não posso parar. Preciso levar Frick até aquele palco.

Finalmente chegamos à frente da multidão, tendo nosso caminho bloqueado apenas pelos Pacificadores enfileirados, e vejo o Messias hesitar diante da comoção provocada pela presença de Frick. Ele ainda não reparou no profeta, mas noto quando Masterson olha para o círculo de felicidade incontrolável que cerca Frick e eu. Ele franze a testa, e meu coração se acelera, porque agora sei que o pegamos: ele só ia levar Frick a público caso conseguisse controlá-lo, mantê-lo quieto. Não tinham ideia de como o Profeta ficaria furioso com todo esse teatro. O Messias vê Frick e — interpretando o pânico nos olhos arregalados de Masterson como um sinal silencioso de encorajamento — o chama para mais perto. Empurro Frick, e os Pacificadores abrem caminho, com uma expressão de surpresa.

— Ah! — improvisa o Messias, mas seu sorriso falha. — Vamos nos rejubilar com este milagre! O Profeta voltou e está diante de vocês outra vez para guiar sua fé!

Masterson ajuda Frick a subir no palco, e o vejo sussurrando furioso no ouvido do velho. Mas o Profeta não parece ter escutado. Lança um olhar penetrante para a multidão alegre, erguendo a mão para silenciá-los. Mesmo sendo puxado por Masterson, que tenta tirá-lo do alcance do microfone do Messias, ele não se move.

— Vocês! — começa Frick, lançando um olhar assassino para seus fiéis seguidores. — Vocês aceitam esse falso ídolo sem hesitar, sem sequer questionar?

A multidão exultante fica desanimada. O Messias se encolhe e tenta falar mais alto:

— Ah, meu Bom Profeta, somos tão... Estamos muito felizes com sua ressureição... Nós...

Mas Frick tem mais prática em falar com multidões, então sua voz sai estrondosa, silenciando o Messias:

— Vocês acreditam nos contos de fadas que eles contaram? Recusam-se a aceitar a destruição iminente, o destino final do mundo, que é o Inferno? Vocês me enojam com essa traição, ao abraçarem tamanha mentira. Não passam de pecadores condenados e desafortunados! A aniquilação de vocês está próxima!

— Como assim? — pergunta um Crente confuso ao meu lado, olhando ao redor como se quisesse se certificar de que não é o único que está escutando essa maluquice.

Masterson estala os dedos para alguns Pacificadores próximos, e um grupo deles sobe no palco para agarrar Frick, embora pareçam tão perplexos e assustados quanto o restante da multidão. O Profeta luta contra eles, gritando loucamente. Ouço o desespero das pessoas aumentar atrás de mim, e alguém grita:

— Deixa ele falar!

— Caros Crentes. — Masterson dá um passo à frente, ajustando a flor na lapela. Ele usa o mesmo tom frio e inteligente de quando dá entrevistas. — A ressurreição é um processo que causa grande desorientação, e o Profeta Frick está muito cansado. Perdoem-no por essas declarações confusas. Meu Senhor, pode fazer uma prece pelos que estão aqui reunidos?

Mas o Messias parece nervoso, ciente da mudança de humor da multidão. Ele não ouve o pedido de Masterson. O Anjo o chama outra vez, com uma voz firme:

— Meu Senhor!

Só neste momento o ator percebe que estão falando com ele. Então invoca a aparência beatífica de salvador, abrindo bastante os braços.

— Ó, Senhor — entoa —, abençoe esses poucos fiéis, permita que sempre tenham a coragem de se alinhar com a Igreja, que é boa e correta. Olhe por seu Profeta, Frick, para que ele consiga se recuperar logo.

Mas depois o Messias se abaixa, e ouvimos algo se quebrando. Alguém jogou um copo de vidro do bar, que atingiu a parede atrás do ator. Ver Jesus se abaixando para se proteger não é algo muito inspirador, e a multidão começa a vaiar. Sinto meu corpo tremer com o som, como se fosse uma música — linda e inspiradora — me levando ao êxtase. Fico com calor, e uma felicidade e uma calmaria se espalham por meu corpo. O barulho fica cada vez mais alto, aumentando sempre que Frick tenta se soltar dos Pacificadores. Assisto a tudo, rindo, enquanto Ted Blackmore tenta fugir. Ele sai correndo da lateral do palco, direto para os braços estendidos da multidão. Masterson não vê, mas ele agarra as vestes do Messias e dispara palavras ininteligíveis no ouvido do ator. Mas o rosto do sujeito está marcado pelo medo, e ele nega com a cabeça.

— Desculpe — diz o Messias, e o microfone reproduz cada palavra. — É demais para mim. Não fui treinado para lidar com isso.

Michelle Mulvey geme, angustiada, e também tenta fugir, mas os Pacificadores, cuja lealdade muda a cada segundo, estão prontos: eles a agarram e a mantém no lugar. Viro a cabeça e encontro Harp empoleirada nos ombros de Julian. Ela não me vê, pois está sorrindo para a cena que sua câmera grava. Um empurrão violento me faz cair para a frente. O Messias é empurrado para uma parede, parecendo assustado, e Frick continua gritando coisas incoerentes. Os Crentes avançam com dificuldade em direção ao palco. Em pânico, percebo que a manada está prestes a debandar, e que estou parada bem ali no meio.

O mundo está assistindo, e, se vamos ganhar, precisamos fazer isso derramando o mínimo de sangue possível. Mas como podemos acalmar toda essa gente? Procuro meus amigos na multidão: Elliott, Birdie, Colby ou até mesmo um dos Novos Órfãos, qualquer um que possa me ajudar a conter essa onda de gente.

Então sinto um tapinha no ombro. Edie Trammel está ao meu lado. Não entendo como ela conseguiu passar pela multidão sem se machucar. Estou quase convencida de que ela simplesmente se materializou aqui, sentindo que sua presença era necessária. Joanna está ao seu lado. As duas estão de mãos dadas.

— Edie! — grito, tentando falar mais alto que as pessoas revoltadas. — Precisamos contê-los!

Edie se vira para mim e dá uma piscadela. Em seguida sobe os degraus que levam ao palco, puxando Joanna atrás de si. Ela se posiciona na frente do Messias apavorado e olha cheia de expectativa para a multidão, esperando que todos fiquem em silêncio. Surpreendentemente — como se o olhar atento de Edie os tivesse deixado com vergonha daquela situação e permitido que recuperassem a harmonia —, eles vão se aquietando aos poucos.

— Meus irmãos — começa ela, quando tem certeza de que todos estão escutando. — Entendo a raiva e confusão de vocês. Colocamos nossa fé, uma das qualidades humanas mais preciosas, a capacidade de acreditar sem precisar de uma comprovação, em uma mentira cruel. A Igreja Americana é *uma mentira*. Não passa de crenças odiosas e delírios de um maluco que foram explorados por este homem, que só visava o lucro — ela indica Pierce Masterson, com um gesto displicente —, e seus sócios. Perdemos nossas famílias. Alguns de nós perderam a liberdade. Viemos aqui contar o que aconteceu com os supostos Crentes que foram Arrebatados há alguns meses. — Edie indica Joanna com a cabeça. — Mas antes disso...

Ouço um grito e um barulho de tiro. A multidão fica em polvorosa de novo. Dou um berro e pulo para a frente com os olhos fixos em Edie, mas ela continua lá, sã e salva, e parece surpresa. Edie olha para Masterson com uma leve curiosidade, e, quando sigo seus olhos, vejo o ombro direito dele com uma mancha escura horrível de sangue. Ele deixa cair a arma que tirara do coldre e coloca a mão sobre a ferida. Masterson olha, pálido, para alguém na frente da multidão. Kimberly está lá, acenando muito animada para ele, Dragoslav pendurado no ombro. Masterson parece furioso e indignado diante de sua narrativa bolada com tanto esmero se desvelando nessa zona diante dele. O homem cai no choro.

Edie o encara com compaixão, então olha para os Pacificadores.

— Será que um de vocês pode fazer a gentileza de tirá-lo daqui? *Muito* obrigada — diz, quando dois deles se adiantam para obedecer —, vocês são *tão* gentis. Deus os abençoe. Se tiver algum médico presente, será que podemos tratar do Sr. Masterson? Seria uma pena se ele morresse antes de ser julgado por seus crimes.

O burburinho da multidão parece ter assumido outro tom, uma espécie de rigidez vigilante. Estão hipnotizados pela calma calorosa de Edie, por seu controle, por sua aparente indiferença a ter escapado de fininho de uma tentativa de assassinato.

— O que eu queria dizer — continua ela — é o seguinte: o mundo é um lugar escuro e assustador. Este país é enorme e desconhecido. Alguns ficam à espreita, esperando a chance de nos manipular e nos voltar uns contra os outros, seja por dinheiro ou por poder. Não importa. Só sei que não sairão bem-sucedidos se nos apoiando uns aos outros. Se encontrarmos dentro de nós a capacidade de amar sem medo nem restrições, de aceitar a humanidade dos outros como um fato simples e irrefutável. Acredito que somos capazes disso. Acredito que cada um de nós é bom o bastante para conseguir. Quem sabe quanto tempo nos resta? Quem sabe quando e por quais motivo vamos desaparecer de vez? É fácil nos escondermos uns dos outros, nos escondermos no medo e na desconfiança, estendendo nosso amor a poucos e privilegiando nosso próprio bem acima do destino de pessoas que nem conhecemos. Mas acredito que o ser humano é tão maior e melhor do que isso.

Sinto uma mão quente segurar a minha. Peter está ao meu lado e parece exausto. Seu olho direito está roxo, e ele tem um corte fundo em uma das bochechas. Franzindo a testa, ele toca o canto de meus lábios sujos de sangue. Ele inclina a cabeça para o lado e, juntos, damos as costas a Edie e abrimos caminho pela multidão. Eles a ouvem com atenção, os rostos calmos e receptivos, alguns chorando. Não posso ajudar, mas me pergunto: se a primeira pessoa carismática que discursasse diante de toda a nação depois da queda da Igreja pregasse uma mensagem de violência e dúvida, será que os americanos teriam aceitado assim, tão rápido?

Peter olha para mim para ter certeza de que estou seguindo-o, e sorrio, feliz por ele não poder ouvir meus pensamentos cínicos. Lentamente, vamos até Harp, que filma o discurso de Edie com uma expressão divertida, ainda empoleirada nos ombros de Julian. Quando nos vê, Harp dá um tapinha na cabeça dele, que se abaixa para deixá-la descer. Harp entrega a câmera para ele e dá um beijinho em seu rosto, e Julian cora enquanto se endireita. Minha melhor amiga vem saltitando até nós e se joga em meus braços, jogando as pernas ao redor de minha cintura. Solto uma risada de surpresa, e uma Crente próxima, atenta às palavras de Edie, pede silêncio com a testa bem franzida.

— Argh. — Harp mostra a língua para a mulher, quando ela nos dá as costas. — Vamos sair daqui. *Preciso* de ar.

Ela volta para o chão. Juntos, vamos em direção à porta, mas paro de repente quando chegamos à escada.

Minha mãe está descendo, com os olhos vermelhos e a frente da blusa suja de sangue. Vê-la me desperta para um sonho ruim: Winnie. Me afasto de Harp e Peter e vou manobrando entre os Crentes aglomerados na entrada. Minha mãe me vê e para no último degrau, o corpo tremendo enquanto chora.

Corro até ela e a puxo para meus braços, sentindo o cheiro pungente do seu suor e do sangue de minha irmã. Ela me abraça e chora com o rosto enfiado em meus cabelos. Meus olhos também se enchem de lágrimas, mas tento me recompor. Chegará o dia em que terei que sentir a perda de Winnie para valer, em que terei que pensar em tudo o que ela fez por mim, no oásis que ela me proporcionou em um país que me queria morta. Então, terei que imaginar todos os dias ensolarados que não passaremos juntas. Mas, por hora, tenho que me segurar. Meu trabalho ainda não acabou — ainda precisamos fugir desse hotel e dessa cidade antes que o fogo nos consuma. Um dia, vou me permitir pensar nas irmãs que Winnie e eu poderíamos ter sido — nas irmãs que fomos felizes em ser. Mas não hoje. Minha mãe se afasta e enfia a mão na bolsa. Ela pega um molho de chave e o entrega para mim: são de Winnie.

— Diego me pediu para trazer isso para você — sussurra. — Ele disse que daqui a pouco vai descer, e que vai trazer... vai trazê-la junto. — Ela começa a choradeira outra vez. — Desculpa... é que... Achei que fôssemos ser uma família. Hoje à noite, quando estávamos todas juntas... fiquei tão feliz. Achei que poderíamos tomar conta umas das outras.

— Ainda somos uma família — respondo. — Eu e você. E Winnie e papai também. Só porque eles se foram não significa que não somos mais uma família.

Minha mãe olha para além da multidão, para o palco onde está Edie, então se volta para mim. Ela seca os olhos na manga.

— Sei que você está certa. Eu só... Eu não quero desapontar você, Vivian. Quero ser uma boa mãe. Quero ser a mãe *ideal*.

— Não existe isso. Basta ser você mesma, mãe. Seja você mesma e esteja lá quando eu precisar. Sério...Isso é o bastante.

— Está bem — responde minha mãe, já distraída. Sua atenção foi capturada pela voz calorosa e potente de Edie, e também olho para minha antiga colega de classe. Edie se encosta no Messias para o microfone dele captar bem sua voz. Ela faz um discurso passional sobre sua crença em um Deus que tem um plano para nós, um Deus que não permitirá que a gente morra sozinho. Olho para minha mãe. Ela está com a boca entreaberta, totalmente concentrada.

— Mãe? Precisamos ir embora logo. O incêndio está chegando perto. Vou lá fora trazer o carro de Winnie para o portão, ok?

— Hã? — Ela me solta e começa a se juntar à multidão que ouve o discurso de Edie. — Está bem, querida. Vou esperar aqui. É só me chamar...

Olho para a parte de trás de sua cabeça por um momento, para o cabelo longo e cacheado que tanto amo. Harp se aproxima com um olhar atento e cuidadoso, esperando que eu esboce reação. Gostaria de sorrir. Agora sei que minha mãe sempre estará procurando. Não posso desviá-la dessa busca por si mesma, não posso insistir que eu devo ser suficiente para ela. Aquela mulher é mais do que minha mãe — é uma pessoa, e tem o direto de buscar respostas. Ela ainda não está satisfeita. Percebo que parte de mim ama essa qualidade dela, mesmo que doa. Faço um pacto comigo mesma: mesmo que minha mãe nunca encontre a coisa que transforme sua vida na história que ela quer contar, sempre estarei lá para ela.

Mas isso não quer dizer que não vou sair procurando também.

Harp segura minha mão e, junto com Peter, descemos os poucos degraus e saímos para a noite. O sol está mais baixo no céu e, pela primeira vez desde que viemos para Los Angeles, sinto uma brisa leve e refrescante. Avançamos pela longa entrada de carro, passando pelas pessoas que ainda estão lá fora, nas ruas curvas, cuidando dos feridos e discutindo os eventos da noite em voz baixa e ultrajada. No caminho de volta para Sunset Boulevard, vejo mais de um grupo aglomerado ao redor de um celular, assistindo ao discurso de Edie, que está sendo transmitido ao vivo.

Um pouco mais adiante, na rua principal, vejo o carro de Winnie no mesmo lugar onde o deixamos, com todas as portas abertas. Vejo-o reluzindo ao sol. O cheiro de fumaça está mais forte, e, quando olho para cima, vejo a nuvem preta se assomando ameaçadoramente acima do hotel. É hora de ir.

— Edie precisa tirar todo mundo dali — comenta Peter.

— Vamos dar mais alguns segundos a ela — digo. — É um bom discurso.

— Além disso — acrescenta Harp, em um tom levemente sarcástico —, ela está criando preceitos importantes para a futura Igreja de Umaymah.

Peter arregala os olhos.

— Você acha mesmo que é isso que ela está tentando fazer?

— *Tentando*? — repete Harp. — Provavelmente não. *Conseguindo*? Com certeza. Mas não estou reclamando. A vida é longa, idiota e uma desgraça. As pessoas deviam acreditar no que for necessário para conseguirem suportar. E, sejamos sinceros: o que tem na cabeça de Edie, seja lá o que for, provavelmente é melhor do que o que tem na cabeça da maioria. Mas, mesmo assim, gostaria que ela acabasse logo com isso. — Harp leva a mão à barriga, franzindo a testa. — Se não morrermos queimados, eu com certeza vou morrer de fome. Essa não era a terra da comida mexicana? Eu venderia a alma a Frick por um burrito.

Eu rio. Então olho para o relógio de Wilkins, e o que vejo lá me deixa arrepiada com uma onda relaxante e feliz de surpresa. Estendo o braço para que Peter e Harp possam ver.

— Olhem.

O ponteiro da hora e do minuto estão no doze, mas os segundos passam enquanto olhamos. 12h01, horário do Pacífico: o primeiro minuto do dia após ao Apocalipse.

Harp começa a rir, corre alguns passos e faz uma estrela no meio da rua abandonada. Peter parece incapaz de falar. Ele coloca o braço nos meus ombros e beija minha cabeça machucada. Temos que voltar lá para dentro, encontrar minha mãe e nossos amigos e tirar todo mundo da cidade antes que o prédio vire cinzas. Depois disso... quem sabe? Não temos ideia de quanto tempo ainda temos. Só sei que consigo enfrentar o que vier, se tiver essas duas pessoas ao meu lado. Saboreio a visão do carro de Winnie à nossa espera. Penso no vento em meu cabelo, no sal da maresia na boca, no rádio tocando no último volume — Peter no banco do carona, batucando nos joelhos, e Harp no banco de trás, cantando aos berros. A chave está no meu bolso. Ainda há tanto a ser feito. O horizonte é inalcançável, mas, no caminho, há muitas possibilidades.

Pela primeira vez em não sei quanto tempo, tenho uma pergunta na ponta da língua para a qual não há resposta definitiva. É apenas medo e promessa, e se abre diante de nós como a estrada à nossa espera. Quando Harp se levanta e Peter se vira para mim com os olhos brilhando de antecipação, tento segurar o riso por tempo o bastante para perguntar:

— Aonde vocês querem ir agora?

# AGRADECIMENTOS

Sou muito grata a Sarah Burnes, Emily Thomas, Jenny Jacoby, Jan Bielecki e a todo mundo na Hot Key Books, por dar a Vivian um lar tão amoroso. A Salvatore Pane e Manjula Martin, por ler o primeiro esboço com tanta inteligência e cuidado. Ao restante do meu grupo indispensável de escrita de São Francisco — Melissa Chandler, Kate Garklavs, Melissa Graeber, Brandon Petry, e os membros eméritos Phillip Britton e Denise Morrow — pelas piadinhas, tiradas sagazes e palavras de encorajamento e devoção inspiradora a eclipses lunares. A meus amigos da vida real e do Tumblr, pelo apoio, divulgação gratuita e pelo uso de seus nomes. À minha família, por mais do que eu poderia listar aqui. A meus pais, por não serem nem um pouco como os de Vivian. E a meu marido, Kevin Tassini, que torna tudo possível.

Saiba mais sobre este livro e outros lançamentos no nosso blog:
www.agirnow.com.br
Conte para a gente o que você achou de
*Vivian contra a América*!
É só usar #VivianXAmerica nas suas redes sociais.

Publisher
*Kaíke Nanne*

Editora Executiva
*Carolina Chagas*

Editora de Aquisição
*Renata Sturm*

Editora Agir Now
*Giuliana Alonso*

Coordenação de produção
*Thalita Aragão Ramalho*

Tradução
*Flora Pinheiro*

Produção editorial
*Jaciara Lima*

Revisão de tradução
*Nina Lopes*

Revisão
*Carolina Vaz*
*Daniel Siqueira*

Diagramação
*Ilustrarte Design e Produção Editorial*

Imagem de miolo
*Kelly Boesch / freeimages.com*

Adaptação de capa
*Renata Vidal*

Este livro foi composto em Impressum e
impresso pela Edigráfica sobre Avena 80g/m²
para a Agir Now em 2016.